KB057760

여성동학다큐소설
천안편

세성산 달빛

세성산 달빛

변김경혜 지음

도서출판 모시는사람들

머리말

    역사에 만약이란 건 없다고 한다. 하지만 역사학자가 아니기에 이런 저런 생각들을 해보곤 했다. 미국이 2차 세계대전 때 원자폭탄을 투하하지 않았다면, 친일파 청산을 위한 반민특위가 습격당하지 않았다면, 우리나라가 분단되지 않았다면, 장준하 선생이 암살당하지 않았다면, 80년 서울역회군이 없었다면, 6월 항쟁이 없었다면, 노무현 대통령의 서거가 없었다면 등등의 여러 가지 상상들.

    동학을 접하면서도 그랬다. 목천(현재는 천안시에 편입)의 세성산전투가 패하지 않고 승리했다면, 공주 우금티전투가 승리하고 도성까지 진격했다면, 과연 우리의 근현대사는 어떻게 달라졌을까 하고 말이다. 하지만 역사란 필연과 우연의 끝없는 반복이듯, 나의 엉뚱한 생각은 수천수만 가지 실타래 같은 가능성 중 하나일 뿐이다.

    동학을 이야기하면 어김없이 나오는 이야기가 '동학군은 고작 죽창이나 화승총으로 무장했다. 일본군의 신식무기와 자기나라 백성을 죽이는 관군(경군)에 맞서 혁명이 성공했겠느냐, 애초부터 죽음을 선택한 것 아니냐'는 질문들이었다.

    한발 더 들여다보았다. 1894년 제국주의국가들이 격렬하게 밀어붙이던 탐욕의 정국에서 봉건사회의 가진 것 하나 없는 백성들이나,

부패와 무능한 국가권력을 지켜보는 지식인들의 '삶은 어떠했을까?' 하는 질문이다.

1894년 여름, 조선을 찾았던 에른스트폰헤세-바르텍(아프리카와 아시아 곳곳을 여행했던 오스트리아인)은 '이들은 관리들이 도둑이나 다름없다는 사실을 잘 알고 있고, 애써 돈을 모아봐야 이들에게 강탈당할 것이라고 생각했다. 그러니 생활비와 담뱃값 이상으로 돈을 벌 필요가 있겠는가?'라고 당시를 기록했다. 조선을 잘 알지 못하는 외부의 눈에 조차도 현실을 빗겨갈 수 없었을 것이다.

이런 상황에서 동학은 몇 안되는 선택 중 하나였다. 모든 사람은 하늘만큼 귀중한 존재, 여자도 남자와 똑같이 소중하고 아이들 역시 한없이 귀한 존재이다. 이 모두가 생명의 귀함으로 집체된 그 사상에 눈과 귀가 뜨였을 것이다. 오래전부터 사람들 가슴 속 깊이 내재되어 있던 생각들이 발현된 것이다.

피할 수 없었기에 동학군은 손에 죽창을 들었지만, 피를 묻히지 않고 이기는 것을 으뜸으로 삼았고, 싸우더라도 절대 인명을 상하지 않는 것을 귀히 여기며 행군할 때에도 사람과 가축을 해치지 않고 효제충신(孝悌忠信)이 사는 마을 10리 안에는 주둔하지 않는다는 원칙을 행했다. 토지분작이나 청춘남녀의 재가 허용 등을 요구한 것을 보면, '노비와 주인이 함께 (동학에) 입도하는 경우에는 마치 벗들이 교재하는 것 같았다'는 기록(황현, 『오하기문』)들을 보면서, 동학이 삶의 전반을 완전히 바꾸려는 엄청난 '변혁'이었다는 말을 이해할 수 있었다.

그런 변혁, 혁명을 꿈꿨던 이들의 이야기다.

세성산 전투를 이끌었던 이희인, 김복용처럼 역사에 기록된 이들과 그 역사적 현장에 있었던 수많은 이들은 그저 현실에 순응했던 것이 아니라, 꿈을 이루기 위해 노력했던 것이다. 그것이 조선을 발판 삼아 대륙을 집어삼키려는 일본군에 쓰러지고, 이두황 같은 진압군에 의해 당장은 멈추어선 듯 보이지만, 그들의 노력이 훗날 이 땅의 민주주의를 만드는데 훌륭한 기반이 되었음을 확신하게 되었다.

역사현장을 찾아다니는 길에 박맹수 교수님과 도반들, 그리고 특히 천안의 장성균님과 직산의 황서규님의 도움과 지혜를 얻어 썼으나, 일일이 그 출처를 밝히지 못하였음을 양해바란다.

30년을 동학연구를 했던 박맹수 교수는 동학을 '개벽세상에 대한 꿈'이라 설명했다. 그 개벽세상을 꿈꾸며 살았던 이들의 열망을 이리 저리 깎아 종교의 한 부류로 치부하거나, 그저 지난날 억울하게 죽음을 맞은 시대의 희생자라는 식의 좁은 인식에서 벗어날 수 있도록 하는데 이 책이 작은 밑돌이 되기를 희망한다.

2015년 금북정맥 한 자락에서
변김경혜

차례

세성산 달빛

1장/ 벅차오르는 희망, 동학의 뜻 넓게 퍼져라

"우리 지네 잡으러 가자."

"그래 좋아, 가자, 가자."

서당이 파하자 아이들이 떼 지어 나왔다. 몇몇 녀석은 손에 주먹밥을 들고 헐레벌떡 튀어나왔다. 책보를 허리에 묶는 둥 마는 둥 아이들은 짚신을 찾아 신기에 바쁘다.

"나도 같이 가, 우리도…."

툇마루에서 상현은 아이들을 흐뭇하게 바라보았다. 돌아가신 곽 할배가 자신과 동무들을 가르쳤던 방에서 이제 아이들을 가르치고 있다. 아이들에게 주먹밥을 주는 것도 스승님에게 배웠다. 그것을 만들어 주는 이가 매당댁에서 어머니와 자신의 아내로 바뀌었을 뿐 곽 할배가 하던 방식 그대로이다.

"지네 잡으면 우리 뭐 할까?"

"우리 엄니 줄 거다. 우리 엄니 요즘 서책 만들 돈 모은다고 하시더라. 접장님들 드리면 나중에 좋은 책 주신다고."

"그럼 떡 못 먹잖아. 난 떡 사 먹고 싶었는데. 어떡하지?"

상현은 아이들의 대화를 유심히 듣고 있다. 아이들이 어떤 결정을 내릴지 궁금했다. 지네 서른 마리를 잡아 약방에 가져다주면 한 푼을 준다. 그것이면 인절미나 엿을 살 수 있다.

"그럼 반은 엄니 드리고, 반은 떡 사 먹어야겠다."

툇마루에 앉은 상현이가 그 말을 듣고 껄껄껄 웃어 댔다. 상현이도 저 무렵엔 칠성이 형과 함께 지네와 굼벵이를 잡으러 산으로 들로 쏘다니곤 했었다. 아이들이 돌아간 자리는 꽉 할배의 모습으로 채워졌다.

'스승님도 이런 마음이셨을까?' 아이들이 자라나는 것만으로도 기뻤다. 세상이 이리 미쳐 돌아가도 아이들이 뛰노는 모습을 보면 즐거웠다. 위안이 됐다. 왜놈들이 하루가 다르게 득실거리고 관아의 행패가 날이 갈수록 심해지고, 지체 높은 양반들의 꼴사나운 허세와 그 양반을 쫓아 양반으로 뒤바뀐 사람들이 유세를 떨며 더욱 가혹하게 재물 자랑을 하는 꼴사납고 어지러운 세상에 한숨을 쉬다가도 아이들 얼굴을 보면 한없이 힘이 났다. 나라의 근본이 백성인데, 근본이 없으니 나라 꼴은 말이 아니다. 구린내 나는 중전 척족들이 자릿값을 얼마 받았네, 과거에 급제하려면 얼마를 내야 하네 하는 얘기들은 이제 듣기도 지겨울 만큼 흔한 일이 돼 버렸다. 그래도 아이들이 커 가는 모습을 보면 희망이 보였다.

'그래, 저 녀석들이 벼슬에 나아갈 때쯤이면 세상이 좀 달라지겠지….' 상현이는 나직이 뇌까렸다.

"뭘 그리 골똘히 생각하느냐?"

칠성이가 툇마루에 앉아 생각에 빠진 상현이를 깨웠다.

"형님, 언제 왔소?"

상현이는 툇마루에서 일어나 칠성이를 맞았다.

"뭘 그리 깊이 생각하는데 인기척을 해도 모르는 게냐?"

칠성이가 물었다.

"형님, 스승님 생각이 나서 그러우. 요즘따라 스승님 생각이 많이 납니다. 아이들을 가르치다 보니, 이런 마음 저런 마음, 스승님의 마음은 어땠을까 하고요. 스승님이 계셨다면 이 어지러운 세상을 어찌 견디셨을까요? 스승님이 강진 민란의 주동자란 걸 우린 몰랐잖소? 이희인 접주님이 스승님을 살리지 않으셨다면 우린 스승님도 못 봤을 거고. 스승님의 가르침을 받을 길이 없었을 테지요."

상현이는 곽 할배 생각에 잠깐 목이 메었다.

"허허. 스승님의 가르침?"

칠성이도 곽 할배 생각이 나서인지 잠깐 목을 가다듬었다.

"서당하면서 그걸 몰라! 스승님은 우리보고 어서어서 자라서 이 썩어 빠진 세상을 바꾸라고 하신 게여. 이 나라가 요 모양 요 꼴로 돌아가다간 다 죽게 생겼으니 제대로 바꾸라고 말이여. 우리가 동학을 하게 된 것도 다 스승님의 가르침 때문이고. 만약에 다른 서당처럼 만날 천자문이나 외고 그랬다면 어찌 됐을까? 하늘과 땅과 사람이 서로 살리고 운수가 갈아드는 이치를 우리에게 가르쳐 주지 않았다면 우린 아직도 남녀칠세부동석이나 들먹이며 여(女) 접장님들과 배움도 못 하고 있을 것이고…. 아니지! 난 자네와 같이 한 서당에서 공부도 못 했을 것이네. 난 양인이고 자넨 양반이니까."

칠성이가 막걸리 한잔하고 구성지게 한 자락 뽑기라도 하듯 단숨에 술술 내뱉었다.

"형님은, 어찌 그리 말을 요령 있게 잘 하시오! 형님 말에는 대꾸를 못 하겠소. 명색이 서당 스승인데, 이거 원. 형님이 훈장 해야겠소."

상현이가 앓는 소리를 한다.

"이 사람이, 농은 그만하자고. 그건 그렇고 어여 들어가지. 긴히 할 얘기가 있어서 왔으니."

툇마루에 앉아 있던 칠성이가 앞서 방으로 들어갔다.

"자네 이것 좀 보시게. 아직 확정된 것은 아니니, 일단 찬찬히 읽어 보고 가감을 좀 해야 할 것 같으이. 목천 김은경 접주님께서 겨울이 지나면 곧 일을 단행하기로 결정을 하셨네."

칠성이가 한지를 펼쳐 보였다.

상현이는 그게 무엇인지 짐작하고 있었다. 수운 대선생의 동경대전(東經大典)을 간행하자는 의론이 인근 동학 도인들에게 널리 퍼졌다. 워낙 큰돈이 들어가기에 작은 힘이라도 보태겠다며 도인들이 너나 할 것 없이 돈을 모으고 있는 형편이다. 쌀이나 보리 한 줌, 계란을 가져오기도 하고, 베를 짜서 가져오거나 짚신을 삼아서 가져오기도 한다. 도인들은 돈이 되는 것이든 아니든 자신들이 가져올 수 있는 것이면 가리지 않고 보태려고 했다. 목천, 천안, 직산, 전의 등지에서 도인들의 의지는 결연했다.

동경대전(東經大典)이 무엇이던가! 수운 대선생께서 가르치신 이 세상과 인생의 이치를 기록한 경전이 아니던가! 수운 선생이 동학을 창도한 연유와 지금 세상의 운수가 크게 갈아듦을, 그리고 하늘처럼 사람을 귀히 여기라는 삶의 근원을 서책으로 엮어 밝게 가르치는 성경(聖經)이 아닌가! 도인들은 회합 때마다 수운 대선생의 가르침을 서책으로 익히고 싶었던 간절함을 얘기했었다. 경진년(1880) 강원도 인제 갑둔리에서 경진판이 인출되기도 했지만, 동학으로 몰려드는 이가 수천 수만에 이르니 어찌 감당할 수 있으랴!

"김은경 접장이 간행에 사용할 판본은 구해 두셨고, 자네와 나는 김 접장을 도와 허드렛일을 해야 하네. 천안과 목천, 직산, 전의에서 자금이 모이기 시작하고 있어. 목천 도인들도 동경대전 간행에 힘을 모으기로 했고, 나머지 지역에서도 우리 같은 젊은 축들이 각 지역에서 모은 자금을 전달하기로 했네. 돈이 얼마나 모일지는 모르겠으나, 베나 짚신, 닭, 떡 같은 것들을 가져오는 경우도 많을 것이니 그걸 장에서 돈으로 바꿔야 하겠지. 그걸 지역별로 돌아다니며 얘기하고 어찌해야 할지를 알려 주는 것이 우리 일이지. 참, 도인들이 가져오는 것은 반드시 작은 돌멩이 하나라도 일일이 기록하라는 김은경 접장의 말씀이 있으셨네. 해월 선생께서 당부한 일이기도 하고. 꼭 유념해서 전해야 하니 잘 기억하시게."

칠성이가 찬찬히 설명했다. 얼마 전 상투를 튼 상현이와는 달리 칠성이는 아직도 총각이다. 어려서부터 형과 아우로 지냈지만, 손위 칠성이는 장가든 상현이를 어른 대접 하는 걸 잊지 않았다. 동학 도인들이 결정한 것도 늘 상현이와 먼저 의논했다.

"알았소, 형님."

상현이가 칠성이를 지긋이 바라보며 대답했다.

"왜, 그런 얼굴로 보시오? 훈장 선생, 무슨 걱정이 있소?"

칠성이가 농을 치듯 말했다. 상현이는 대꾸하지 않고, 고개를 돌려 마당을 내다보았다.

"왜? 안사람이 또 달거리를 한 겐가? 허허. 아직 나이 젊은데, 이 형님 앞에서 세상 시름 다 가진 것처럼 그러지 말아라. 혹여나 안사람 마음 상허게 허지 말고. 마음이 편해야 수태한다고, 그걸 모르는 것도 아닐 텐디. 안사람이 마음이 넓어서 다행이지. 우리 같은 남정네들 밴댕이 속허곤 달라. 안사람 마음 잘 보듬어 주게나…. 헌디, 그건 그렇고 훈장님 씨가 너무 약해서 그런 건 아닌가?"

상현이의 마음을 바꿔 볼 요량으로 칠성이가 농을 했다.

"에끼 형님두, 듣자 듣자 허니 정말 너무 허시오. 성님은 장가도 안 들었으면서 어찌 그리 잘 아는 게요?"

상현이가 어린아이처럼 입을 빼죽이 내밀며 칠성에게 말했다.

"훈장 선생은 서당에서나 훈장이고, 이 몸은 세상사에서 훈장이니, 장가를 들든 안 들든 그게 무슨 대수겠소? 아니 그렇소, 훈장 어른?

훈장 어른은 훌륭한 분에게 장가들었으니….”

칠성이가 한 번 더 농을 쳤다.

“이것이 간행소 도면입니다. 판각을 하고 인출을 하고 제본까지 하려면 이 정도 공간은 있어야 할 것 같습니다. 아직 세세한 것까지는 준비를 못 했습니다. 한 번 살펴봐 주십시오.”

김은경이 도면이 그려진 종이를 건넸다.

“으음, 이만하면 적당한 것 같습니다. 허망하게도 경진년 것은 대부분 못쓰게 되었습니다. 작업 공간이야 이 정도면 충분하지요. 마음을 모으는 것이 어려운 일이지, 그다음은 순리대로 풀어 가면 될 것입니다. 하지만 무엇보다 자금이 많이 들어갈 터인데, 어찌 계획하고 계십니까?”

방금 전까지 새끼를 꼬던 작은 체구의 덥수룩한 턱수염을 한 사람이 공손하게 김은경을 응시했다. 하얀 수염과 눈가의 주름으로 봐선 지천명이 훨씬 지난 것으로 보였다. 낡은 옷에 갓도 쓰지 않았다. 짙은 눈썹과 깊은 눈매는 마음을 꿰뚫을 것만 같았고 유난히 큰 귀는 세상사 이야기나, 억울한 백성들의 사연을 다 들어줄 것만 같았다. 옆에 있는 작은 보따리도 주인을 닮아 낡기만 했다.

“도인들의 열의가 대단합니다. 목천이 중심이지만 천안과 직산, 전의현의 도인들이 힘을 보태겠다고 준비하고 있습니다. 벌써부터 땔감이나 짚신을 가져오는 자도 있습니다. 돈이 없으니 물품으로라도 함께하겠다면서요. 정성이 지극합니다. 그래서 무엇 하나 허투루 할 수가 없습니다."

갓을 쓴 김은경이 공손히 대답했다.

"참으로 다행입니다. 참으로 아름답습니다. 동학으로 사람들이 모여들고 있습니다. 경전이 발간되면 우리 도인들이 수운 스승님의 가르침을 더 깊이 공부하는 데 크게 도움이 될 것입니다. 가는 곳마다 동경대전 발간이 필요하다고 하지만, 이렇게 실제로 계획하기는 쉽지 않은 일입니다. 접장님의 결단이 대단하십니다. 이번 목천의 일이 성공한다면 우리 도인들에게 크나큰 복이 될 것입니다."

중늙은이가 지긋이 김은경을 바라보며 말했다.

"예, 그렇습니다. 이 어지러운 세상에 뭇 생명들의 순리를 담은 수운 선생의 가르침을 널리 알려야겠습니다. 그래야 우리 조선이 살고 우리 백성들이 살아갈 수 있다고 생각합니다. 나라가 백성을 어찌 대해야 하는지, 사람이 사람답게 대접받고 대접하는 그런 나라, 그 이치가 모두 동경대전에 들어 있으니까요. 저는 동경대전을 간행하겠다는 결심을 할 때부터 여기 이 가슴에서 큰 울림이 있었습니다. 몇 해 전 선생을 처음 뵙고 수신할 때와는 또 다른 울림이었습니다. 그 벅찬 마음에 며칠 잠을 설치기도 했습니다. 아이들처럼요."

김은경이 그날을 떠올린 듯 손으로 가슴 언저리를 쓸었다.

"그러셨군요. 김은경 접장의 마음이 많은 도인들에게 전달될 것입니다. 오랫동안 멸시와 천대를 받으며 살아온 이 땅의 백성들에게 동경대전은 분명 큰 희망과 용기를 줄 것입니다."

중늙은이가 김은경의 손을 붙잡았다. 손은 거칠었고 검버섯이 드문드문했지만 김은경에겐 한없이 따뜻하고 부드러웠다.

"도인들의 허다한 마음이 모일 것입니다. 그것 또한 잊지 말고 기록하십시오. 땔감 하나, 보리 한 사발이라도 도인들이 가져온 것은 잘 기록해서 그 마음을 보존해야 합니다."

김은경은 가만히 고개를 끄덕였다. 선생의 한결같은 삶의 태도에 김은경은 다시 한 번 고개를 숙였다. 김은경은 단양에서의 그날을 떠올렸다.

김은경이 해월 선생을 만난 것은 신사년(1881) 8월이었다. 양반으로 태어나 오랜 시간 서책에 매달려 살아왔건만 학문의 울림은 없었다. 아니 유학으로 일가를 이룬 사람들이 이끌어 가는 나라가 유학이 가르치는 도리와는 너무 멀어지기만 하는 것이 지긋지긋했다. 돈을 주고 관직을 사고 싶지도 않았다. 백성들은 굶어 죽고 병들어 죽고 매맞아 죽어 나가기를 아침저녁 가리지 않는데, 조선의 유학자들은 서원에 모여 사대부 타령이나 하는 것이 신물이 날 지경이었다.

김은경은 풍문으로 동학이 주장하는 바를 전해 듣고 귀가 번쩍 뜨였다. 천지가 개벽하는 것만 같았다. 이 조선 땅부터 무릉도원의 나라로 만들자는 것이 놀라웠고, 적서의 차별을 없애는 것은 물론이고, 양반과 평민과 천민들도 평등하게 서로 맞절하며 대한다는 말에 가습이 열렸다. 여자도 남자와 똑같이 대하고, 아이에게도 존대한다는 말에 귀를 의심했다. 민생이 평안해야 힘을 갖고 사대하지 않는다는 것에 절절이 공감했다.

김은경은 수운 도통을 이은 해월 선생이라는 분이 참으로 궁금했다. 얼마나 지났을까. 수개월을 기다리던 끝에 해월 선생을 만날 수 있는 길이 열렸다. 해월 선생이 머무는 곳을 은밀히 전해 듣고, 한달음에 집을 나섰다. 개벽 세상이라는 말만으로도 가슴이 떨려 왔다. 세상을 어찌 바꾸겠다는 것인지 묻고 싶었다. 서책을 익히며 느꼈던 것과는 또 다른 세계였다. 어찌하면 동학의 이치를 제대로 깨달을 수 있는지 알고 싶었다. 묻고 싶었다.

김은경은 며칠을 쉼 없이 걸어 단양에 도착했다. 해월 선생을 빨리 만나고 싶어, 한시도 허투루 보낼 수가 없었기 때문이다. 봇짐 하나 매고, 걷고 걸어도 허기진 줄을 몰랐다.

해월 선생이 거처하는 곳은 동구 밖이 훤히 보이고 뒷산이 감싸 안은 고을이었다. 해월 선생의 거처를 알려 준 동학 도인의 말대로 주변의 인기척을 살핀 후에 무심한 듯 초가집으로 다가가 싸릿대 울타리 안으로 들어섰다. 황구 한 마리가 김은경을 보더니 짖어 대기 시작했다.

김은경은 개 짖는 소리에 누군가 나오려니 했지만, 개만 왕왕 짖어 댈 뿐 사람은 보이지 않았다.

김은경은 짖어 대기만 할 뿐 제가 더 무섬증을 드러내는 황구를 달래 가며 툇마루에 걸터앉았다. 초행길 이틀 반나절을 꼬박 걸어온 사내의 눈꺼풀은 천근만근이었다. 게다가 길을 떠나기 며칠 전부터, 해월 선생을 만난다는 기대에 잠을 제대로 이루지 못한 그였다. 김은경은 벽에 기대앉아 그대로 잠이 들었다.

김은경이 눈을 뜬 건, 귀뚜라미 한 마리가 왼손 손등에서 울어 대고 있을 때였다. 잠이 덜 깬 김은경은 실눈으로 귀뚜라미를 쳐다보다 오른손에 힘을 모았다. 내려칠 기세였다.

"이 보시오. 그 작은 귀뚜라미를 죽여 없앤들 뭐가 달라지겠소?"

웬 작달막한 체구의 중늙은이가 김은경을 쳐다보고 있었다.

김은경은 아직 잠이 덜 깨어 대답할 바를 찾지 못해 중늙은이를 물끄러미 쳐다보다 말머리를 돌렸다.

"여기, 해월 선생이 계신다던데, 혹시 언제쯤이면 만나 뵐 수 있는지 아시오?"

그때 김은경의 배에서 '꼬르륵' 하는 소리가 크게 들렸다.

"글쎄요. 무슨 일로 찾아오셨는지, 그 노인이 언제쯤 올지는 모르겠으나, 지금 배를 채우는 게 급하다는 건 알겠습니다."

중늙은이는 그 말을 남기고 부엌으로 향했다.

곧 따뜻한 밥상이 들어왔다. 중늙은이는 아랫목을 김은경에게 내주었다.

"혹시, 해월 선생을 아시오? 그분은 어떤 분이오? 할애비 같은 노비들도 극진히 존대한다고 들었소? 그게 참말이오? 매일 학문을 닦는 분인가요?"

김은경은 허기진 배를 급히 채우고는 질문을 던지기 시작했다. 얼마 전까지 중시하던 체면은 온데간데없는 듯 보였다.

하지만 노인은 아무런 대꾸도 하지 않고 빙긋이 웃기만 했다.

"해월 선생은 언제쯤 오시오?"

김은경이 다시 재촉했다.

"무슨 일로 오시었소? 왜 만나려 하는 것이오?"

노인은 천천히 새끼를 꼬며 물었다.

"허드렛일이나 하는 사람이 들어 무엇하오? 듣는다 한들 그 깊은 뜻을 알아들을 수 없거늘⋯."

김은경이 노인에게 핀잔을 주었다.

그러자 노인은 계속 새끼를 꼬며 말했다.

"방금 선비님은 해월 선생이 노비들에게도 존대를 한다고 하셨습니다. 그런 노비들에게도 한울님이 계시다고 믿기 때문이지요. 그것이 동학입니다. 그런 가르침을 찾아 여기까지 오신 듯한데, 노비들을 업수이여기신다면 앞과 뒤가 다른 게지요."

김은경의 낯이 붉어졌다.

"언고행(言顧行) 행고언(行顧言)이라, 말은 행할 것을 돌아보고 행동은 말한 것을 돌아보아, 말과 행동을 한결같이 하라고 했지요. 말과 행동이 서로 어긋나면 마음과 한울이 서로 떨어지고, 마음과 한울이 서로 떨어지면 비록 해가 다하고 세상이 꺼질지라도 성현의 지위에 들어가기가 어렵다고 했습니다."

노인이 빙긋이 웃으며 김은경을 바라보았다.

김은경은 그제서야 노인이 해월 선생임을 알아채고 일어나 큰절을 올렸다. 해월도 김은경에게 맞절했다. 그동안 서얼 차별, 신분 차별이 잘못된 것이라고 그 얼마나 항변했던가. 개벽 세상엔 만인이 평등할 것이라 생각하면서, 정작 노비에 대한 평등은 생각하지 못한 자신의 모습이 훤히 보였다. 그토록 뵙고 싶은 해월 선생을 노비로밖에 알아보지 못한 자신의 우둔함이 부끄러워 몸 둘 바를 몰랐다.

"스승님, 스승님 계세요?"

상현이네 마당에서 다급한 아이의 목소리가 들렸다. 유선이다.

"어인 일로 늦은 시간에 온 게냐?"

상현이가 급히 마당으로 나가며 물었다. 벌써 어둑어둑해졌다.

"스승님, 저희 어머니가 많이 편찮으셔요. 그런데 의원이 안 온대요. 약값도 없다면서…. 스승님, 도움을 청할 데가 없었어요."

유선이가 울먹이며 말했다. 일곱 살 아이의 가느다란 어깨가 더 가날파 보였다.

"그렇구나, 잘 왔다. 걱정하지 말고 같이 가 보자."

상현이가 급히 유선이를 따라나섰다.

작은 초가집은 저녁 시간이 다 지났는데도 굴뚝에서 연기가 난 흔적이 없었다. 방에는 유선이 어머니가 한여름도 아닌데 땀을 뻘뻘 흘리며 누워 있었다. 아무것도 모르는 아이 둘은 바늘쌈을 가지고 놀고 있었다. 알록달록 천 조각이 뒤엉켜 있었다. 돌이 지난 막내는 명주 천 쪼가리를 입에 물고 침을 흘리며 천진한 눈으로 상현이를 바라본다.

"이 녀석이 또, 바늘은 위험하다고 했잖아!"

유선이가 바늘쌈을 얼른 빼앗았다. 동생들은 울음을 터뜨렸다.

"유선이 어머니, 어디가 어떻게 아프신지요?"

상현이가 유선이 어머니 옆에서 상태를 가늠했다. 곧 숨이 넘어갈 듯 말을 하지 못했다. 아이들은 계속 울어 댔다.

"유선아, 안되겠다. 너는 어서 삼거리 칠성이 아저씨를 찾아가서 상황을 말씀드리고, 오는 길에 내 어머니를 모시고 오너라."

상현이가 아이 둘을 달래며 다시 유선이 어머니를 살폈다.

상현이는 의술을 전혀 모른다. 그저 아픈 사람의 마음을 안정시키는 것이 우선이라 생각했다. 두 아이를 양쪽 무릎에 올려 앉혔다.

"어찌 이리 힘든데 연통하지 않으셨습니까?"

상현이가 유선 어머니에게 핀잔을 주었다.

"자꾸 받기만 해서요. 낯짝 들기 부끄러워서…. 훈장님께 면목이 없습니다."

유선 어머니는 상현이를 쳐다보지 못하고 아이들을 보았다. 다행히 아이들은 울음을 그치고 어미를 바라보며 웃고 있다.

얼마쯤 지나자 상현 어머니와 안사람이 쌀 꾸러미를 가지고 도착했다. 상현이네뿐 아니라 동학도들은 위급한 상황을 대비해 형편이 좋으면 쌀을, 아니면 잡곡을 두 되씩 담은 꾸러미 두어 개 정도를 항상 준비해 두었다.

"왜 이리 미련하십니까. 몸도 성치 않으면서…."

방문을 열고 들어온 상현의 어머니가 안타까워하며 말했다.

상현 어머니는 한 손으로는 누워 있는 유선 어미의 손을 잡고, 다른 한 손으론 이마를 짚어 보았다. 땀이 흥건했다. 유선 어미는 지난해 아이를 낳은 후 줄곧 병치레에 시달리곤 했다. 산후 조리를 제대로 못한 것 같았다. 하지만 그동안은 이렇게까지 힘들어하지는 않았었다.

"어머니가 언제부터 이렇게 아파하셨느냐?"

상현이가 유선에게 물었다.

"어제 아침부터 열이 나고 그러시다가 오늘 저녁이 다되어서 이렇게 땀을 막 흘리며 까무러지셨어요."

유선이가 울먹이며 대답했다.

"뭘 잘못 드신 게 있니?"

상현 어머니가 유선이를 토닥이며 다시 물었다.

"고사리를 드셨나 봐요. 상한 것 같다고, 우리에겐 먹지 말라고 하셨는데, 어머니가 드신 것 같아요. 사실 며칠 전에 쌀이 다 떨어져서 고사리죽을 먹었는데, 어머니가 남은 고사리를 드신 것 같아요."

유선이가 기어이 울음을 터뜨렸다.

"괜찮아. 괜찮아지실 거야, 유선아."

상현이가 유선이를 꼭 안아 주었다.

그때 칠성이가 의원과 함께 들어섰다. 울던 유선이가 독기 품은 눈으로 의원을 노려보았다.

"고놈, 거 참. 내가 와도 소용없어. 약값 얘기는 그냥 했던 거고, 애한테 증상을 들으니 내가 손을 쓸 수가 없었수."

의원이 손을 내저으며 억울하다는 시늉을 했다.

"그래도 사람이 아프면 와 보는 게 인지상정 아니유. 급하니, 우선 진맥이나 해 보시오."

칠성이가 거친 눈으로 의원을 향해 말했다.

의원이 맥을 짚었다. 표정이 어두워졌다. 의원이 칠성이의 소매를 살짝 잡아당기며 마당으로 나섰다.

"이레를 넘기지 못할 것이오. 장사 치를 준비나 하시오."

의원은 짧게 말을 남기고 휭하니 마당을 빠져나갔다.

방으로 들어온 칠성이의 눈빛이 이상했다. 좁은 방은 숨소리가 또렷이 들릴 만큼 고요해졌다.

"유선아, 동생들 데리고 우선 서당으로 가자. 배고프지? 어머니 걱정은 말고, 자. 너희들 보면 어머니가 더 힘들어하실 거야."

상현의 안사람이 눈치를 채고 유선에게 말했다.

"그래라. 이 할미가 어머니를 보살필 터이니 유선이는 동생들 데리고 가서 밥이나 한술 뜨고 있거라."

상현의 어머니도 유선이를 달래었다.

상현의 안사람은 돌 지난 아이를 안고 유선이는 어린 동생의 손을 잡고 서당으로 향했다. 보름달이 길을 밝혀 주었다.

"유선아, 아버지하고는 연통이 닿고 있는 게지?"

상현 안사람이 잠든 아이를 안은 채 유선이에게 물었다.

"올 초에 연통이 온 후에는 한 번도 없었어요."

유선이의 목소리엔 힘이 없었다. 유선이 아버지는 몇 해 전 제물포로 일을 떠나 일 년에 두어 번 집을 찾아왔다. 남의 땅을 부쳐도 입에 풀칠하기 어려워 떠난지 몇 해가 지났지만 유선이네 처지는 별로 나아지지 않았다. 유선이 어머니도 지난해 아이를 낳고 사흘 만에 다시 일을 하러 나섰다. 형편이 딱한 유선이네가 동학에 입도한 건 그즈음이었다. 도인들은 조금씩 쌀을 모아 보태 주었다. 상현 어머니는 '잘 먹어야 젖이 나오는데…' 하면서 어려운 유선이네를 곁에서 도와주곤 했다.

"오늘 회합은 동경대전 간행을 위해 그동안 준비된 것들을 나누는 자리입니다."

김은경의 사랑채에는 접주들이 여럿 모였다. 동경대전 간행을 위해 함께한 것이다. 목천과 천안, 직산, 정의현 등지에서 두셋씩 모여 열둘이 되었다.

"아시다시피 이 일은 모두 해월 선생께서 관여하고 계시는 일입니다. 그동안에도 계속해서 인편을 통하여 소식을 전하였고 또 선생의 분부를 받아 왔습니다. 그러다가 며칠 전에는 제가 직접 모처에 계시는 해월 선생을 뵙고 동경대전과 용담유사 한 부 씩을 받아 왔습니다."

"아!"

사람들 사이에서 탄성이 터져 나왔다.

"해월 선생의 안위와 관련이 될 듯하여 차마 미리 말씀드리지 못한 점은 이해해 주시리라 믿습니다."

김은경은 그렇게 말하고 뒤편의 옷장 속에서 보따리 하나를 꺼내었다. 사람들 앞에 보따리를 내려 놓고 잠시 심고를 드린 후에 조심스레 보따리를 풀자, 그 안에서 '東經大全'이라 쓰여진 책이 하나 나왔다.

"아!"

사람들 사이에서 다시 한 번 탄성이 터졌다.

"이것이 지난 경진년(1880)에 인제 갑둔리에서 간행한 동경대전과 신사년(1881) 단양 천동에서 간행한 용담유사입니다. 아시다시피 이 경전은 해월 선생이 수운 대선생으로부터 전해 받은 원본을 토대로 하고, 그 사이 유실되었던 것을 찾아서 하나하나 짜 맞추어 처음으로 인쇄 간행한 것입니다. 그러나 해월 선생께서는 이 동경대전에 잘못된 글자와 빠진 글들이 많아서 늘 새롭게 다시 간행해야 한다는 말씀을 하셨습니다. 하여, 이번에 우리가 뜻을 모았다는 소식을 접하고는 제 두 손을 잡고 눈물을 흘리며 기뻐하셨지요."

모여 앉은 사람들이 다시 한 번 탄성을 터뜨렸다. 처음 듣는 사람도 있었다.

"이번에 갔을 때 해월 선생으로부터 발문과 더불어 고쳐야 할 부분에 대한 기록도 함께 가져왔습니다. 우리의 이번 작업이 얼마나 중요한지는 이로써 더욱 자명해졌습니다. 전에도 말했다시피 경전 간행에 관한 모든 일에는 해월 선생께서 직접 간여하실 것입니다. 동경대전 간행은 우리 지역의 동학 도인들에게는 정말 가슴이 벅찬 일입니다. 이제까지 접주님들이 기억해 두었던 것들을 암송해 도인들에게 설파하느라 얼마나 고생이 많으셨습니까? 도인들도 접주님들의 말씀을 따라하고 암송하기 위해 정말 애를 많이 쓰셨습니다. 연전에 인제에서 몇 백 부가 간행되었다 하나 대부분 관에 몰수되거나 도인들이 관의 눈을 피하여 깊숙이 숨겨 두고 공부하느라 여러분들께서는 구경조차 한 일이 없을 겁니다. 이제 동경대전이 간행되면 우리 도인들은 누구나 수운 대선생의 가르침을 말과 글을 통해 만날 수 있습니다. 이 얼마나 기쁜 일입니까? 전 벌써부터 가슴이 벅차올라 춤이 덩실덩실 나옵니다."

광덕에서 온 김 접주가 어깨를 들썩이며 기쁨을 감추지 못했다.

"우리 직산 도인들도 동경대전이 새로 간행된다는 기쁜 소식에 기대감이 정말 큽니다. 여자 도인들은 빨래를 하면서 노래를 부르고, 남자 도인들은 장작을 패면서도 흥이 절로 난다고 합니다. 밥을 먹으면서도 회합에서도 모두들 흥이 난다고 야단입니다. 동경대전 간행에 쓸 경비에 보태겠다며 한 푼 두 푼 모으는 것이 정말 정성스럽습니다. 정말 훌륭한 일입니다. 대단한 일입니다."

직산에서 온 홍 접주도 도인들의 소식을 전했다.

"접주님들께 할 말이 있습니다. 천안에서 온 원가 칠성입니다."

칠성이의 낮은 목소리에 시선이 모아졌다. 들뜬 분위기가 가라앉았다.

"우리 도인 중에 유선이 어머니라고 계십니다. 남편은 제물포로 떠난 지 몇 해 됐는데 지난해 다녀간 뒤로 올 초부터는 소식이 끊겼답니다. 아이는 갓 돌이 지난 계집아이와 네 살, 일곱 살 사내아이까지 셋입니다. 아이를 낳았는데 먹을 게 없어 젖이 안 나오니까 우리 도인들이 십시일반 조금씩 도와주었습니다. 그러다 작년 봄 동학에 입도했습니다. 그런데 얼마 못 가 세상을 뜰 것 같습니다. 의원 말이 이레를 넘기지 못할 것 같다는데 이제 이틀 남았습니다. 그런데 어제 그 유선이 어머니가 저희 어머니에게 이걸 주셨습니다."

칠성이가 가슴팍에서 명주 천에 곱게 싸인 하얀 버선 두 짝을 꺼냈다. 둥그렇게 둘러앉은 방 가운데 버선을 조심스럽게 놓았다.

"자기처럼 보잘것없는 사람에게 도인들이 큰 도움을 주셨다고, 자기가 할 수 있는 건 바느질이라 버선을 만들었다고 합니다. 경전이 간행된다고 하니 기쁜 마음에 할 수 있는 게 바느질뿐이라고 버선이라도 만들어야겠다고 보름 전에 만들었답니다. 그런데 갑작스레 아이들을 두고 떠나게 되었습니다. 저희 어머니께 이 버선을 꼭 전달해 달라고 했답니다."

칠성이는 눈가에 고인 눈물을 닦으며 천천히 말을 이었다. 칠성이 말에 접주들의 눈가도 촉촉이 젖어들었다.

"그런데 저는 경전은 물론이고 책을 찍는 일을 한 번도 구경해 본 적이 없어서 그것도 참 궁금합니다."

직산에서 온 도인이 가라앉은 분위기를 깨며 이렇게 말했다.

김은경이 접주들에게 일일이 동경대전 간행을 위한 과정을 설명했다.

"우선 판각과 인출, 제책의 세 단계로 일이 진행될 것입니다. 판각 하는 각공(刻工)분들입니다. 판각은 올겨울에 작업하고, 인출과 제책 은 그에 맞춰 이뤄질 것입니다. 이 사랑채는 동경대전 간행을 위해 총본부로 사용될 것이며, 판각과 인출, 제책을 하는 장소는 각각 마 련해 뒀습니다. 동경대전 간행에 참여하는 모든 인력은 저희 집에서 기거하게 됩니다."

김은경의 말에 각수 두명이 손을 모아 공손히 허리를 숙였다.

"서방님, 잠시 말씀 좀 나누시지요."

저녁밥상을 물리고 나서다. 상현 아내의 목소리가 진중했다.

"서방님이 어찌 생각할지 모르겠지만, 음. 유선이네 말이에요…."

상현의 안사람이 뜸을 들였다. 상현이가 안사람을 물끄러미 바라보았다. 무슨 말을 할지 궁금했다. 유선이 어머니 장례를 치른 지 이제 한 달. 그동안 아이들을 살갑게 챙겨 온 아내다.

"아이들을 우리가 키우는 건 어떨까 해서요. 서방님도 아이들을 좋아하고, 유선이는 제자이니…, 제자는 자식과 마찬가지라고 하지 않습니까. 유선이 아버지 소식도 없고. 이제 아이들을 우리가 거두는 것이 좋을 듯한데, 서방님 생각은 어떠신지요?"

갑작스런 아내의 말에 상현이는 아무 말도 못했다. 아이들의 처지가 딱해 '어찌해야 하나?' 하고 생각은 하던 참이다. 허나 자식으로 거두는 건 생각해 보지 않았었다. 태기가 없는 아내지만 혼인한 지 얼마 되지도 않았고, 그렇다고 조급한 마음도 없었다.

"부인, 아직… 생각을 좀 더 해 보는 것이…."

상현이가 주저했다.

"서방님, 갑작스레 말씀을 드려 놀라셨지요. 한꺼번에 자식을 셋이나 둔다는 것이. 저는 유선이 어머님의 버선 얘기에 정말 가슴을 에였어요. 회합 때도 도인들에게 입은 은혜를 갚아야 한다고 늘 말하던 사람입니다. 동학이 사람을 살리는 것이라고 했지요. 저승 가서 극락 가면 무엇 하냐고 이승을 극락으로 만드는 동학이 으뜸이라고 했었지요. 가난한 이들을 서로 도와주는 동학이 극락이라고 하더군요. 동경대전이 간행된다고 하니까 그 솜씨 좋은 바느질로 우리 도인들 돕겠다고 하더이다. 그렇게 갔는데…, 사람을 살리는 게 동학이잖아요. 아이들을 살려야 하지 않겠어요? 아버지는 연통이 안 되고 갑자기 어머니까지 저리 되셨는데…. 유선이가 너무 애처롭기도 하지만, 영특하고 또 심성이 고운 아이 아닙니까?"

상현 아내의 눈빛은 간절했다.

그때 밖에서 찾는 목소리가 있었다.

"흐흠. 자네 있는가?"

칠성이의 목소리다.

"이 시각에 형님이 무슨 일로 오셨지?"

상현이와 윤 씨가 마당으로 나가니 칠성이가 우두커니 서 있었다.

"형님 무슨 일이길래 이 시각에 찾으셨습니까?"

"그게…."

칠성이는 말을 못하고 주저했다.

"아주버님, 안으로 드시지요. 아이들은 자고 있습니다."

윤 씨와 상현이, 칠성이가 방에 앉았다. 칠성이 표정이 침울했다.

"방금 연통이 왔네. 제물포에 사람을 보내 수소문해 보았는데… 유선이 아버지를 찾긴 찾았는데, 이미 이 세상 사람이 아니라고 전갈이왔다."

칠성이의 무거운 얘기에 윤 씨와 상현이의 한숨이 새어 나왔다.

"예에? 언제요? 아니 기별이 없었잖습니까! 저 어린것들을 놔두고…."

상현이가 되물었다.

"자꾸 피를 토했다고 하더라. 몸이 앙상해지다가 일이 끊겼는데,

며칠째 소식이 없어 같이 일하던 사람이 가 봤더니, 이미 죽어 있었다는구나. 장례도 제대로 치르지 못했다 하더구만. 달포가 조금 안 됐다고 하니….”

칠성이가 이어 말했다.

“어미나 아비나 왜 이리 허망하게 간답니까! 아이들은 어쩌라고요.”

상현이가 안타까워 깊은 한숨을 내쉬며 말했다.

칠성이의 한숨도 이어졌다. 윤 씨는 옷고름 끝을 눈가로 가져갔다.

“이제 아이들을 어찌해야 할지 모르겠구나. 셋이나 되니 한집에 맡아 키우라고 할 수도 없고….”

칠성이의 말에 상현 아내가 입을 열었다.

“아주버님, 아이들을 다른 집으로 보낼 수는 없습니다. 부모도 없는데 형제자매가 따로 갈라져 산다는 것은 너무 가혹한 것 같습니다. 저희가 거둘 수 있을까요? 아이들을 잘 키워 낼 자신은 없지만 유선이 어머니의 마음을 아이들에게 전하고 싶습니다.”

칠성이가 두 눈을 동그랗게 떴다.

“셋을 다 키울 수 있겠소?”

“서방님만 허락해 주신다면 못할 것도 없지요.”

두 사람이 상현이를 바라보았다.

상현이도 마음의 준비를 했다는 듯 고개를 끄덕였다.

칠성이가 집을 나선 후 상현이가 안사람과 함께 어머니 방으로 다가가 인기척을 했다.

"들어오너라."

바느질하는 상현 어머니의 옆에는 아이들 셋이 나란히 누워 자고 있었다.

"아이들은 다 자는갑네요."

상현이가 아이들을 보며 자리에 앉았다.

"유선이는 계속 잠을 못 이루다 조금 전에야 잠이 들었다. 방금 칠성이가 왔다 간 것 같던데…."

어머니가 무슨 일이 있었냐는 듯 물었다.

"연통이 왔는데, 유선이 아버지도 돌아가셨다고 합니다."

상현이의 말에 두 사람의 눈길이 아이들로 옮겨졌다.

"저, 어머님. 그래서 말인데…."

상현이가 뜸을 들였다.

"어여 말을 해 보거라. 어려워하지 말고…."

어머니가 내외의 얼굴을 살피며 말했다.

"아이들을 우리가 거둘까 합니다. 혼인한 지 한 해가 지났는데 아직도 태기가 없고, 무엇보다 아이들이 가엾기도 하고, 그냥 아이들이 좋습니다. 어머니 생각은 어떠신지요?"

상현 안사람이 고개를 들지 못하고 말했다. 상현이도 어머니의 눈치를 살폈다.

"그렇게 생각을 했다면 참 장하구나. 내가 며느리를 참 잘 얻었어. 너의 나이 아직 젊고 젊어 태기는 언제든 올 것이다. 내 그것은 걱정하지 않는다. 아이들을 생각하는 너의 마음씨가 정말 곱구나. 유선이 어머니의 마음이 우리 며늘아가에게 고스란히 전해진 듯하구나. 사람을 아끼고 하늘처럼 여긴다는 말씀이 너를 두고 한 말인가 싶다. 나도 열심히 거들어 주마. 장하다. 우리 며느리, 장하다!"

시어머니는 며느리의 손을 꼭 잡아 주었다. 상현 아내도 고개를 들어 시어머니의 얼굴을 바라보았다. 따뜻한 시어머니의 눈가엔 기쁨의 눈물이 맺혀 있었다. 상현이의 입가에도 미소가 번졌다.

동경대전 간행의 역사(役事)가 시작되었다. 목천 김은경 집의 광 절반은 도인들이 정성스레 모은 물건들로 빼곡했다. 품목과 종류에 따라 가지런히 정리돼 있었다. 장에 내다 팔 수 있는 것과 아닌 것으로, 온갖 먹을 것들은 상하는 것과 그렇지 않은 것으로 차례차례 정리돼 있었다. 또 값이 후한 것과 박한 것도 나눠 놓았다. 품목 장부도 만들어 놓아 누가 무엇을 언제 가져왔는지도 꼼꼼하게 기록되었다.

목천 도인들은 물품들이 모일 때마다 병천장과 청주장으로 내다 팔았다. 김은경의 집에서 조그만 산 하나만 건너면 청주요, 두어 식경만 걸어가면 병천장이다. 내다 팔아 남은 이문도 품목 장부에 빼곡히 기록되었다.

첫 각수 작업을 앞두고 도인들이 모였다. 한겨울이라 도인들이 말을 할 때마다 허연 입김들이 새어 나왔다. 목천과 천안, 직산, 전의현 등 인근 도인들도 일부 모였다. 판각 작업이 정말 시작된다니 가슴이 떨렸다. 몇 달 전부터 돈이나 짚신, 버선 등 정성들을 모아 왔는데, 눈앞에서 동경대전 간행이 시작된다니 도인들의 마음은 하늘을 나는 것만 같았다.

김은경이 도인들을 둘러보았다.

"멀리에서도 와 주셨습니다. 이 추운 날, 이렇게 많은 분들이 오셨으니 우리의 마음이 분명 하늘에 전달될 것입니다. 오늘 각수 작업을 앞두고 작은 제를 올리려고 합니다. 여기 오신 도인들은 모두 한마음이라 생각합니다."

김은경의 말에 도인들은 작은 제상 주변으로 모여들었다. 떡과 과일, 막걸리가 단출했다.

해월 스승님은 제수 갖춤에서 허례허식을 경계하라고 했다. 제수용 술과 떡, 국수, 생선, 과일, 포, 튀각, 채소와 함께 향과 초만 있으면 족하다고 했다. 또 제를 지낼 때 고기를 쓰지 않도록 당부해 제사상이라고 해 봐야 소박하기 그지없었다.

"오늘 같은 잔칫날에 노래 한 번 못 부르는 게 아쉽네그려."

누군가의 말에 도인들은 저마다 고개를 끄덕였다. 근래 들어 동학도에 대한 조정의 감시가 소홀해졌다고 하나, 여전히 동학을 좌도난정(左道亂政)의 무리로 나라에서 엄히 금하고 있다는 걸 도인들은 잘 알고 있었다. 술과 노래가 빠진 잔치가 못내 아쉬웠지만, 이제 곧 동경대전이 나온다는 것으로 위안 삼았다.

도인들은 차례로 절을 올렸다. 조그만 제사상 주변에는 할머니를 따라온 아이도 있었고, 한쪽 다리를 저는 남자도 있었고, 말을 못하는 이와 챙 넓은 갓을 쓴 양반도 있었다. 행색이나 학식, 타고난 신분은 제각각이었지만 동경대전이라는 서책을 만져 볼 수 있다는 기대감으로 하나가 되었다.

제를 마치고 사람들은 따뜻한 두부와 국수로 몸을 녹였다.

"할머니, 그런데 동경대전이 뭐야?"

어린 손녀가 국수를 먹으며 할머니에게 물었다.

"동학 하는 사람들이 공부하는 서책이지. 거기엔 훌륭하신 말씀이 담겨 있단다. 우리 어여쁜 꽃분이가 훌륭한 사람이 되는 방법이 들어있지."

흰머리의 할머니가 무릎에 앉은 아이에게 흐뭇한 얼굴로 설명했다. 같이 국수를 먹는 사람들도 흐뭇한 표정이긴 마찬가지다.

"으음. 드디어 시작이다. 이제 두 달 뒤면 판각이 끝나고 드디어 보게 되는구나…."

김은경이 긴 한숨을 내쉬며 국수와 따뜻한 두부, 팥시루떡을 먹는 도인들을 보며 혼자 중얼거렸다. 입술을 살짝 깨물어 결기에 찬 듯해 보이기도 했고, 깊은 눈매는 눈물이 고여 있는 듯도 했다.

무관 출신의 김은경은 사람들 앞에서 눈물을 보인 적이 없었다.

"김 접장님, 정말 고생하셨습니다. 얼마나 있으면 우리 손으로 받을 수 있는 건지요?"

이희인이 어느새 왔는지 김은경 옆에 서 있다.

"접주님은 언제 오셨나요? 방금까지 못 뵀었는데…. 이제야 진짜 시작이지요. 각수 작업이 좌우할 겁니다. 하다 보면, 글자가 잘못돼 고치는 일도 허다하다고 들었는데, 일일이 감수하다 보면 촉박할 듯합니다."

김은경이 들뜬 목소리로 이희인에게 설명했다.

"이미 절반은 하신 거지요. 접장님의 계획이 차근차근 진행이 되어 갑니다. 이만하면 비밀이 새 나갈 염려도 없을 것이고, 인근 10리 안팎에서 도인들이 저마다 관의 움직임을 예의 주시하고 있으니, 만에 하나 포착된 기미가 보이면 즉시 연통할 것입니다. 저기 뒷산과 동구가 한눈에 들어와 경전을 편찬하기엔 이만한 장소가 없지요. 각수도 도인이라, 어째 궁합이 잘 맞습니다. 금상첨화지요. 정말 다행입니다."

이희인 접주도 도인들을 흐뭇하게 바라보았다. 김은경의 집 뒷산은 청주와 이어져 있고, 앞은 마을 어귀가 훤히 보인다. 해월 선생이 이 지역을 잠시 다녀갈 때에도 항상 김은경의 집에서 머문 이유다.

"사실 얼마 전까지 딱 적합한 목판을 구할 수가 없어서 걱정이 많았습니다. 다행히 각수가 우리 도인이라 이곳저곳을 다니며 물색할 수 있었지요. 헌데 마땅한 목판이 영 나오질 않는 겁니다. '이걸 어쩌나' 하고 속이 타들어 갔습니다. 도인들에게 곧 간행될 것이라고 얘기는 해 두었고, 도인들의 십시일반 정성은 모아졌는데, 정작 목판을 못 구한다고 차마 말은 못 하고요. 제 아들놈까지 셋이서 많이 찾아 댕겼습니다. 그런데 신기하게도 말이죠, 그날이 바람이 매섭게 몰아댄 날이었는데, 셋이서 청주의 한 각수를 만나기로 하고는 허탕을 쳐서 주막에서 탁배기를 한 사발 들이키고 있었습니다. 그런데 그 주막에 신기하게도 조그만 나무 현판이 있었던 게지요. 어스름한 시간이라 처음엔 호롱불만 보였는데, 툇마루 위에 현판이 있었던 거지요. 큼지막하게 술 주(酒) 자가 판각돼 있는 게 예사롭지가 않았습니다. 우리 각수도 한동안 뚫어져라 쳐다보고. 주막에 현판이 있는 게 신기한 일이라 주모에게 물었지요. 그런데 동네에 유명한 각수가 있는데, 그리도 외상술을 마셔 댄답니다. 외상술 대신 받은 게 나무 현판이었답니다. 우리 각수하고 혹시나 하는 마음에 주모에게 물어 그 각수를 찾아갔더니, 정말 좋은 나무판들을 구할 수 있었지요. 참 인연입니다. 우리가 탁배기를 마시러 간 것도 드문 일이었고, 가더라도 더 늦은 시간에 그 주막을 찾았더라면 현판이 보이지 않았을 터이니, 아직도 나무를 못 구해 이리저리 헤매고 있었을지도 모르겠습니다."

김은경이 주변에 모인 접주들에게 지난날 일들을 소상히 설명했다. 입이 무거워 말을 잘 하지 않고 구구절절 설명을 하지 않는 김은경이었지만 이날만은 달랐다. 그동안 다른 이들에겐 말하지 못한 터였다. 이희인이 때맞춰 방문해 주어서 김은경은 속사정을 시원하게 풀어 놓았다.

"그런 일이 있었군요. 하늘이 도운 게지요. 다른 일도 아니고 경전을 간행하겠다고 하니 하늘이 도운 게지요. 그 각수가 외상술을 좋아하지 않았다면 경전 간행이 한참은 미뤄졌겠습니다. 허허."

이희인의 농에 김은경도 껄껄껄 웃어 댔다.

"여러 접장님들, 판각실로 따라오십시오. 제가 오늘 시작하는 나무 판을 보여드리지요."

각수의 말에 도인들이 우르르 따라갔다. 하지만 판각실은 그리 넓지 않아 열 명 남짓만 안에 들어가고 대부분 문 밖에 서 있었다. 그러자 각수는 나무 판을 들고 판각실 밖으로 나왔다.

"제가 여기 글자를 새길 나무 판을 가져왔습니다. 이것은 후박나무입니다. 여기 가운데를 판심이라고 하고 양쪽 가에 있는 두툼한 막대기를 마구리라고 합니다. 판심과 마구리 사이에 글자를 새기게 됩니다. 한 판에 두 면을 새길 것입니다."

각수는 판각 과정을 자세히 설명해 주었다. 도인들은 마치 스승님의 말씀이라도 듣는 듯 각수의 말에 귀를 기울였다. 다음으로 각수는 조각도를 일일이 들어 보이며 각각의 용도를 한참 설명해 나갔다.

"판각은 어려운 작업입니다. 목판에 쓰이는 나무는 습도와 온도를 제대로 맞추지 않으면 쉽게 갈라지고 뒤틀리기 십상이지요. 그래서 목판으로 쉽게 구할 수 있는 나무를 쓰게 됩니다. 그래야 판이 어그러지면 쉽게 다른 판을 쓸 수 있지요. 대추나무, 배나무, 가래나무, 산 벚나무, 돌배나무, 거제수나무, 층층나무, 고로쇠나무, 후박나무, 단 풍나무 같은 것들이 주로 쓰입니다. 목판은 단단하면서도 탄력이 있 어야 해서 나무 고르는 것이 굉장히 중요한 일입니다."

각수의 설명에 도인들이 고개를 끄덕였다.

"적합한 나무를 고르려면 늦가을이나 겨울에 나무를 잘라야 합니 다. 여름에 나무를 자르면 수분이 많아 무겁고 쉽게 뒤틀리고 갈라져 좀이 일기 때문입니다."

김은경, 이희인과 도인들은 각수의 말에 귀를 기울였다.

"여기 이 나무 판을 찬찬히 보십시오. 수분이 적당하고 단단한 정 도도 적당해야 판각이 쉽습니다. 이 판은 바닷물과 웅덩이에 담가 두 었다가 밀폐된 곳에 넣어 쪄서 진을 빼고 살충해서 볕에 말린 겁니 다. 그래야 뒤틀리거나 빠개짐이 없게 됩니다."

각수는 이어 빙긋이 웃더니 한마디를 덧붙였다.

"이번 일을 위해 김은경 접장님과 나무를 구하려고 지난 가을부터 인근을 돌아다녔는데 통 적합한 것을 찾을 수가 없었습니다. 그러다 가 만났습니다. 청주에서요. 적당한 것을 찾아 이렇게 가지고 왔습니 다."

각수도 그 일이 떠오르는지 빙그레 웃음을 지어보였다.

"지금까지 판각 작업을 하기 전에 이렇게 소상히 알려 드린 적이 없었습니다. 각수들 사이엔 그런 걸 다 발설하면 글자를 잘못 새겨 일이 틀어진다는 얘기가 있습지요. 허나 이번 일은 다릅니다. 우리 한울님들의 마음이 잘 이끌어 주실 거라 생각합니다. 이렇게 접장님들이 힘을 모았는데, 저라고 어찌 가만있겠습니까. 저도 소상히 도인들에게 경전이 어떻게 만들어지는지 설명을 해 드려야지요."

각수의 말에 도인들의 맞장구가 이어졌다.

이날 도인들의 잔치는 반나절도 채 되지 않아 끝났다. 잔치는 조용했다. 근래 들어 감시가 소홀해졌다고 하나, 여전히 동학은 좌도난정(左道亂政)의 도로 조정에서 엄히 금하고 있다.

"오라버니!"

곱단이가 허연 입김을 내며 칠성이를 불렀다. 얼마나 기다렸는지, 곱단의 오똑한 코가 빨개져 있었다.

"오래 기다렸구나, 곱단아."

칠성이가 급히 왔는지, 가쁜 숨을 몰아쉬며 말했다. 하지만, 목소리는 부드러웠다. 취암산 아래 빈 초가다. 얼마나 오래 사람이 살지 않았는지, 천정에선 하늘이 듬성듬성 보일 정도다.

날은 차고 하늘은 맑았다. 김은경의 집에서 잔치가 열리는 걸 핑계 삼아 목천에 갔다가 곱단이와 칠성이는 서둘러 돌아왔다.

"저런, 코가…. 잠깐만 기다려 봐라."

칠성이가 목에 둘러쳤던 목도리를 얼른 풀어 곱단이의 목에 감싸 주었다.

"손도 많이 차네! 이리 줘 봐라."

이번엔 곱단의 손을 자신의 왼쪽 겨드랑이 밑으로 쑥 집어넣었다. 곱단이도 싫지 않은지, 빙그레 웃으며 칠성이 어깨에 머리를 살포시 기댔다.

과년한 나이가 된 곱단과 칠성이다.

"사람들이 많데요. 다들 좋아라 하고…. 이 겨울이 지나면 동경대전이 나온다 하데요."

곱단이 머리를 기댄 채, 얘기했다.

"난 동경대전보다 우리 혼인이 더 좋다. 동경대전 나오기 전에 우리가 먼저 혼인했으면 좋겠다."

칠성이는 곱단이를 곁눈으로 보며 얘기했다.

곱단은 할 말이 없었다. 어머니가 돌아가신 뒤 어린 동생들과 아버지 때문에 혼사를 미뤄 왔다. 기다려 주는 칠성이가 고맙기도 하지만, 식구들 생각에 선뜻 결정을 내리지 못했다.

"미안하오, 오라버니…. 고맙소."

곱단은 오늘도 같은 말을 할 뿐이다. 잠시 침묵이 흘렀다.

칠성이가 겨드랑이에서 곱단의 손을 빼더니 자신의 무릎 위로 천천히 곱단을 눕혔다. 곱단은 칠성이를 기다리는 듯 살포시 눈을 감았다. 칠성이의 숨소리가 거칠어지고 곱단이의 입술이 열렸다.

'그냥 이렇게 있으면 안 될까? 혼인 같은 거 하지 말고, 그냥 오라버니 든든한 가슴팍에서 살면 안 되는 것일까? 어린 동생들과 아버지,

집안 살림 걱정 하지 않고, 이렇게 오라버니와 같이 있으면 안 되는 것일까? 어머니가 계셨더라면, 시집간다고 고운 옷 한 벌 해 주셨겠지….'

곱단이는 자신도 모르게 한줄기 눈물을 토해 냈다. 거칠어진 손으로 곱단의 옷고름을 풀고 막 저고리를 벗기던 칠성이의 손이 멈췄다.

"곱단아."

칠성이가 안타까운 눈으로 곱단이의 표정을 살폈다.

"미안하오, 오라버니…."

곱단이가 흐느끼며 말했다.

"아니다, 곱단아. 미안하다. 걱정 마라. 지금까지 기다렸는데, 기다릴 터이니 걱정 마라."

칠성이가 곱단이를 꼭 껴안아 주었다.

2장/ 빼앗긴 사랑

"내가 다섯 해 넘기기 전에 그놈의 아가리를 반드시 찢어발기고 말 테다. 개 같은 놈! 그리고 그놈의 집을 가만 놔두지 않을 테야. 무슨 수를 써서라도 꼭 그리할 테다!"

칠성이의 분에 찬 목소리에서 살기가 느껴졌다. 상현이는 어떤 위로도 칠성이형에게 도움이 되지 않을 것 같아 듣고만 있었다.

"더러운 놈. 더러운 놈! 지 딸 같은 곱단이를, 어찌 그럴 수 있느냐 말이다! 난 하늘이 두 쪽 나도 그놈과 같은 마을엔 못 산다. 꼭 그놈 의 아가리를 찢어발겨서, 잘못했노라고 싹싹 빌게 만들 테다. 아니 손이 발이 되도록 빌고 또 빌어도 그놈을 죽이고 말 테다!"

칠성이는 분에 견디지 못해 입술을 깨물었다. 눈물이 나올 것 같아 꾹 참고 있다는 걸 상현이는 온몸으로 느끼고 있었다. 떠꺼머리총각 소리를 들으며, 몇 년을 혼인할 날만 기다려 왔는데, 곱단을 빼앗기 게 생겼다.

"칠성이 형…."

상현이도 눈물이 핑 돌았다. 칠성이는 곱단과 혼인할 날을 손꼽아

기다려 온 걸 잘 알기 때문이다. 칠성이와 상현이는 태조산 꼭대기에 앉아 있다. 상현이도 혼인을 앞두고 있을 때도 칠성이와 여기를 찾았었다. 친형 같은 칠성이보다 먼저 혼인한 것이 무척이나 미안했기 때문이다.

칠성이와 상현이는 태조산 꼭대기에 앉아 산줄기를 바라보았다. 삼거리 주막 뒤편 취암산부터 태조산, 성거산, 위례산으로 이어지는 금북정맥이다. 둘은 어려서부터 힘든 일이 있을 때마다 태조산을 찾곤 했다. 산은 아무 답도 주지 않았지만 산과 산으로 연결된 능선은 언제나 자신들을 품어 주는 것만 같았다. 산 위에서 마을을 내려다보면 모든 게 작게만 느껴졌다.

"어떻게 하면 그놈의 집안을 망하게 할 수 있을까? 상현아, 넌 명석하니까 그 방법을 알 것 아니냐?"

"형님, 나도 형님과 무엇이 다르겠소. 오가 놈이 그럴 줄이야…. 지금 당장은 어찌할 방법이 없지만 찾아보겠소. 나도 그놈, 오가 놈의 패악을 가만두고 보지 못하니까. 형님, 그러니까, 지금 이렇게 억울해도 우리가 힘을 키울 수밖에…."

상현이가 칠성이의 어깨에 손을 얹었다. 항상 든든했던 칠성이의 등허리가 작게 떨리고 있었다. 지금껏 칠성이의 가슴팍이 이렇게 흐느끼는 건 처음이다. 칠성이 형의 어깨와 가슴팍은 크고 넓었다. 지금껏 살아오면서 칠성이 형과 원씨 아저씨가 없었다면 마을에서 아마 외톨박이로 살아왔을 거다. 칠성이 형 가족의 도움이 없었다면 아마 그랬을 거다.

'어찌해야 할까, 형을 어찌 위로해야 하나?'

상현이는 아무리 궁리해도 방법이 떠오르질 않았다. 오가 놈의 이 중 계약을 왜 미리 알아차리지 못했는지, 자신이 한심하게만 느껴졌다. 마을에서 서당 훈장을 한다고 사람들이 계약서 같은 걸 가져오면 읽어 주고 조언을 해 주는 상현이다. 곱단 아버지도 계약서를 가지고 와 상현이와 원씨 아저씨에게 한번 봐 달라고 했던 참이다. 오가 놈의 수작을 미리 알아차렸더라면, 칠성이 형이 오매불망 연모하는 곱단을 그렇게 빼앗기지는 않았을 텐데…. 칠성이 형을 돕지 못했다는게 못내 미안하기만 했다.

하지만 이내 머리를 내저었다. 오가 놈이 논을 이중으로 팔아먹은 건 처음부터 계획적인 것 같았다. 관가에서는 알면서도 모르는 척하는 눈치였다.

향리가 오가 놈 집에서 곱단 아버지와 삼자대면을 할 때였다. 오가 놈은 양반은 아니지만 재물이 넉넉한 편이었다. 마을 사람들도 남의 땅을 부치던 오가 놈이 어찌해서 재물이 생겼는지는 잘 알지 못했다.

상현이와 원 씨는 오가 놈 대문 안에 들어섰다. 칠성이도 오가 놈 집에 오려 했었지만 원 씨가 겨우 말렸다. 칠성이가 분을 참지 못해 오가 놈의 멱살이라도 잡는다면, 큰 싸움이 날 것이 뻔한 이치였기 때문이다. 마을에서도 장군감이라고 할 만큼 덩치 크고 힘 좋은 칠성이가 싸움이라도 일으키는 날엔 오가 놈의 면상이 날아갈 게 뻔했다.

게다가 뒤를 봐주는 향리가 가만있지는 않을 것이 분명해 보였다.

오가네 집 마당 평상에는 향리가 앉아 있었고 그 옆에 오가 놈이 붙어 앉아 있었다. 곱단 아버지는 허리를 굽힌 채 옆에 서 있었다.

"나리, 이걸 보십시오. 분명 저는 땅을 샀습니다. 여기 수결 날짜도 있습니다. 제가 분명 한 마지기를 샀다고 여기 쓰여 있지 않습니까? 제가 논 값 반은 물고, 나머지 반은 첫 해와 둘째 해 수확으로 이년에 걸쳐 나눠 갚는다고 나와 있지 않습니까?"

곱단 아버지가 향리 앞에 계약서를 펼쳐 보였다.

"음. 자네 말대로 그렇게 쓰여 있군…."

향리는 짧은 수염을 쓰다듬으며 눈을 내리깔아 슬쩍 보는 시늉을 하곤 고개를 끄덕였다.

"그렇지요? 맞지요? 제 말이 맞는 것이지요?"

곱단 아버지 얼굴에 화색이 돌았다.

"헌데, 그게 말이네. 여기 날짜를 보게. 여기 수결 날짜가 사월 초 삼일이네. 이미 그 논은 보름 전에 다른 사람한테 팔린 것이지. 그걸 몰랐나?"

향리가 여전히 수염을 쓰다듬으며 곁눈질로 곱단 아버지를 내려다 보았다.

"뭐라구요? 그럼 그게 내 잘못이란 말인가요? 땅을 두 번 팔아먹은 사람이 잘못이지. 어찌 제 잘못입니까?"

곱단 아버지가 참다못해 버럭 소리를 질렀다.

"허허. 내가 땅을 팔았나? 나한테 왜 이러는가? 난 사리에 맞지 않다는 걸 말했을 뿐이네. 에헴….."

향리가 헛기침을 하며 시치미를 뚝 뗐다.

"아니, 그럼 땅을 두 번 판 놈을 잡아다가 물고를 내야 하는 것 아닙니까? 제가 논 값으로 지불한 돈을 돌려주라고 하든가 해야 하는 것 아닙니까!"

곱단 아버지는 분에 찬 눈으로 오가 놈을 한 번 쳐다본 후 다시 향리에게 언성을 높였다.

"에헴, 글쎄, 그건 내가 알 바가 아니고, 정 억울하면 관아에 가서 발고를 하게. 일에도 순서가 있는 법이네. 발고를 했다고 해서 다 해결되는 건 아니지만, 에헴. 난 이만 바빠서 가 봐야겠네."

향리는 평상에서 내려와 뒷짐을 지더니, 오가 놈을 보며 한쪽 입꼬리를 올리며 고개를 끄덕이더니 천천히 걸어 나갔다. 문가엔 동네 사람들이 여럿 서 있었다.

"에헴. 뭐 구경났나? 왜 이리 보는 눈이 많아? 남의 땅을 모르고 산 놈이 무식한 거지, 허허, 하기사 무식한 게 죄지, 죄여….."

향리는 뒷짐을 지고 사람들 앞을 휙 지나 나가 버렸다.

곱단 아버지는 다시 오가 놈을 향해 읍소했다.

"이보시게, 그럼 내가 준 논 값은 돌려주게. 그건 내 전 재산일세. 분명 나리도 땅을 두 번 팔았다고 하지 않았나!"

오가 놈은 향리가 앉았던 평상 가운데로 자리를 잡았다.

"자네, 나한테 빌려 간 건 기억이 안 나는가? 작년까지 이자만 쌀 열가마니는 족히 될 텐데, 그건 왜 안 갚는가? 난 그걸 이자로 생각해서 받은 건데?"

오가 놈이 갑자기 목소리를 높여 말했다.

"아니 뭐라고, 보자 보자 하니까, 정말 너무하는 것 아닌가? 빌린 돈은 빌린 돈이고, 내가 논 일궈서 갚는다고 했잖는가! 자네도 그러라고 했으면서 이제 와서 이리 말을 바꿔!"

곱단 아버지가 오가 놈에게 큰소리를 쳤다. 곧 멱살이라도 잡을 태세였지만, 감히 그렇게 하지는 못했다. 양반도 아닌 오가 놈이 재물이 늘어나자, 마을 사람들은 함부로 하지 못했다.

"아니, 내가 언제 그랬는가? 그런 말 하는 거 누가 듣기라도 했나. 저기 마을 사람들한테 물어보세. 내가 그런 말을 했는지, 들은 사람 있으면 나와 보라고!"

오가가 적반하장으로 큰소리를 쳐 댔다. 하지만 대문 가에 있던 사람들 중에 아무도 나서는 자가 없었다. 그럴 수밖에. 그 말은 계약서를 쓰기 전에 둘 사이에 나눈 이야기였다.

마을 사람들은 오가 놈이 거짓말을 하는 것임을 누구나 알았다. 오가 놈이 돈이나 쌀을 빌려준 다음 딴소리를 해 여럿 피해를 입은 걸 봤기 때문이다. 하지만, 당장 돈이 급한 사람들은 오가 놈을 찾아가곤 했다.

대문 가에서 지켜보던 원 씨는 곱단 아버지를 데리고 삼거리 주막으로 향했다. 오가 놈 뒤엔 향리가 있을 테고, 향리 뒤엔 목사가 버티고 있으니, 관아로 가 봐야 소용이 없을 터였다.

"세상에 어찌 이런 일이 있는가! 내 갖고 있던 전 재산인데, 이걸 어쩌면 좋은가… 어찌, 어찌 이런 일이 나에게 있는가….."

곱단 아버지는 억장이 무너진다며 연거푸 술을 입 안으로 털어 넣었다.

"그놈이 아주 고얀 놈일세, 이자에 이자를 물어 빚을 열 가마니로 만들다니….."

원 씨가 탁주를 따라 주며 말했다.

"필시, 나를 옭아매려고 작정하고 시작한 짓이 틀림없어. 안 그러면 논을 이중으로 팔아먹는 짓까진 하지 않았을걸세. 논을 헐값에 팔겠다고 접근할 때부터 의심을 했어야 했는데, 내가 잘못이지, 내 잘못이야. 남의 땅 안 부치고 내 땅에서 농사 한번 지어보겠다고 욕심을 내다가….."

곱단 아버지가 저고리 소매로 연신 눈물을 훔쳐 냈다. 논을 갖게 되었다고 탁주를 마시던 게 엊그제였다. 쉴 새 없이 눈물이 맺혔다가 흘러내리는 눈가가 벌겋게 상기되었다.

"처음부터 자네에게 논을 사라고 했단 말인가? 이상하네그려. 그렇다고 관가에 발고하기도 어려울 듯하이. 이미 그 향리 놈이 오가 놈과 붙어먹은 눈치일세. 발고를 해도 자네가 빌린 빚을 가지고 작당을 할 것 같은 눈치야. 향리 놈은 또 목사 놈한테 뇌물을 갖다 바쳤을 테고…. 이 일을 어찌한다."

원 씨도 걱정스럽게 얘기했다.

"지금 생각하니까 그놈이 이상한 게, 곱단이를 보는 눈빛이 이상했어. 처음부터 논을 사라고 집으로 찾아왔을 때도 곱단이를 흘끔흘끔 보는 게 이상했고. 설마 아닐 테지, 지놈 마누라 죽은 지 일 년도 안 됐는데, 지 아들놈과 곱단이 몇 살이나 차이 난다고…. 설마 아니겠지?"

곱단 아버지가 걱정스런 눈빛으로 원 씨를 쳐다보았다.

"으음…."

원 씨의 한숨도 깊었다.

"그놈 마누라가 살아 있다면, 하소연이라도 해 볼 터인데, 이제 꼼짝없이 당하게 생겼어…."

곱단 아버지의 주름이 더 깊어만 갔다.

오가 놈 마누라는 작년 여름 수마에 세상을 떠났다. 갑자기 내린 비는 오가 놈 마누라 말고도 두 명을 더 데리고 갔다. 시신도 찾지 못했다. 마을 사람들은 오가 놈의 죄를 마누라가 뒤집어쓴 것이라고 안타까워했다. 오가 놈이 패악질을 하면 마누라가 찾아가 대신 용서를 빌곤 했었다. 오가 놈이 행패를 부리다가도 마누라 설득으로 더러 중단된 적도 있었다.

'진짜, 그 오가 놈이 곱단이를….'

원 씨도 곱단 아버지의 얘기를 듣자 불길한 생각이 들었다. 칠성이와 곱단이 혼인할 작정이란 걸 진작부터 알고 있었다. 칠성이가 열아홉 되던 해, 곱단이와 혼인하겠다고 원 씨에게 얘기했다. 원 씨는 곱단이를 이미 며느리로 생각하고 있었고, 곱단 아버지와는 서로 사돈으로 생각하고 있었다.

원 씨는 다음 날 목천 이희인 어른을 만나 봐야겠다고 생각했다.

어슬녘이 되자 사람들이 하나둘씩 서당으로 모여들었다. 안채엔 상현이 내외가 살고 바깥채엔 어머니가 살고 있다. 조용하던 집은 유선이 삼남매가 살기 시작하면서 활기가 넘쳤다. 막내 아이의 울음소리는 울 밖에서도 들릴 만큼 제법 우렁찼다.

사람들은 하나둘 안채로 들어갔다. 아이들이 공부하던 자리엔 여인네들 말소리가 와자지껄했다. 마당에 있던 상현이는 댓돌 위에 놓인 신발을 하나씩 집어 들고 어머니와 안사람의 신발만 놓아두었다. 그리곤 마당에서 어슬렁거리며 주변을 살폈다. 회합이 있을 때마다 상현이에게 맡겨진 임무다.

"유선아, 동생들 데리고 나오너라."

상현이가 아이들을 마당으로 불러냈다. 바깥채에 있던 유선이가 두 동생을 데리고 천천히 걸어 나왔다.

"스승님, 무엇을 하실 겁니까?"

유선이가 동그란 눈으로 물었다.

"스승님이 무어냐! 서당에 있을 때만 스승님이고, 집에서는 아버지라고 부르기로 했잖느냐? 이 아비가 오늘 연을 만들 것이니, 잘 보아 두어라."

상현이는 준비해 둔 창호지와 대나무를 바깥채 툇마루에 올려놓더니, 천천히 연을 만들어 갔다. 작은 칼로 대나무 한쪽 끝을 열십자로 쪼개어 네 개로 나누고 정성껏 손질하였다.

상현이가 아이들과 연을 만드는 사이, 안채에선 여자 도인들의 회합이 진행되었다.

"모두 모이셨군요. 시작하겠습니다. 오늘은 〈내칙〉을 공부하겠습니다."

상현이 어머니가 사람들을 휘 둘러보았다. 칠성이 어머니를 비롯해 여섯이 한방에 앉아 있다. 모두 치마저고리를 입고 있었다. 거기엔 곱단이도 함께 있었다.

"대선생께서는 남자와 여자는 차이가 없다고 하셨습니다. 남자나 여자나 세상 만물은 모두 한울님을 모시고 있다 했습니다. 대선생께서는 여자 노비 두 명을 면천시켜 한 명은 수양딸로, 한 명은 며느리로 삼으셨습니다. 여자도 남자도 차별을 받아선 안 됩니다. 모두 똑같이 귀한 생명입니다. 오히려 여자는 생명을 잉태하는 소중한 존재라 하셨습니다. 생명을 수태했을 때부터 온전한 사람으로 태어날 때까지 몸가짐, 마음가짐이 중요하고 하셨습니다. 이러한 가르침을 해월 선생께서는 오늘 공부할 〈내칙〉에서 좀 더 살갑게 가르쳐 주고 계십니다. 특히 우리 부인들이 수태했을 때 지켜야 할 생활 태도를 말씀하셨습니다. 안사람들이 지켜야 할 도리라 해서 내칙이라고 하셨습니다."

여인들은 상현 어머니의 말에 집중했다.

"대선생께서 하신 말씀을 조금 적어 봤습니다. 먼저 읽을 터이니 들어 주십시오.

'포태하면 육종을 먹어선 안 됩니다. 바닷 고기도 먹지 말고, 논에 우렁도 먹지 말며, 고랑에 가재도 먹지 말며, 고기 냄새도 맡지 말아야 합니다. 아무 고기라도 먹으면 그 고기의 기운을 타고나 사람이 나면 모질고 탁하게 됩니다. 일삭이 되거든 기운 자리에 앉지 말고, 잘 때에 반듯이 자고 모로 눕지 말며, 채소나 떡이라도 기울게 썰지 말고, 울새 터 논 데로 댕기지 말고, 남의 말 하지 말며, 담을 넘어 댕기지 말며, 지름길로 댕기지 말며 화를 내지 말며, 무거운 것 들지 말며, 가벼운 것이라도 무거우면 다시 들며, 방아 찧을 때에 너무 되게도 찧지 말아야 합니다. 급하게도 먹지 말며, 남의 눈을 속이지 말며, 이같이 아니 말면 사람이 나서 요사도 하고 횡사도 하고 조사도 하고 병신도 되나니 이 여러 가지 경계하신 말씀을 잊지 말고, 이같이 열 달을 공경하고 믿어하고 조심하십시오. 그러하면 사람이 나서 몸도 바르고 총명하고 지국과 재기가 옳게 날 것이니 부디 그리 알고 각별 조심하옵소서. 이대로만 하면 문왕 같은 성인과 공자 같은 성인을 낳을 것이니 그리 알고 수도를 지성으로 하시옵소서.'

어떠신지요? 모두 마음에 새길 법하다고 생각해 오늘의 공부 주제로 선택했습니다."

상현 어머니가 말을 끝내자 모두 고개를 끄덕였다.

"참 좋은 글 아닙니까? 저는 내칙을 듣고 퍽 가슴에 와 닿았습니다. 예로부터 혼인한 여성들이 아이를 가지면 '태교'라 하여 행동 가짐, 마음가짐을 중요시하며 살아왔습니다. 대선생의 말씀은 참으로 훌륭하십니다. 더욱이 임부가 건강하고 마음가짐을 올바르게 하여야 아이도 건강하게 태어난다는 뜻인 것 같습니다. 모두 마음에 깊이 새겼으면 합니다. 꼭 아이를 가지지 않았더라도 평소에도 바른 마음가짐을 가지는 것이 중요한 것 같습니다."

한 도인이 말했다.

"저는 칠성이를 가졌을 때도 평상시나 마찬가지로 일만 해서 잘 생각이 나지 않습니다. 하지만 아이를 가졌을 때인데, 하루는 방아를 너무 오래 찧었던 날입니다. 그때부터 허리가 아파 지금도 고생하고 있습니다. 무거운 것도 들지 말라고 했는데, 많은 여자들이 아이를 가져도 일을 많이 하고, 출산 후에도 일을 많이 하게 됩니다. 내칙이라고 하셨는데, 다른 건 잘 모르겠지만 너무 고단한 우리네 형편엔 잘 와 닿지 않습니다. 물론 훌륭한 말씀이고 마음가짐이긴 하지만…."

속내를 잘 숨기지 않는 칠성 어머니가 털어놓자 다른 도인들도 고개를 끄덕였다.

"칠성이 어머님의 말씀도 맞습니다. 하지만 대선생께서는 사람이 태어나기 전부터 인성이 갖추어기 때문에 태아의 시기가 중요하다고 말씀하신 것입니다. 많은 어머니들이 일하느라 힘들지요. 그래서 우리 동학 도인들은 항상 내칙을 마음에 담아 두어 수태를 한 부녀자들을 위해 서로 도와야 합니다. 그런 마음으로 한울님이 깃든 아이가 태어나면 귀하게 여겨야 합니다. 아이를 가진 어미를 귀히 여길 줄 알아야 아이도 귀히 여길 것입니다. 하늘처럼 귀한 아이들, 어미들이 있어야 집안에도 평안이 찾아옵니다. 무엇보다 내칙은 우리 부인네들보다도 남자 도인들이 깊이 읽어야 합니다. 해월 선생께서도 그리 말씀하셨지요. 남편들이 아내에게 읽어 주라 하셨지만, 함께 읽는다고 보아야겠지요. 태교란 부인만의 일이 아니라 남녀 모두, 부부가 함께 해야 하는 일이라는 뜻입니다. 부인이 태교에 전념할 수 있도록 남편이 보살펴 주고 일을 거들어 주어야 한다는 뜻이 바탕에 깔려 있다는 말씀입니다."

상현 어머니가 칠성 어머니의 손을 잡고 말하자 칠성 어머니도 고개를 끄덕였다.

"그렇다면 마음에 새기는 의미로 제가 먼저 말하면 따라 하면서 뜻을 헤아려 봅시다."

여인들은 아주 작은 목소리로 내칙을 따라 읽으며 마음에 새겼다.

하지만, 다른 도인들과 달리 곱단은 내칙이 귀에 들어오지 않았다. 며칠전부터 아버지 표정이 영 좋지 않았기 때문이다. 별일 없을 거라고 했지만, 아비의 걱정이 가득한 표정을 곱단은 오늘도 보았다.

회합을 끝내고 곱단은 집으로 돌아가지 않았다. 삼거리 버드나무 길로 향했다. 며칠 전 오가 놈이 다녀간 후 분명 좋지 않은 일이 벌어지고 있는 것을 눈치로 넘겨짚었지만, 도통 알 수가 없었다. 칠성이는 이미 와 있었다.

"흠흠….."

곱단이 헛기침을 했다.

칠성이도 고민에 빠져 있는지 곱단의 기침 소리를 듣지 못하고 발아래로 고개를 떨구고 있었다.

"오라버니!"

곱단의 부름에 칠성은 그제서야 고개를 들었다.

"무슨 생각을 그렇게 깊이 하시오?"

칠성은 다짜고짜 곱단의 손목을 낚아챘다.

"다른 곳으로 가자, 급히 할 말이 있다. 따라 오너라."

칠성이의 무거운 목소리에 곱단은 아무것도 묻지 않고 따라나섰다.

두어 걸음 앞선 칠성의 뒷모습을 보며 곱단은 '도대체, 오라버니는 무슨 생각을 하고 있을까? 정말 무슨 일이 벌어진 것일까?' 초조히 생각하며 뒤따랐다.

칠성이는 한 번도 뒤돌아보지 않고 내처 걸어 취암산 아래 작은 초가에 도착했다. 남몰래 두 사람이 만나는 곳이기도 했다. 아무도 없는 것을 확인한 칠성이는 애처롭게 곱단을 쳐다보았다.

"무슨 일이오? 왜 그리 나를 보오? 오라버니, 속 시원히 얘기해 주지 않으면 정말 부애를 낼 테요!"

곱단은 기다렸다는 듯 퍼부었다.

칠성이가 천천히 곱단을 가슴팍으로 끌어당겼다.

"곱단아, 이 오라비 때문이다. 다 오라비 잘못이다."

"무슨 말이오? 속 시원히 얘기 않으면 가 버릴 테요!"

곱단이 칠성이의 가슴팍을 밀쳐 내며 옹골지게 몰아붙였다. 곱단도 이제 스무 살이 넘었다. 마을에선 과년하다고 수군대기도 했지만, 그렇게 기다려 준 칠성이가 고마워 올해는 넘기지 말자고 둘이 언약한 터였다.

"아무래도, 오가 놈이 논을 이중으로 팔아먹고, 너를 차지하려는 것 같다. 하지만, 내가 가만있을 성싶으냐! 걱정하지 마라, 내가 반드시 그놈에게 벌을 내릴 테다!"

칠성이가 입술을 꽉 깨물며 곱단의 얼굴을 살폈다.

칠성이에게 자초지종을 들은 곱단은 가슴이 철렁 내려앉았으나, 칠성이 오라버니의 서슬 퍼런 낯빛이 더 걱정스러워 애써 밝은 표정을 지으며 말했다.

"알았소, 걱정하지 않을게요. 오라버니를 믿으니, 내 걱정일랑 마오."

말을 하면서도 곱단은 속살이 떨리는 것을 어쩔 수 없었다. 열한 살 때, 어머니가 매 맞아 억울하게 죽은 모습을 볼 때처럼 겁이 났다.

화냥년이라는 누명을 쓰고 멍석말이를 당해 매질을 당한 어머니는 물만 먹다 열흘을 넘기지 못하고 기어이 세상을 떠났다. 곱단은 그 처참한 어머니의 마지막 모습을 아직도 똑똑히 기억하고 있다.

그날 밤 곱단은 잠을 이루지 못했다. '야반도주라도 하자고 할까? 이제껏 아버지와 동생들을 위해 살았으니…. 아니다. 오가 놈이 아버지를 가만두지 않을 게다. 작년 가을걷이 끝내고 오라버니 말대로 그냥 혼인을 했었어야 하는 건가! 아, 어쩌자고, 나에게 이런 일이 또 닥치는 것일까!'

곱단은 새벽녘이 돼서야 잠이 들었다.

"상현아, 사람도 한울이고, 저기 굴러다니는 개똥이나 돌멩이도 한울이라면, 한울이 왜 이렇게 고통받으며 살아가야 하는 거냐? 그게 말이 되느냐? 양반은 수백 년간 권세를 누리면서 잘 먹고 잘 살고 우리 같은 놈들은 맨날 일해도 겨우 입에 풀칠이나 한다니 이게 말이 되는 것이냐? 저 너른 논밭에서 나오는 곡식들은 도대체 어디로 갔느냐 말이다. 그도 저도 다 좋다. 그럴 수 있다 치자. 그러나 도대체 무슨 죄가 많아 이렇게 짐승 같은 일을 당하면서 살아야 한단 말이냐?"

칠성이가 산 아래를 바라보며 말했다.

"나도 이해가 아니되오. 형님. 세상이 다 도적 떼로 가득한 것 같소."

상현이도 답답한 듯 산 아래를 내려다보며 대답했다. '오가 놈을 어찌할 것이냐?'고 묻고 싶었지만, 칠성이가 얘기할 때까지 기다리기로 했다.

"생명은 소중하지. 하지만 난 모든 생명이 소중하다고 생각하지는 않는다. 모든 생명에 한울님이 있다면 오가 놈 생명에도 한울님이 있다는 거고. 세상엔 선과 악이 있는데, 어찌 악인에게도 한울님이 깃들어 있다는 것이냐? 난 이걸 받아들일 수가 없다. 물론 양반과 상민의 차이를 없애고 남녀의 차이도 없앤다고 하니, 그건 이치에 맞는 말인 듯싶다. 하지만 악인에게도 한울님이 있다면 오가 놈 같은 놈들을 우린 어찌 대해야 하는 거냐? 난 그래서 동학을 온전히 받아들일 수가 없다."

칠성이의 목소리엔 분노가 깃들어 있었지만 차분했다.

상현이는 칠성이가 오가 놈 때문에 전전긍긍하는 걸 알고 있지만, 칠성이의 말은 꼭 곱단이 때문만이 아니라도 이치에 맞는 얘기라고 생각했다. 칠성이 형이 자신보다 서책을 가까이하지는 않았지만, 매 순간 판단은 자신보다 정확한 때가 한두 번이 아니었다. 사실 상현이도 동학에 입도하며 아직까지 풀지 못한 의문이다.

"그래서 어쩌려는 것이오? 오가 놈을 어찌하려는 게요? 차라리, 곱단이와 도망치는 건 어떻소?"

상현이가 궁금한 걸 참지 못하고 물었다.

"도망? 내가 그 생각을 왜 안 했겠느냐? 그렇게 우리가 이곳을 뜨면 곱단 아버지는 어찌 될 것 같으냐? 오가 놈을 봐주는 향리 놈과 또 무슨 작당을 해서 행패를 부리겠지. 아버지 얘기 들어 보니, 두 놈이 짠 것 같다던데…. 그럴 게다. 그런 일을 혼자서 했을 리가 없어. 마음 같아선 당장 그 두 놈을 요절내고 싶지만, 숨통을 제대로 끊어 놓을 계책이 있어야 한다. 어찌 재물을 모았는지, 그걸 찾아내면 그놈의 명줄을 잡은 거나 다름이 없을 게다."

칠성이의 목소리가 진중했다.

"계책은 혹, 세우셨소?"

상현이가 칠성이의 얼굴을 살폈다.

"오가 놈, 그래 그놈은 분명 벌을 받아야 한다. 오늘밤부터 난 그놈의 집을 염탐할 거다. 분명 놈의 꼬리를 잡을 수 있을 게다."

칠성이가 결심이 선 듯 얘기했다.

"형님, 무슨 말이오?"

상현이가 조심스럽게 물었다.

"들은 이야기가 있어. 그러니, 사흘쯤 뒤에 나와 함께 염탐할 준비나 해 두어라."

칠성이의 말에 상현이는 그러겠다고 약조했다.

"자, 모두 모인 것 같습니다."

김용희가 방 안의 사람들을 지긋이 쳐다보고 나직이 말했다. 해가 질 무렵이지만, 초를 켜기엔 아직 이른 시간이다. 방 안에는 김용희와 김은경, 김성지, 김화성, 황성도, 이희인 같은 양반 출신 도인들과 원 씨 등이 같이 앉아 있다. 인근에서 행세깨나 하는 양반들이다. 향교나 서원에서 만났을 때와는 사뭇 다른 분위기다. 향교나 서원에서는 세도에 따라 앉는 자리가 정해지는 것이 통례다. 하지만 김용희의 집에 모인 이들은 둥그렇게 자리를 했다.

"이제 시작하겠습니다. 마음을 모아서 '심고'."

김용희의 말에 따라 모두 눈을 감고 양반 다리를 한 채 손을 모았다.

"오늘 여기 대선생의 뜻을 배우기 위해 사람들이 모였습니다. 아직은 대선생의 뜻을 잘 모릅니다. 이 땅에서 양반으로 태어나 오로지 성리학에만 매달려 왔던 우리입니다. 성인의 뜻은 다르겠으나, 오늘의 성리학은 허울만 세상을 위한 학문으로 전락한 지 오래요, 천지와 더불어 소통하지 못하는 책상물림의 허학이 되고야 말았습니다. 오늘 우리는 안으로 나를 위하고 밖으로 세상을 위하는 참된 학문을 공부하기 위해 모였습니다. 바른 마음으로 동학(東學)을 하기 위해 마음을 모으겠습니다. 심고."

모두 눈을 떴다.

"오늘 회합에서는 근자의 조선 상황에 대해 이야기를 나눌 것입니다. 우선 스물한 자 주문을 외우고 시작하겠습니다."

김용희의 말에 따라 일제히 주문을 외우기 시작했다.

'지기금지 원위대강(至氣今至 願爲大降)

시천주 조화정(侍天主 造化定)

영세불망 만사지(永世不忘 萬事知)'

어떤 이는 무릎을 꿇고 손을 모았고 어떤 이는 양반 다리를 하고 주문을 외웠다. 목소리도 제각각이다. 어떤 이가 작고 천천히 하는가 하면, 어떤 이는 아주 빨리 중얼거리고 또 중얼거렸다. 무엇을 그리 염원하는지 모르나, 이들의 얼굴 표정은 하나같이 간절했다. 유학의 정좌 수행에 비하여 동학의 주문 수련은 단시간 내에 미발의 경지에 이를 수 있게 하는 것이 특장이었다. 주문 소리가 조화를 이루며 한동안 계속되자 김용희가 박수 소리를 냈다. 주문을 외던 사람들은 일시에 소리를 멈추고 고요히 묵송을 해 나갔다. 유에서 무로, 무에서 무무의 세계로 침잠해 가는 동안, 숨소리조차 들리지 않았다. 이윽고 다시 백 리 밖에서 들리는 듯한 김용희의 박수 소리에 '푸우' 하고 숨소리가 배어 나왔다. 김용희는 사람들이 기운을 조섭하기를 기다려 입을 열었다.

"오늘 나눌 말씀은 일본과의 교역 문제입니다. 근자에 들어 왜놈들이 쌀을 대량으로 사들인다고 합니다. 시중보다 조금 비싸게 쳐준다고 하니, 왜놈들에게 팔아 이문을 남기는 상인들이 많다고 합니다. 이러다 조선 백성들이 먹을 쌀이 남아나질 않을 것 같습니다."

김용희가 말하자 여기저기서 긴 한숨 소리가 난다. 김은경이 뒤이어 제 의견을 피력하였다.

"일본국과의 사이에 강화도조약이라는 것이 강제로 체결된 다음, 인천과 원산항까지 왜상들에게 주도권이 넘어간 지 오랩니다. 가까이 태인이나 공주 나루에서조차 왜인들의 배에는 쌀이 산더미처럼 쌓여 있다고 합니다. 접주님 말씀대로 이러다간 조선에 쌀이 남아나질 않겠습니다. 요즘 해 질 무렵 굴뚝에 연기가 나도 막상 죽도 제대로 못 먹는 집들이 한둘이 아닙니다."

"최근엔 금이나 구리도 많이 사들인다는 소문입니다. 쌀이야 저들도 배가 고프면 먹을 수 있으니 그렇다 해도 금과 구리까지 가져간다는 것은 이 조선 땅을 다 헤집어 놓겠다는 것 아닙니까? 왜놈 상인들을 막아야 합니다. 이러다 조선 사람들이 먹는 거 입는 거, 심지어 제각의 놋그릇까지 다 털어 가게 될 것입니다."

"저, 접주님들 말씀 중에 나서서 뭣하지만, 한 말씀만 올리겠습니다."

원 씨가 입을 열자 시선이 모아졌다.

"접주님들께서 모아 주신 쌀과 잡곡들이 벌써 절반밖에 남아 있지 않습니다. 도인들이 형편이 나아지면 조금씩 되가져오던 것이 많이 줄었습니다. 6할 아래로 내려간 적이 별로 없었는데, 도인들 형편이 예상보다 더 안 좋아진 것 같습니다. 그리고 이상한 일이 있습니다. 요즘 제가 쌀을 몰래 나눠 주고 오면 이상하게도 다음 날 귀신같이 관아에서 밀린 세금을 내라며 득달같이 달려와 향리들이 다시 쌀을 빼앗아 간 일이 두어 차례 있었습니다. 이상하다 싶어 근자에 열흘 동안은 곳간을 열지 않았습니다만은 어찌해야 할지 잘 모르겠습니다."

원 씨가 접주들의 눈치를 살폈다. 접주들이 표정이 일그러졌다.

"원 접장의 소임을 관아에서 알고 있는 것인지, 우리 동학 도인들의 비밀이 새 나간 것인지는 아직 단언하기 이릅니다. 하지만 확실히 원인을 밝히기는 해야 하고, 그럼 당분간 원 접장의 소임을 다른 도인에게 맡겨 보는 것은 어떨까요. 그리고 당분간은 회합을 중단하는 것이 좋겠습니다. 만약의 사태에 대비해야 할 것 같습니다. 급한 일이 생기면 저에게 연락을 취하기로 하시고요. 주막은 사람이 많아 그만큼 눈과 귀가 많으니 우리를 지켜보는 이들도 많을 것입니다."

모두 이희인의 말을 따르기로 했다.

조정에서는 동학이 강원도와 충청도에 걸쳐 널리 퍼져 나간다는 걸 이미 감지하고 있었다. 첩자들을 보내기도 하고, 마을 사람을 매수해 도인들을 색출하는 데 혈안이 된 관리들이 있다는 소식도 들렸다. 목천과 천안, 성환, 전의에서는 동학에 입도하는 이들이 하루가 다르게 늘어나서 관아에서도 더욱 예의 주시한다는 걸 접장들도 알고 있었다.

회합이 끝난 자리에 이희인과 원 씨만 남았다.

"원 접장, 할 말이 있으시다고 했지요?"

이희인이 천천히 말을 건넸다. 이희인, 세종의 후예다. 썩어 빠진 조정엔 출사하지 않겠다며 목천에서 학문하는 이다. 엄연히 왕가에 속한 어른이다. 그런 그와 단둘이 한방에 있는 것이 원 씨에겐 여간 부담이 아니다. 허나 아들 혼사, 아니 동학이 이루고자 하는 올바른 세상과 직결된 일이다. 어쩌면, 며늘아기나 다름없는 곱단이의 생사와도 관계된 일이니 없는 지푸라기라도 만들어야 할 상황이다.

"예 접주님, 저…."

원 씨가 침을 한 번 삼켰다.

"어려워 마시고 말씀을 하세요. 그동안 원 접장의 도움을 몇 번이나 받았는데요. 제가 도울 일이 있다면 마땅히 그리할 것입니다."

이희인이 부드럽게 말했다.

"제 아들놈, 칠성이 일입니다."

원 씨는 운을 뗀 뒤 그간의 일을 차근차근 설명했다. 금방이라도 눈물이 떨어질 것 같은 얼굴이다. 혼인한 지 열두 해 만에 얻은 귀한 자식이다. 원 씨는 눈에 넣어도 아프지 않을 칠성이를 금지옥엽으로 키웠다. 누구에게 말하지 않았지만 마을 사람들도 원 씨의 아들 사랑이 지극정성인 것을 누구나 알고 있었다. 농사꾼 아들이지만 글도 가르쳤다. 아비를 쏙 빼닮은 다부진 체격으로, 동네에선 골목대장 노릇을 하기도 했다.

수심이 가득한 얼굴로 말을 마친 원 씨는 이희인의 입술을 주시했다.

잠시 생각을 갈무리한 이희인이 걱정스레 대답했다.

"그 오가라는 자가 기어코 일을 낼 심산인가 봅니다."

"이제 오가 놈이 곱단이네를 찾아왔었습니다. 이제 영락없이 곱단이를 빼돌릴 것인디, 그라문 우리 칠성이는 보나마다 눈이 뒤집힐 것입니다. 어제 야심해서 집을 나갔는디, 아직까지도 소식이 없습니다. 어찌해야 할지요? 뭔 사달이라도 나는 판엔….”

원 씨가 얼마나 걱정을 했는지, 목소리가 갈라져 나왔다.

“형님, 칠성이 형님, 저기 보시오. 수상한 놈들이오.”

상현이가 칠성이를 급히 깨웠다.

“어어. 왜?”

사흘째 밤잠을 못 잔 칠성이의 벌건 두 눈이 번쩍 뜨였다. 칠성이는 오가 놈 집을 매일 밤 염탐하고 있는 중이다. 오늘은 힘이 부쳐 상현이와 함께 왔다. 마을 사람들은 오가 놈이 어찌 재물을 모았는지 의아해한다. 땅 한 뙈기 없던 오가 놈이 지난해 겨울부터 밭과 논을 조금씩 사들이기 시작했지만 그 재물의 출처를 아는 사람은 없었다. 더욱이 지난해는 흉년이 들어 배를 곯는 이들이 허다했는데, 오가 놈이 땅을 산다니 수군대는 사람이 한둘이 아니었다. 그러다 보니 왜놈들과 가끔 만난다는 풍문이 퍼지고 퍼져 모르는 이가 없을 정도다. 칠성이는 그 풍문에 의존해 지금 오가 놈 집을 감시하고 있는 것이다. 소문에 들었던 왜놈이 언제 올지도 모르면서 마냥 기다리고 있다.

정말 오가 놈이 곱단이를 첩으로 삼으려 하는지도 사실 모른다. 하지만 곱단이를 지켜야 한다. 곱단이와 언약을 했다. 반드시 지켜 주겠다고.

"형님, 저기, 저 하얀 도포를 입고 갓을 쓴 두 놈이 아까부터 이상한 말을 했소. 왜놈 말인지, 아닌지는 모르겠지만 이상한 말을 하는 걸 보니까, 왜놈 같아 보이오. 저기 키가 작은 놈은 두루마기만 입었지, 인사하는 모양새도 이상하고…."

칠성이는 상현이가 가리키는 쪽으로 시선을 돌리면서 상현이를 데려오길 잘했다고 생각했다.

"그래, 그렇구나. 도대체 저놈들은 무슨 말을 하는 걸까? 왜놈들과 뭘 얘기하는 거지? 물건을 거래하는 것 같지도 않고…. 내 오늘은 반드시 뒤를 밟아 밝혀낼 테다."

칠성이가 유심히 살펴보고 있을 때쯤, 오가 놈과 도포 차림의 남자 두 명, 시중을 드는 한 명 이렇게 넷이서 오가 놈 집을 나섰다. 오가 놈도 두루마기를 걸쳐 입은 게 가까운 거리를 가는 건 아닌 듯했다.

'이렇게 야심한 밤에 저들은 누구고, 어디로 가는 것인가?'

며칠째 잠을 제대로 못 이룬 칠성이는 방금까지만 해도 몸이 천근만근이었지만, 왜놈이라는 말에 다시 정신을 곤추세웠다.

앞서 가는 오가 일행과 멀찍이 떨어져 칠성이와 상현이가 몰래 뒤를 밟았다. 식은땀이 등줄기를 따라 흘렀지만, 둘은 숨소리조차 삼켜가며 그들을 따랐다. 그들이 잡은 길은 직산과 입장 방면이었다. 천안 삼거리에서 제법 멀리 왔다. 직산 근처 감나무골까지 온 듯했다. 큰길에서 샛길로 접어든 오가 일행은 큰 나무 옆에 있는 조그만 집으로 들어갔다. 조금 더 다가가 보니 그들이 들어간 곳은 살림집이 아니라 당집이었다.

칠성이와 상현이는 서로를 쳐다보았다. 예사로운 일은 아닌 것이 확실했다.

"형님, 저놈들이 당집은 웬일일까요, 귀신이라도 붙으면 어쩌려고."

나직한 목소리로 상현이가 칠성이에게 물었다.

"쉿, 조용히 해 봐라."

칠성이는 유심히 당집을 바라보았다. 밖으로 새어 나오는 불빛만 보일 뿐 아무 소리도 들리지 않았다.

얼마 안 있어 오가 놈 일행은 당집에서 나왔다. 또 뭐라 알아들을 수 없는 얘기를 하자, 오가 놈은 연신 "하이(예), 하이(예)." 하며 굽신거렸다. 도포 차림의 낯선 사내 중 키가 큰 쪽이 조선말을 했다.

"여기 있네. 다음엔 더 많은 걸 가져와야 하네. 직접 가져오거나 장소만이라도 알려 주면 자네가 생각하는 것보다 훨씬 많은 걸 받을 수 있네. 이건 수일 내에 우리가 가져갈 것이네. 다시 한 번 말하지만, 이 일은 그 누구도 알아선 아니 되네. 자네 마누라한테도 절대 발설해서도 안 되고…. 누구든 다른 사람이 알게 된다면 자네 목숨은 그날로 끝인 줄 알게. 알았나?"

그자는 손으로 목 주변에 칼을 대는 시늉을 했다.

"아, 예, 지 마누라는 죽어 없습니다요."

오가 놈이 굽신대며 대꾸했다.

"그런가, 안됐구만…. 참 그리고 그때 얘기했던 여자는 준비되고 있는가?"

키 큰 사내는 오가에게 말을 한 뒤 키 작은 사내에게 왜놈 말을 하더니 또 오가 놈을 쳐다보았다. 상현이와 칠성이는 그가 도대체 무슨 말을 하는지, 알아들을 수가 없었다.

"아 예, 예, 걱정 마십시오. 거의 다 됐습니다."

오가 놈이 허리를 숙이며 헤헤거리자 조금 전 얘기했던 사람이 허리춤에서 뭔가를 꺼내 오가 놈에게 전했다.

"감사합니다요. 고맙습니다요. 아리가토(고맙습니다), 아리가토…."

오가 놈이 또 허리를 굽신거리며 인사했다.

"뭐냐, 아리가토가 뭐지?"

상현이가 칠성에게 아주 작은 소리로 물었다. 칠성이는 손을 상현이 입에 대더니 오가 놈 일행을 유심히 살폈다.

두 손으로 주고받는 걸 보니, 꽤 묵직한 것 같았다. 일행이 자리를 떠나자 오가 놈은 서둘러 물건의 주둥이를 풀어헤쳐 안에 든 것을 살폈다.

엽전이었다. 오가 놈은 주머니를 헤집어 가며 쩔렁거리는 소리를 듣고 신이 난 듯 덩실덩실 춤을 추었다.

"우헤헤헤, 이렇게 돈을 벌다니. 세상사 요지경이구나…."

한참을 혼자 히죽히죽 웃던 오가 놈은 그 돈을 허리춤에 단단히 차고서 집 쪽으로 난 길을 되짚어 걷기 시작했다.

사내들과 오가 놈이 멀어지기를 기다려 칠성이와 상현이는 누가 먼저라고 할 것 없이 당집으로 다가가 안을 들여다보았다. 문은 잠겨 있었고, 자물쇠는 튼튼하기 그지없었다. 겉으로 보기엔 허술해 보이기만 했던 당집 안에서 벽을 겹겹이 쳐 놓은 것처럼 튼실했다. 당집 둘레를 둘러봐도 들어갈 수 있는 곳은 출입구 하나뿐이었다.

　칠성이와 상현이는 머리가 복잡해졌다. 상현이가 당집 옆 큰 나무 아래서 바지춤을 내렸다. 호랑이가 자주 출몰한다는 곳이다. 평상시 같으면 대낮에도 혼자 다니기 무섭다는 길이다. 칠성이도 상현이 옆에서 바지춤을 내려 오줌을 눴다. 둘은 말이 없었다. 오줌이 떨어지는 소리만 크게 울려 퍼져 적막을 깼다.

　"형님, 돈보다 귀중한 게 뭘까?"

　"금 아니면 은일 게다. 근자에 직산에서 금을 캐는 사람이 많으니…. 그래 그것 말고는 없어."

　칠성이가 확실하냐는 듯 상현이를 쳐다보았다.

　"두 해 전에 아버지하고 같이 방죽 안쪽에 갔었어. 직산에는 한양 궁궐에서 관리하는 금광이 있대. 그런데 어떤 사내가 몰래 금을 캐려고 들어갔다가 들켜서 곤장 수십 대를 맞았다는 거야. 그 사내는 시름시름 앓아서 죽었다고 했어. 사는 것이 힘드니까, 몰래 금을 캐다가 파는 사람들이 있다는 얘기야. 태인 쪽엔 청나라 사람들과 양놈들이 많이 온다잖아. 왜놈들도 많고. 거기서 그걸 거래한다고 하더라. 헌데, 근자엔 궁궐서 나온 놈들도 돈만 주면 금을 캐든 은을 캐든 다 눈을 감으니, 오가 놈도 그런 것이겠지. 금을 어디서 찾은 건지는 모르겠지만, 오가 놈이 그걸 내다 팔기는 힘들었을 거고. 그래서 저렇게 몰래 왜놈들과 거래를 하는 것 같다. 다행히 지금까지는 관에 들키지 않은 게지. 이놈이 그래서 재물을 모은 거였어. 이젠 알았어. 금을 몰래 캐내는 건 중형으로 다스린댔어. 오가 놈을 잡아넣을 수 있겠어. 이제 됐어!"

칠성이가 뭔가를 알아냈다는 듯 들뜨며 상현이를 쳐다보았다.

"그런데 상현아, 오가 놈과 그 키 큰 놈이 여자가 어쩌고 하는 얘기, 그게 맞냐, 내가 잘못 들은 거 아니지?"

들떠 있던 칠성이가 갑자기 낮은 목소리로 재우쳐 물었다.

"응, 나도 들었어. 무슨 말일까? 오가 놈이 곱단을 자기 첩으로 삼으려는 게 아닌가 봐. 그놈들이 여자를 구해 달라는 말 같았어."

상현이도 목소리를 낮췄다.

"그렇다면, 오가 놈이 그 왜놈들에게 곱단이를⋯."

불길한 예감이 들었는지, 칠성이가 말없이 멈춰 섰다.

"상현아, 아까 당집에 그 왜놈들이 또 온다고 했지. 우리가 그 전에 다시 가 볼까? 아니다, 아니다. 생각을 좀 해 보자. 만약에 내가 관아에 가서 발고를 하고 관원들과 거기를 가면 오가 놈과 그 왜놈들이 잡혀갈 거야. 그렇게 되면 해결되는 거야. 그렇지?"

칠성이가 상현이에게 생각을 구했다.

"아니, 형님. 잘 생각해 보소. 우리가 발고를 한다 해도 관원들이 무시할 수도 있는 거고. 관원들이 간다 한들 만약 그 왜놈들이 그걸 가지고 간 후에 도착하면, 우리가 거꾸로 죄인으로 몰릴 수도 있어. 증좌가 없으니까. 오가 놈도 모른다고 잡아뗄 거고, 그 향리 놈까지 있으니까…. 어찌 한다…. 형님, 아무래도 아저씨에게 말씀드리는 게 좋을 것 같아요. 왜놈들까지 끼어 있는 게….”

상현이가 걱정스레 말했다.

삼거리 근처에 다달았다. 곧 동이 틀 시간이다.

“상현아, 오늘 일은 일단 누구에게도 말해선 안 된다. 아버지한테도. 알겠느냐?”

“아니 왜, 형님, 일단 원 씨 아저씨한테는 말씀드려야지. 보통 일이 아닌 것 같은데….”

상현이가 칠성이에게 대들 듯 물었다.

“아니, 내 말 들어. 지금 이 일은 곱단이를 지켜 내느냐 빼앗기느냐의 일이다. 아버지까지 알게 되면 도인들한테도 알려질 테고. 그러다 자칫 이 일로 가뜩이나 동학도들을 붙잡으려고 혈안이 된 판국에, 혹시나 말이다, 일이 잘못되면…. 그러니, 내가 방도를 찾아볼 테다. 그때까지 절대 누구에게도 발설해선 아니 된다. 알겠지?”

칠성이가 다짐을 받듯 상현이를 바라보았다.

“알았소, 형님. 그런데 어쩌려고?”

상현이가 칠성이에게 물었지만 대답은 들을 수가 없었다. 칠성이는 두어 발 먼저 집으로 향했다.

칠성이는 동터 오는 새벽, 벽에 기대앉아 혼자 어찌 해야할 지 방도를 생각하고 있다. 며칠째 잠을 제대로 자지 못해 몸은 천근만근이지만 눈빛은 어느 때보다 반짝거렸다.

　'스승님이었으면 어찌했을까?'

　칠성이는 돌아가신 곽 할배 생각이 났다. 글을 알아야 한다고, 어린 아이들 대여섯을 모아 작은 서당을 열었던 곽 할배가 그의 유일한 스승이었다. 재미난 이야기와, 넉넉하진 않았지만 틈만 나면 주먹밥이며 군것질거리를 챙겨 주던 스승님. 칠성이는 힘든 일이 있을 때마다 곽 할배가 떠오르곤 했다.

　"칠성아, 너는 아주 큰 힘을 가지고 태어났단다."

　"예 스승님, 모두 저보고 장군이 될 거래요. 아버지 닮아서 힘도 세고, 키도 크고요."

　"그래, 칠성이는 장군이 될 게야. 갑옷을 입고 칼을 들어 외적에 맞서 싸우는 장군도 있지만 칠성이는 사람을 살리는 장군이 될게다. 못먹고 말 못하고 힘없는 백성들을 위해 싸워서 살리는 장군. 틀림없이 그런 장군이 될게야."

　"정말요? 스승님이 그걸 어찌 아세요? 아, 스승님은 매일 서책을 보시니까, 앉아서 천리를 보시니까, 세상 돌아가는 거 다 아시니까. 네, 스승님. 꼭 그런 장군이 될게요. 제가 이다음에 장군이 되면 스승님께 큰절 올릴게요."

　칠성이 눈에서 뜨거운 눈물이 흘렀다. 칠성이는 굳이 그 눈물을 닦을 엄을 내지 않았다. 덩치 크고 힘세다는 말만 들어 온 자신에게 따뜻한 말을 해 준 스승님이 그리워서, 지금 자기 처지가 비참해서 흐르는 눈물이었다.

"장군, 장군…. 내 주제에, 백성들은커녕 정인 한 사람조차 지켜 내지도 못하는 처지인데…."

아무에게도 보여주지 않은 눈물이다. 참고 또 참았던 눈물이다.

'달리 길이 없다면, 나 혼자서 모든 걸 감당할 수밖에….'

칠성이는 결국 마지막 수를 쓰기로 마음을 먹었다. 태산 같은 졸음의 무게를 견디며 생각에 생각을 이어 가던 칠성이는 마침내 스르르 깊은 잠에 빠져들었다.

며칠이 지난 어느 날이다.

이른 아침, 갑자기 관원 둘과 향리가 칠성이네 집 사립문을 열고 들이닥쳤다.

"원칠성이 어디 있느냐!"

"네, 무슨 일로…."

칠성 어머니는 부엌에 있다가 황급히 뛰쳐나오며 향리 앞으로 다가가 허리를 굽혔다.

"당장 원칠성이를 데려오너라!"

향리가 고개를 까딱거리자, 관원들이 집뒤짐을 하려 했다.

"무슨 일이시오?"

칠성이가 뒤꼍에서 농구를 챙기다 말고 나오며 물었다.

"네놈이 원칠성이냐?"

"그렇소, 내가 원칠성이요."

말이 떨어지기 무섭게 관원 둘이 칠성이를 좌우에서 붙잡아 세워 포승줄로 묶기 시작했다.

"왜 이러시오! 내가 무슨 잘못을 했다고 이러는 것이오?"

칠성이가 몸을 뒤틀며 향리를 쳐다보았다.

"죄가 있고 없고는 관아에 가면 밝혀질 것이다. 가자."

겁에 질려 비명도 못 지르고 떨고 섰던 칠성이 어머니가 향리와 관원들을 막아섰다.

"아니, 대체 왜 이러는 것입니까? 연유라도 알아야지요."

"이렇게 한들 달라지는 게 없으니, 저리 비키시오."

향리는 칠성 어머니를 확 밀치더니, '헤헴' 하는 헛기침을 하곤 집을 나섰다. 그 뒤로 관원들이 포승줄에 묶인 칠성이를 붙잡고 따랐다.

칠성이가 도착한 곳은 직산 관아. 아문을 들어서고 동헌 뜰에 무릎을 꿇고 앉았다. 잠시 뒤에 등장한 이는 직산 현감이었다. 무슨 일인가 생각하기도 전에 칠성이의 눈이 휘둥그레졌다. 현감의 뒤에 오가 놈이 엉거주춤 따라오고 있었던 것이다. 더욱이 오가 놈은 포승줄 없는 맨몸이었다.

'아차, 뭔가 잘못됐다.'

그제야 칠성이는 일이 틀어지고 있다는 것을 알아챘다.

현감은 자리에 앉지도 않고 대갈일성을 했다.

"네가 오가를 발고한 원칠성이더냐?"

"예, 그러하옵니다."

"무고히 발고한 연유가 무엇이냐?"

"발고문에 적힌 그대로입니다. 얼마 전, 저기 저 오가가 왜인들에게 금을 팔고 돈을 받는 장면을 목격했습니다. 왜인들은 오가에게 '더 가져오면 더 많은 돈을 주겠다'고 했습니다. 직산 근처 감나무골 당집에서 거래하는 것을 제 눈으로 똑똑히 보았습니다."

칠성이는 자신이 본 대로 자세히 설명했다.

"그렇다면 그 금을 네 눈으로 확인하였느냐?"

현감이 물었다.

'아뿔싸, 직접 본 것은 아닌데. 어쩌지!'

"직접 본 것은 아니지만 그렇게 말하는 걸 똑똑히 들었습니다."

칠성이는 끝까지 오가 놈의 죄를 주장했다.

"그걸 혹시 같이 본 사람이 있더냐?"

"아닙니다. 저 혼자 보았습니다."

칠성이는 일전에 작정한 대로 혼자 본 것으로 대답했다.

"네 이놈! 증좌도 없이 무고한 사람을 발고하면 어찌 되는 줄 아느냐? 네가 말한 당집은 발고문을 확인한 그날 바로 확인해 보았지만 아무것도 없었다. 또한 네놈의 눈으로 금을 확인한 것도 아니요, 네놈 말을 보증할 사람도 없다. 내 어찌 네놈 말을 믿겠느냐! 네놈의 말만 믿고 무고한 사람에게 죄를 씌울 뻔하지 않았느냐! 내 너의 죄를 엄히 물을 것이다. 이놈을 당장 하옥하라!"

현감의 말에 칠성이는 말문이 막혀 당장 대꾸를 할 수 없었다. 자신의 눈으로 본 것도 아니다. 그렇다고 오가 놈과 왜인들이 나눈 말을 상현이가 같이 보았다고 할 수도 없는 노릇이다. 게다가 현감은 오가 놈과 입을 맞춘 게 틀림없지 않은가!

그때 오가 놈이 칠성이를 보며 흐뭇한 미소를 지었다.

"네 이놈, 오가 이놈. 내가 보았다. 내가 분명히 보았어. 네놈이 한 짓을 반드시 밝혀내고 말 테다."

칠성이가 악에 받쳐 소리쳤다.

포졸들이 포승줄에 묶인 칠성이를 두들겨 패 가며 옥으로 끌고 갔다.

옥사에 갇힌 칠성이는 후회막급이었다.

'아아, 경솔했던 게 아닌가! 그러나, 달리 길이 없지 않았는가?'

무엇보다 곱단이가 걱정이었다. 오가 놈에게 오라를 씌우지 못한다면 곱단이를 빼앗기는 것도 시간 문제가 아닌가. 칠성이는 자기가 갇혀 있다는 게 믿기지 않을 뿐더러, 곱단이 금방이라도 왜놈에게 끌려갈 것만 같아 애가 타들어 가는 고통을 견딜 수가 없다.

저녁이 되자 옥사를 지키던 옥장이가 다가와 한심하다는 듯 칠성이를 나무랐다.

"쯧쯧쯧 젊은이, 자네는 하나는 알고 둘은 모르나?"

칠성이는 분심이 났으나 다른 방도를 생각하는 데 열중하자고 마음을 먹고 옥장이를 외면하였다.

"자네 얘기 다 들었네. 여기가 어떤 곳이라고 발고를 해. 오가 같은 놈이 어디 한둘인 줄 아는가? 재수 없으면 걸리는 거고, 재수 있으면 사는 거지. 그 재수란 건 만들기 나름이고. 게다가 오가 같은 놈들이 재수 없이 걸린다고 한들 빠져나갈 길도 안 만들고 그런 일을 할 성싶은가? 그뿐인가? 자네처럼 들어온 사람이라도 재물만 쓰면 얼마든지 나갈 수 있는 게 또 여기야. 내 자네 처지가 하도 딱해 해 주는 얘기네만, 오래 지체하면 할수록 속전 값은 더 올라가게 돼 있어. 내 생각해서 말해 두는 것이니 빨리 방도를 찾게나."

옥장이의 말에 칠성이는 너무나 억울해 대꾸도 하지 않았다.

오가 놈이 천안현 향리와 내통하는 상황이라 금광이 있는 직산현에 발고한 것인데, 일이 이렇게 돌아갈 줄은 생각지도 못했다. '이제 곱단이는 어쩌지. 내가 지켜 준다고 언약했는데, 오가 놈이 곱단이를 그 왜놈들에게 팔아넘기면 어쩌지?' 칠성이는 너무 억울해 머리를 벽에 퉁퉁 쳐 댔다.

그날 밤 원 씨는 이희인을 찾아갔다. 도움을 청할 만한 사람이 이희인밖에 없었다.

"접주님, 어찌하면 좋겠습니까? 이놈이 곱단이와 혼인을 생각하던 상황이라 일이 이렇게까지 됐습니다."

원 씨는 터져 나오는 울음을 겨우 삼키며 금방이라도 주저앉을 듯한 몰골로 하소연했다.

"원 접장님, 잠깐 생각을 해 봅시다. 직산에 황 접주가 있으니 도움을 청할 수는 있을게요. 돈을 좀 주면 풀려날 수도 있으니 일단 날이 밝는 대로 황 접주를 찾아갑시다. 그런데 칠성이가 풀려나면 오가 놈을 찾아갈 텐데, 곱단이라는 처자와 혼인을 생각하고 있다면 가만있지 않을 거요. 어찌해야 할지…?"

원 씨와 이희인은 뾰족한 수가 떠오르질 않았다.

다음 날 날이 밝자마자 원 씨와 이희인은 직산현 동학 접주 황성도를 찾아가 도움을 청했다. 황성도는 직산에서 이름난 선비였다. 상황을 전해 들은 황성도는 직산 현감을 찾아갔으나 웬일인지 만나 주지 않았다. 처음엔 몸이 아프다고 했고 다음 날에는 출행을 떠났다며 모습을 드러내지 않았다. 황성도는 이상하다 싶어 향리를 찾았다.

"현감이 그리 바쁘신가? 며칠째 만날 수가 없으니. 자네는 잘 알 것이 아닌가?"

황성도가 물었다.

"예, 근자에 조정에서 공철양에 대한 업무를 강화하라는 명이 떨어졌습니다. 그래서 출타하는 일이 많습니다요."

향리가 눈치를 보며 둘러댔다.

황성도는 이상하다 생각하며 돌아왔다. 황성도는 즉시 삼거리 주막을 찾았다. 이희인과 원 씨가 기다리고 있었다.

"황 접주님, 어찌 되었습니까?"

원 씨가 애타는 목소리로 물었다.

"이상합니다. 예전 같으면 현감이 먼저 찾아와 담소도 나누었는데, 도통 만날 수가 없어요. 아무래도 뭔가 큰일을 도모하고 있는 듯합니다. 향리도 아는 눈치인데, 말을 하지 않고…."

황 접주의 말이 끝날 무렵 밖에서 원 씨를 찾는 목소리가 들렸다. 곱단이 아버지였다.

"어르신, 저 좀 도와주십시오. 오가 놈이 일을 냈습니다. 저를 관아에 발고하겠답니다."

곱단이 아버지가 이희인 접주에게 넙죽 절하며 애걸한다.

"무슨 일로? 발고는 접장님이 하셔야지요."

이희인이 이상하다 싶어 물었다.

"논을 이중으로 팔지 않았는데 이중으로 팔았다고 소문을 내고 다녔다면서 저를 발고하겠답니다요. 제가 오가 놈한테 빌린 게 있는데 그걸 갚지 않아 다른 사람한테 논을 판 것이라고요. 이를 어쩐답니까?"

곱단 아버지는 눈이 벌겋게 달아올라 금방이라도 정신줄을 놓을 것처럼 황망히 떨고 있었다.

"아무래도 이상해. 우리가 오가 놈한테 놀아나는 듯합니다. 그놈이 계략을 쓴 것 같습니다…."

이희인의 말에 모두 귀를 쫑긋 세웠다.

"이 접주 말이 맞는 듯하오. 오가라는 놈이 직산현에는 칠성이를 붙잡아 두라고 해 놓고, 천안 관아엔 곱단이 부친을 발고하겠다고 엄포를 놓고, 상황이 이러면 이쪽이 불리합니다. 천안 관아와는 유착 관계가 오래전부터 있는 듯하고. 시간을 끌수록 그놈은 더 많은 걸 요구할 겁니다."

황 접주의 예상은 적중했다.

다음 날 오가 놈을 찾은 원 씨는 그의 음흉한 속내를 알아차렸다. 장죽을 잡고 양반 흉내를 내며 앉은 오가 놈은 원 씨를 보며 연신 웃어 댔다. 몇 해 전만 해도 끼니가 없어 어렵게 살았던 오가였다. 동학 도는 아니었지만, 원 씨가 직접 잡곡 한 됫박을 주자, 머리를 땅바닥에 박아 넣을 것처럼 고맙다던 일도 있었다.

"내 길게 얘기하지 않을 테니, 잘 듣게."

오가 놈이 인심이라도 쓰는 듯 말하며 장죽을 화롯불에 톡톡 치고는 원 씨를 보았다.

"곱단이 나이도 차고, 좋은 혼처가 있어 소개를 해 주고 싶은 것이지, 내가 딴마음이 있는 게 아니네. 내가 중매를 서겠다는 거야. 생각해 보게, 곱단이 나이 스물이 넘었지? 퇴물이여. 어디다 시집을 보내기도 어렵고, 형편도 어려우니, 돈 많은 곳에 시집을 보내면, 곱단이네도 살림이 필 것이고. 그러면 모든 게 다 술술 풀릴걸세. 누이 좋고 매부 좋은 일이지. 그렇게만 해 준다면 칠성이도 곧 풀려나고 나도 곱단이 애비를 발고하지 않을걸세. 어떤가?"

원 씨는 부아가 치밀어 당장 오가 놈 멱살을 잡고 패대기를 치고 싶었으나 꾹 참았다.

"잘 생각해 보게. 빨리 결정하면 칠성이를 빨리 볼 수 있을 것이고, 늦으면, 헤헤… 잘 결정하세. 뭐 힘든 결정도 아닐 터이니 내 오래 기다리지는 않을걸세."

오가 놈이 장죽을 톡톡 털었다.

3장/ 탄생, 비밀과 기쁨

"어쩌겠습니까. 다 이게 지가 무식하고 못나서 이 사달이 벌어진 걸. 저…. 곱단이, 그놈들에게 보내기로 했습니다."

곱단이 아버지가 힘없이 얘기했다.

"아니 되네. 내 자식 살리자고 곱단이를 왜놈들에게 보낼 순 없네. 절대 안 되네. 칠성이가 이 사실을 알면, 가만있지 않을걸세. 자네는 평생 딸년 팔아먹은 아비가 되는 것이고, 나는 제 자식 살리자고 남의 귀한 딸 죽인 죄인이 되는 것이네. 칠성이와 곱단이는 어쩌라고 이런 말을 하는 겐가. 다른 방도를 찾아야 하네. 지금 이희인 접주와 여러 접주님들이 백방으로 알아보고 있으니, 무슨 수가 나올걸세."

원 씨가 곱단 아비의 팔을 잡고 애걸하듯 말했다. 곱단 아버지가 울상을 짓고 들이키는 탁배기가 사발 밖으로 흘러넘쳤다.

"올해 오가 놈에게서 논을 사고 형편이 나아지면, 봄에 고운 옷 한 벌 지어 주고 혼사를 치르려고 했었는디…. 형편 나아지면 곱단이도 걱정 없이 시집가 잘 살 것이고…. 다 지 때문입니다. 나가 죄인이요. 어쩌자고 시집갈 딸년을 나 좋자고 끼고 앉아서 이 사달을 벌였는지,

지는 죽어도 할 말이 없는 애비입니다."

곱단 아버지가 가슴을 치며 눈물을 흘렸다. 원 씨도 목이 메이자, 탁배기를 들이켰다.

'흐흠.'

이희인이다. 문 밖에서 두 아비의 이야기를 귀동냥한 눈치다.

"어찌 되었습니까, 접주님!"

원 씨가 얼른 일어나며 물었다. 이희인의 표정이 좋지 않았다. 방으로 드는 그의 하얀 버선마저 무겁게 보였다.

"상황이 좋지가 않소. 일이 좀 복잡하게 되어서…. 아무래도 왜놈들과 깊숙이 연결이 된 듯하오. 칠성이의 발고가 사실로 밝혀지면, 왜놈들이 직산에서 금광을 찾는 사실이 공론화될 것이고, 그 반대면 칠성이는 허위 사실을 발고한 죄로 중벌을 받게 되는 것이오. 그 오가란 자가 치밀하게 꾸민 계략에 완전히 빠져 버린 듯하오. 직산 황접주가 알아본 바도 비슷하고. 미안하오. 아직은 뾰족한 방도를 찾지 못했소."

방 안은 무거운 숨소리로 가득 찼다.

열흘이 지났다. 삼거리 곱단이네 집 사립문 앞에는 아침나절부터 사람들이 몰려들었다. 날이 찬데도 값비싼 꽃가마를 구경하느라 가마 주위엔 아이들이 빙 둘러쌌다. 붉은색 술로 장식한 꽃가마를 보며 속 모르는 입방아들이 참새처럼 재잘거렸다.

오가 놈은 비단옷을 잘 차려입고 장죽으로 거드름을 피우며 곱단이 나오기를 기다렸다. 꼭 신부 집 상객(上客) 같은 모습이다.

"아버님, 저 길 떠나옵니다. 만수무강하세요."

곱단이가 아버지에게 큰절을 올렸다.

방 안에는 칠성이의 아비와 어미도 들어 있었다.

"두 분도 절 받으세요. 평생 제 시아버지, 시어머니로 생각하고 살겠습니다."

곱단이가 절을 하자, 부부는 눈물만 훔쳤다.

"그리고, 이것은 칠성 오라버니에게 보내는 서찰입니다. 나중에 꼭 전해 주세요."

곱단이가 서찰을 전하고 마당으로 나오자 마을 사람들은 연신 웃음꽃을 피웠다. 값비싼 비단 치마저고리에 놀라 입이 벌어졌다. 곱게 분칠한 곱단은 고왔다. 생전 처음 꽃단장한 곱단이다. 붉은 치마와 노란 저고리를 입은 곱단이에게 사람들은 연신 "곱다, 고와"라며 탄성을 질러 댔다. 한양 부잣집 젊은 신랑에게 첩실로 들어간다는 소문을 낸 건, 오가 놈이었다.

"내가, 인물을 제대로 봤구만. 이만하면 흡족하다마다. 암 족하고 말고⋯."

혼잣말을 하던 오가 놈이 가마꾼들에게 출발을 재촉했다. 꽃가마는 제물포로 향했다. 오가 놈은 곱단 아버지에게 일본인들이 사는 홍예문 근방에서 손꼽히게 큰 집이라고 말했다. 시부사와 소이치로(澁

澤 壯 一郞)라는 이름도 알려 주었으나 곱단 아버지는 기억하지 못했다. 상현이도 멀리서 이 광경을 눈에 담았다. '아, 칠성이 형!' 상현이는 속으로 부를 뿐 입 밖으로 칠성이의 이름을 부를 수 없었다. 그후로 상현이는 달포가량 칠성이를 보지 못했다. 칠성이가 어디서 무얼 하다 왔는지, 상현이도 누구도 묻지 않았다.

"무슨 겨울에 장마도 아니고, 세상이 하수상하니 하늘도 이상해지나?"

하늘에서 굵은 빗방울이 밀려왔다. 칠성이는 툇마루에 앉아 손을 뻗어 처마 밑으로 손을 내밀어 봤다. 손바닥에 부딪치는 물방울이 무척이나 차갑고 굵어 따끔따끔거렸다.

얼굴에 맞으면 제법 아플 만큼 비는 세차게 퍼부었다. 하늘을 보니 시커멓다. 겨울에 폭우가 쏟아지는 것도 이상했지만, 잠시 내릴 비가 아니었다.

"아무래도 다녀와야겠구만."

칠성이가 갈모와 도롱이를 챙겨 입었다.

"이 날씨에 어디를 가려 하느냐?"

칠성 아비와 어미가 의아해 물었다.

"아무래도 목천에 좀 다녀와야겠습니다. 날이 이상하니 오늘은 웬만하면 나가지 마시고 집에 계셔요. 냉큼 다녀오겠습니다."

말수가 부쩍 줄어든 칠성이에게 원 씨 내외는 더 묻지 않았다.

칠성이는 서둘러 상현이네를 찾았다.

"형님, 이 날씨에 목천에는 왜요?"

상현이가 물었다. 꼭 가 봐야 하냐는 말투다. 상현이 옆에는 애들 셋이 나란히 서 있다.

"어서 가세. 가면서 얘기할 테니…."

상현이는 칠성이를 따라 빗속으로 나섰다.

비는 계속 쏟아졌다. 장대같은 비는 하늘을 뚫고 땅거죽마저 뚫을 기세다. 칠성이와 상현이는 빨리 걷고 싶었지만 길 사정이 여의치 않았다. 질퍽거리는 흙이 자꾸만 발을 잡아당겼다. 한겨울 빗발은 아프기도 했지만, 추위가 더 힘들었다. 두 사내가 목천 주막에 도착할 즈음, 둘의 입술은 파랗게 변해 있었다. 동구를 들어서 다시 반식경을 걸으니 마을의 가장 안쪽 김은경의 집에 당도했다.

칠성이는 동경대전 간행을 위해 급하게 만든 간행소가 불안했다. 이듬해 봄에 간행 작업이 완성될 것이라 예상하고 지붕을 일 때 서릿발, 폭설과 바람 정도만 대비하면 된다고 생각했다. 이렇게 큰비가 쏟아질 줄은 차마 생각하지 못했다.

김은경의 집에 도착해 보니 일가 모두 처마 밑에 모여 있었다. 근심 어린 표정이 역력했다.

"원 접장과 훈장이 어찌 오셨소? 그렇지 않아도 비 때문에 일손이 부족하다고 생각하던 참이오."

김은경이 칠성이와 상현이를 반갑게 맞았다.

"축대가 걱정돼서 왔습니다. 이 간행소를 지을 때, 이만한 폭우는 예상하지 못했잖습니까. 그때 저도 있었습지요."

칠성이가 도롱이를 입은 채 처마 밑에서 김은경을 보며 말했다.

"자네도 같은 생각을 했구만. 이렇게 내일까지 비가 쏟아지면 축대가 견디지 못할 것 같네. 아무래도 판각한 것들을 모두 옮겨야 할 듯하네. 불안해서 더 이상 두고 보지 못할 것 같으이. 자네 생각은 어떤가?"

김은경이 각수를 쳐다보며 물었다.

"비가 오늘 그친다 한들, 이렇게 비가 오면 아무래도 판각한 판이 물을 먹게 되고, 그러면 인출 상태가 좋지 않습니다. 접장님 말씀대로 수를 써서 옮겨야 할 것 같습니다. 일손이 부족했는데, 이렇게 지원군이 오셨으니 다행입니다."

각수의 말에 김은경이 고개를 끄덕였다.

잠시 후 이희인 일행도 도착했다. 그의 열두 살짜리 아들도 함께 따랐다.

"이 접주님도 오셨군요?"

김은경의 말에 모두 마당을 보았다. 이희인이 앞서고 뒤에 셋이 따르고 있었다.

"아니, 목천에 사는 우리보다 삼거리 도인들이 먼저 오셨구만. 한 발 늦은겐가?"

이희인의 이를 드러내며 웃었다.

김은경 일가와 도인들은 모두 도롱이를 걸쳐 입었다.

종이는 얼마든지 구할 수 있지만, 판각한 판은 사정이 다르니 절대 젖어선 아니 되었다. 사내들이 판각판을 가슴팍에 안고 김은경의 별채로 하나씩 옮겼다. 빗물에 마당은 질척거렸고 하얀 버선은 질척이는 흙으로 범벅이 되어 형체를 알아볼 수 없었다. 겨울비에 사내들의 입술은 퍼렇게 변했다. 삼방 대청에선 사내들이 옮겨온 판각판들을 김은경의 아내와 여자 가솔들이 정성껏 방으로 옮겼다. 사람은 빗물에 젖어도 판각판은 절대 젖어선 아니 되었다.

간행소에 놓여 있던 것들을 모두 옮기니 사랑채가 꽉 찼다. 일을 마치고 도인들은 툇마루에 걸터앉았다. 도롱이를 벗고 허리도 폈다. 한겨울에 오들오들 떨며 일하는 것은 쉽지 않았다. 김은경의 아내는 화롯불을 가져왔고 삶은 밤을 내왔다. 살짝 데운 약주도 함께였다.

"자, 우리 접장님들 덕에 일이 무사히 마무리되었습니다."

김은경이 약주를 한 잔씩 권했다.

"역시 추울 땐 데운 약주만한 게 없지요. 몇 잔 더 들이켜야 할 것 같습니다."

이희인이 연거푸 약주를 마시며 말했다.

칠성이도 잔을 들었다. 두어 잔을 이어 마시자 온몸에 돌던 냉기가 좀 가시는 듯했다. 일을 무사히 마쳤다는 안도감에다 따뜻한 술까지 온몸으로 퍼져 나가자 뿌듯한 마음도 퍼져 나갔다.

그때였다.

'우지직'거리는 소리가 빗속을 뚫었다. 임시로 지었던 간행소 가옥 축대 하나가 힘없이 주저앉은 것이다. 그러더니 곧 지붕과 나머지 축대들도 무너져 내렸다. 눈 깜짝할 사이였다. 모두 놀라 동그란 토끼 눈으로 입만 벌렸다. 놀라기도 하고 황당하기도 해서 서로를 쳐다볼 뿐 순간 말을 하지 못했다.

"아니, 어찌 어찌….”

김은경도 이희인도 칠성이도 상현이도 눈앞에서 벌어진 일에 황망해했다.

"거참, 이 엄동설한 비가 이렇게 거세차게 내릴 줄은 몰랐소."

이희인이 놀라 말했다.

"접장님들, 그래도 옮긴 다음에 이런 일이 벌어졌네요. 황망하지만, 길조입니다. 흉조는 아닙니다."

칠성이가 다 들으라는 듯 큰 목소리로 말했다.

"그래, 자네 해석이 옳으이. 액땜했다고 생각합시다. 참, 세상에 이런 일도 다 있네그려. 허허허….”

김은경이 웃어넘겼다. 모두들 약주 잔을 내려놓고 안도의 한숨을 내쉬었다.

비는 그날 밤 자정을 넘어서야 그쳤다. 매서운 추위도 한풀 꺾였다.

며칠 뒤 김은경은 아들과 함께 인근의 흑성산(黑城山)을 찾았다. 동경대전을 간행하는 작업을 하느라 꼬박 반년 이상을 쉼없이 보낸 것 같았다. 날이 차 입김은 나지만, 산을 오르느라 등허리에는 땀도 제법 흘렀다. 정상에 오르니 천안과 목천이 한눈에 들어왔다.

이제 동경대전 간행이 목전이다. 김은경은 하루하루가 조급했다. 잠도 제대로 이룰 수가 없었다. 도인들의 열망이 모여진 숙원이 이제 눈앞에 펼쳐지게 된다는 게 아직도 믿기지 않았다.

흑성산의 옛 이름은 검은성(儉銀城)이다. 지관들은 오래전부터 검은성을 한양의 외청룡이라며 금닭이 알을 품고 있는 길지형국이라고 말했다. 인근 승적골은 오목(덜목, 제목, 칙목, 사리목, 돌목) 사이에 사람이 살기 좋은 땅이라고들 했다. 그래서 피난처라는 얘기도 있었다.

"아버지, 마음이 설레십니까?"

늘 김은경 옆에서 그림자처럼 따라다니는 아들 용철이 한참 만에 입을 열었다.

"그리 보이느냐?"

김은경이 목천을 바라보며 말했다.

"예, 아버님의 이런 모습은 처음입니다. 많이 수척해지셨습니다. 경전을 간행하시겠다고 말씀하신 다음부터 한시도 편히 주무시는 걸 못 보았습니다."

용철은 김은경을 계속 바라보았다. 지난 가을 이후 눈에 띄게 머리가 새었다. 지천명(知天命)이 되려면 아직 몇 해 더 남았다. 용철은 아버지를 계속 바라보았고 김은경은 대답 대신 '흐음' 하는 헛기침을 하더니 계속 먼 산을 바라보았다.

그러다 김은경이 입을 열었다.

"용철아, 지관들이 말하길, 여기 흑성산에서 보면 저기 북쪽의 석천마을에서 이 산 근처의 지산마을이 좌우동천승적지라고 하더구나. 덜목과 제목, 칙목, 사리목, 돌목 이 오목의 승적골은 사람이 살기 좋은 땅이라고 말이지. 금닭이 알을 품고 있는 길지라고 하는데, 세간에선 숨기 좋은 곳이라고도 하지."

지관들의 예견이 맞았는지, 김은경이 말한 인근엔 이런저런 이유로 도성에서 나와 숨어든 이들이 많았다. 그중엔 양반무리도 많았다.

"저기 보이는 태조봉의 남릉으로 가지를 친 이 능선의 최고봉이 바로 우리 발밑 흑성산이란다. 형상도 최고로 꼽히는 명산이기도 하지만, 명당에다 화기를 피할 수 있는 피난처라고도 하지. 그래서 반골의 피가 흐른다는 얘기도 있고.

예전에 말이다. 고려 태조 왕건이 개국할 당시 목천에 상국진(尙國珍)이라는 사람이 있었다. 그는 백제 유민이었는데 목천 호장까지 지내고 지역에서 큰 세력을 가진 인물이었지. 하지만 그가 목천에서 여러 차례 백제 재건을 시도하자 태조 왕건이 노해 그의 성씨를 짐승인 코끼리 상(象)으로 바꿔 버렸지. 상국진 일가만이 아니라 우(牛)씨, 돈(豚)씨, 장(場)씨도 그렇게 바뀐 성씨들이다. 이 얼마나 모욕적인 일이었겠느냐! 그러다 몇 대 후에 학문이 뛰어난 후손의 공으로 향역도 면제받고 본래의 성인 상(尙), 우(于), 돈(頓), 장(張)으로 회복했다고 하는구나.”

김은경의 시선은 여전히 목천에 있다.

“아버지, 갑자기 왜 그런 말씀을 하십니까?”

용철은 여전히 아버지를 보고 있다.

“반골의 땅이란 백성이 일어나는 곳이란 뜻이란다. 상국진 일가 일이 어디 그때만 벌어진 일이겠느냐? 허나 지금은 그때처럼은 되지 않을 것이다. 동학이 일어서는 곳, 아마 여기 목천이 그런 일을 할 것이다. 동경대전이 이곳 목천에서 간행되는 것도 백성의 뜻이고 하늘의 뜻일게다. … 용철아, 훗날 너는 모든 백성이 평등하고 사람으로 대접받는 그런 시대를 보게 될 것이다. 이미 조선은 국운이 쇠한 듯하다. 민심이 천심이라 했거늘, 백성들을 도탄에 빠뜨리고도 헤아릴 줄 모르는 조정에는 희망이 없다. 왜놈들은 억지를 부려 개항장을 얻어낸 뒤로 조선 땅을 금방이라도 집어삼킬 듯이 달려들고, 청국은 여전히 이 땅에서 엄청난 조공을 걷어 가고 있다. 명나라 명나라 하며 조아리던 대신들이 청나라를 몰라보고 왜놈들을 하대하다 이렇게 왜놈들 등살에 휘청이게 된 게지. 서양놈들도 정승들에게 뇌물을 먹여 왕권을 흔들고 있다는 얘기를 들었다. 이렇게 가다간, 버티기 힘들 것이다. 조정도, 백성들도….”

말끝에 김은경의 입에서 한숨이 새어 나왔다.

용철은 버티기 힘들 것이라는 말에 가슴이 철렁 내려앉았다. 평소 과묵하던 아버지가 세상 돌아가는 이야기를 이렇게 꺼내 놓은 적은 없었다.

'청나라나 왜놈들뿐 아니라 불란서, 아라사 같은 나라들이 조정을 흔들어 대는 것은 알고 있다. 헌데, 분명 버티기 힘들 것이라 하셨다. 조정과 백성이 버티지 못한다면 어떻게 된다는 것이지? 아버지의 의중이 어디까지일까?'

용철은 아버지의 말이 무슨 뜻인지 생각하느라 미간을 좁혔다.

"그래도 이 흑성산이 명당이어서 화기를 피하게 하는 피난처라고 하더구나. 아마 동경대전을 두고 한 말인 듯하다. 분명 동경대전이 우리 동학도들에게 닥칠 화기를 피하게 해 줄 것이다."

용철은 아버지가 풍설을 사실로 믿는 것인지, 아니면 버티지 못할 것이라 그렇게 믿으려 하는 것인지 궁금했지만 묻지 못했다. 지금 아버지의 머리가 얼마나 복잡하고 힘든지 짐작하고 있었다.

용철은 아버지의 마음을 헤아려 보았다. 풍설이 사실이 될지 아닐지는 모르는 일이다. 아버지의 간절한 마음일 것이라고 생각했다.

다만 목천에 살고 있는 일가친척까지 모두 동학 도인으로 이끈 아버지의 그 믿음이 어디서 오는 것인지 궁금할 뿐이다. 당신의 목숨까지도 내놓고 경전 편찬에 이르게 한 그 믿음, 마음이 궁금할 따름이다. 조선의 국운이 다됐다는 생각을 하면서 왜 이토록 동경대전 간행에 당신의 모든 걸 바친 것인지, 아무리 추려도 답을 찾을 수가 없었다. 용철은 동경대전이 간행되면 꼭 물어보리라 생각했다.

"여기 이것이 피었구나."

용철은 아버지의 손이 머문 곳을 보았다. 김은경의 밝은 얼굴을 닮은 노란 복수초였다. 봄이 오긴 이른 날이다. 봄을 가장 먼저 알려 준다는 꽃이다.

"꽃을 보니까, 마음이 편안하구나."

용철은 아버지의 미소를 머금은 얼굴을 닮은 그 노란 복수초가 경전 편찬의 성공을 예견하는 것이라 믿고 싶었다.

'어찌해야 한단 말인가? 왕을 갈아 치우는 역성혁명(易姓革命)과는 다른 길이다. 평등 세상, 과연 그것이 가능한 일인가? 아니면, 나 역시 평등 세상, 개벽 세상을 거부하는 것인가? 아니다. 양반과 평민은 평등할 수 있다. 허나 국왕은? 우리가 국왕, 왕족과도 평등해진다면, 조선이라는 국가는 어찌 되는 것인가? 국왕이 없다면 국가는 어찌 운영되어야 하는 것일까? 모두가 평등하다면, 평민이 왕이 될 수 있다는 말인가? 서역의 불란서라는 나라에서는 혁명이 일어나 왕을 처형했다고? 허면 그 나라는 누가 경영하고 있단 말인가? 대학연의의 '절국(竊國)'과는 분명 다른 길이다. 허나 이를 어찌 설명해야 하는가?'

사랑채에 혼자 들어앉은 이희인은 깊은 생각에 빠져 있다.

'얼마 후면 동경대전도 간행이 된다. 이제 나에게 답할 차례다. 저리 많은 이들이 동학으로 모여드는데, 개벽 세상을 어떻게 실현시킬 것인가? 동학 도인의 개벽을 이 조선에서 어떻게 성사시킬 것인가? 단순히 조정에서 허하는 개제 따위가 아니다. 500년 조선을 지배해 온 저들에게 맞서서 어떻게 설득할 것인가? 사대부의 부패 때문이라고, 조선 왕실의 무능 때문이라고? 아니다. 아니야. 이것은 분명한 흐름이다. 물이 위에서 아래로 흐르듯, 그렇게 가야 하는 당위(當爲)다. 허나 그들에게 사대부와 왕족이, 농사짓는 이들이 모두 평등하고 귀한 이들이라고 어떻게 이해시켜야 하는가? 그것이 하늘의 뜻임을 깨닫는 것은 오랜 시간 수련이 필요하다. 깨달음을 거부하고 가진 것을 끝까지 움켜쥐려는 자들과 어찌 논해야 하는가? 그 답을 찾지 않는 한….'

이희인은 자꾸만 아뜩해지는 머리를 부여잡고 자신에게 계속 질문을 던졌다.

'동학의 세가 날로 늘어나고 있다. 동경대전이 인출되면 동학으로 몰려드는 이들이 더욱 급속도로 늘어날 것이다. 다른 지역보다 유독 양반의 입도가 많아지고 있다. 그만큼 사대부들과의 명분 싸움이 각을 이룰 것이다. 그들과의 명분 싸움을 준비해야 한다. 그래, 조급해선 아니 된다. 허나 늦어져서도 아니된다. 그들과의 명분 싸움을 어찌해야할 지…. 비답이 무엇일까, 비답이!'

이희인이 긴 숨을 내쉬었다. 미간의 주름도 슬며시 펴졌다.

"어르신, 손님이 들었습니다."

돌쇠의 목소리다. 이희인이 몸을 일으켜 사랑채 앞마당으로 나갔다.

"아니, 자네가 어인 일인가?"

굳었던 이희인의 얼굴에 화색이 돌았다. 윤영렬이다. 무과에 합격한 후 오랜 세월 지방 관아를 전전해 온 자다.

"무슨 생각을 하시길래, 몇 번을 아뢰어도 듣지를 못하십니까? 계집이라도 숨겨 놓은 겝니까?"

윤영렬이 짓궂게 농을 던졌다.

"이 사람이, 오랜만에 나타나더니 요상한 말부터 하는구만. 어서 들어오시게."

둘은 사랑채로 들었다.

윤영렬은 매사에 꺼릴 게 없는 자였다. 호방한 성격에 금상의 신임이 두터운 형을 두고 있어 언제든 중앙 관직으로 나아갈 수 있다는 자신감이 가득 차 보였다.

"글공부를 그리 열심히 하십니까?, 저는 서책만 보면 답답합니다. 세상은 어지럽게 돌아가는데, 서책만 보시다가는….

윤영렬은 자리에 앉자마자, 이희인의 책상을 보며 말을 건넸다.

"그렇구만. 어찌 사셨는가? 이곳저곳을 많이 보았다고 들었네만. 세상 돌아가는 얘기나 좀 들려주게."

이희인이 궁금하다는 듯 웃음 띤 얼굴로 물었다.

"뭐 있습니까? 조정에서 금하는 동학 무뢰배들의 작당들 얘기지요. 글쎄, 동학쟁이들은 양반, 쌍놈이 없답니다. 세상이 어찌 돌아가려는지…. 천한 것들은 그렇다 쳐도 왜 양반들까지 가담을 해서 그자들 편을 들어주는지… 나라가 있으니 반상의 법도가 있는 것이고 남녀가 있는 것 아니겠습니까!"

윤영렬이 거침없이 내뱉었다.

"그래, 조정에선 어찌한다고 하던가? 한때는 좌도난정이라고 모두들 잡아들인다고 하던데…."

이희인이 속내를 들키지 않으려 웃음을 띠며 물었다.

"작금의 조정이 요즘 조정입니까? 얼마 전 난이 일어나기 전까지만 해도, 중전 등쌀에, 내 참 드러워서, 제가 지방 관아를 전전하는 것이 다 왜이겠습니까? 중전 척족에게 뒷돈을 안 줘서입니다. 민겸호 그자가 죽기 전에 저도 뒷돈을 좀 댔으면 달라졌을 텐데 하고 생각 중이었습니다. 하하하."

윤영렬이 크게 웃었다.

"그놈의 서학이 들어온 다음 서양놈들부터 왜놈들까지, 조정에 잘 나간다는 정승들과 협잡하고, 궐 내탕금이 중전 치맛자락으로 들어간다고 합니다. 임오년 그 난리도 선혜청 민겸호 그자가 작정하고 재물을 착복해서 벌어진 사달 아니겠습니까! 대체 얼마나 재물을 모으려고 하는지…. 국모 자리를 제 외척 세력 배불리는 자리로 생각하는 게 아니고 뭐겠습니까! 국모가 국모다워야지, 동서고금에 여자가 나서서 잘됐다는 일을 본적이 없습니다."

윤영렬의 우렁찬 목소리가 쩌렁쩌렁 울렸다.

"이보게, 그 입 좀 조심하게, 아무리 그래도 중전 아닌가. 누가 들을까 걱정이구만…."

이희인이 걱정스럽다는 말투다.

"들어도 좋습니다. 궐 안팎이 썩은 내로 진동하니 백성들 또한 부화뇌동해 동학이라는 요설에 휩쓸리는 것 아니겠습니까. 동학 무뢰배들이 반상의 법도를 무시하고, 평등이란 말을 대놓고 하니, 이참에 천것들이 양반과 어깨를 마주해 보려고 동학에 앞다투어 들어가는 거랍니다. 형님, 사실은 저도 그 평등이란 말을 듣고 처음엔 마음이 동하였습니다. 서얼 출신인 제가 세상에서 이름을 날리려면 그 길이 빠른 게 아닌가 싶었습니다. 허나 그게 될 법한 이야기입니까? 금상도 따지고 보면, 조 대비 없이 그 자리에 앉았겠습니까? 민 씨도 재물이 있으니 저리 주인 행세를 하다 변이 난 것이고. 세상이란 것이, 다 힘과 재물로 움직이는 것 아니겠습니까? 평등이라니요. 다 헛된 꿈입니다."

윤영렬이 헛기침을 한 번 하며 이희인의 얼굴을 살폈다. 지난 임오년(1882) 여름 한양에서 벌어진 구식 군대의 난리 때 일본으로 도주했다가 얼마 전 돌아온 형, 윤웅렬을 두둔하고 싶은 속내를 내보인 게다.

"예끼, 이 사람아. 세상이 아무리 매관매직이니 뭐라 해도, 자네 같은 무관만이라도 정도를 지켜야지, 아니 그런가?"

이희인이 윤웅렬 얘기를 꺼내기는커녕 달래듯 말했다.

"허허, 형님이나 저를 대접해 주시지, 어느 양반 나리들이 저와 겸상이라도 하겠습니까? 무관들 사이에서도 어디 가문이냐에 따라 대접이 달라지는 세상입니다. 정도를 어기는 건 진짜 양반이면서, 저 같은 서얼 나부랭이들에게 정도를 지키라니요. 모르겠습니다. 형님을 뵈면 그런 말씀 드리는 게 잘못이라 생각하긴 하지만….”

윤영렬은 신세한탄을 하더니 말을 얼버무렸다.

“자네 말이 맞지, 암, 틀림이 없어. 세상을 쥐고 흔드는 자들에게 해야 할 말이지. 허나 양반이든 평민이든, 정도를 지키는 것이 사람의 도리이니 하는 말일세.”

이희인의 말에서는 진심이 묻어났다.

“자네 형님도 생각을 하셔야지. 금상의 총애가 대단하다는 걸 알고 있네.”

이희인이 자연스레 윤웅렬 이야기를 꺼냈다.

윤영렬보다 열네 살이나 많은 윤웅렬은 별군관에 임명된 뒤 금상의 신임을 받는 몇 안 되는 무인이다. 신사년(1881) 신식 군대인 별기군을 만드는 데 중심 역할을 한 것은 경진년(1880) 금상이 파견한 수신사 김홍집 일행의 수행을 맡아 일본을 다녀오면서부터다. 대국 말에 능숙했고, 일본 말은 더듬거리나마 할 수 있었던 윤웅렬은 김홍집 등과 어울리며 일본과 깊숙이 연을 맺고 있었다. 금상이 파견한 2차 조사단에 아들 윤치호를 일본에 유학시키기 위해 억지로 끼워 넣기도 했다.

세상은 그런 윤웅렬에게 일본 앞잡이라고 말들이 많았던 참이다. 임오년 군인들이 일으킨 난에서도 일본 공관 습격 계획을 미리 일본

측에 알려 준 이가 바로 윤웅렬이었고, 그때 그의 집이 풍비박산이 되었으나 겨우 목숨은 건졌다. 그는 조선 군인들이 일본 공사관을 습격하자 한성부를 탈출해 원산에 피했다가 부산을 거쳐 박제경(朴齊絅)과 일본군 중위 가이즈(海津)의 도움으로 일본 나가사키현으로 망명하였다.

세간엔 그가 부산이 아닌 원산에서 일본으로 밀항했고, 그때 일본 승려 이사카와의 도움을 받아 가마니에 둘둘 말려 짐짝인 것처럼 눈을 속여 겨우 탈출했다는 말도 나돌았다.

그런 윤웅렬이 일본 정부의 압력으로 얼마 전 복권되어 별군직에 임명되고 뒷날 첨지로, 그 후 남양 부사로 제수되었다. 금상의 두터운 신임과 일본의 입김이 있었기에 가능한 일이었다.

이희인은 윤웅렬의 소식을 이미 알고 있었으나 내색하지 않았다. 윤영렬이 자신의 집을 찾은 것도, 세상 돌아가는 민심을 파악하기 위한 것쯤이란 걸 이미 알고 있었다.

그러나 이 서얼 출신 형제들의 세도가 하늘 높은 줄 모를 것이란 것은 아무도 예상하지 못했다. 이 일대 내로라하는 양반들 중에 윤씨 형제와 가까이 지낸 건 이희인과 몇밖에 되지 않았다. 그러나 윤웅렬이 금상의 총애를 받고 한양에 머물자 왕래가 끊겼고, 윤영렬의 발길도 자연 멀어져 근래엔 만남이 없던 처지였다. 허나 이희인의 마음엔 측은지심도 있었다.

윤씨 형제가 서얼 출신이라는 이유로 양반들 사이에서 괄시를 받

아 온 것이나, 윤웅렬이 관직 길에 오른 이후 부당한 대접이나 탄핵
을 받아 힘들었던 것을 모르지 않았다.

"흐음, 어려운 이야기는 그만하고, 내 세상 얘기나 해 드립지요. 목
천 이 구석에만 있으니 답답허실 것 같아서요."

윤영렬이 한숨을 쉬더니 이내 표정이 바뀌었다.

"왜놈들 얘기 들으셨습니까? 아니지, 이제는 일본이라고 해야 맞
지요. 일본에 가면 서양에서 들어온 진귀한 물건들이 아주 많다 합니
다. 멀리에 있는 사람과 얘기를 할 수 있는 요상한 물건도 있고, 하늘
을 찌를 듯이 높은 집들도 있습니다. 거기다가 조선에서는 상상할 수
도 없는 엄청난 포와 화승총과는 비교도 안 되는 신식 총들이 있다
합니다. 왜놈, 왜놈 하던 시대는 이제 지나갔습니다."

윤영렬이 눈을 크게 뜨며 말했다. 마치 진귀한 물건을 눈앞에서 본
듯한 표정이다.

"그런가? 자네는 어찌 알았는가? 참으로 신기하네그려."

이희인도 맞장구를 쳤다.

"제 조카 놈 치호가 서찰을 보내와 알았습니다. 형님도 알다시피,
우리 치호가 얼마나 명석합니까. 큰 세상을 본 게지요, 허허."

윤영렬이 자랑스럽게 얘기했다.

"그렇지, 자네 조카는 어윤중 대감의 제자들 중에서도 손꼽히는 인
물이었지. 참 아까운 인재야. 시대를 잘못 태어나서 참 안쓰럽네그
려. 그래, 지금 일본에 있는 겐가?"

이희인이 시치미를 떼고 물었다.

윤영렬은 조카 이야기가 나오면 '어윤중이 인정한 수재다, 서얼 자손이라 어찌 출세할 수 있느냐, 관직조차 나가기 힘들지 않은가!'라고 항변하려 했었다. 그러면서 자신의 형 윤웅렬을 나무라지 말라는 말을 돌려 하려 했으나, 이희인이 먼저 품을 넓혀 얘기하니 뭐라 말할지 선뜻 떠오르질 않았다.

윤영렬은 이희인과 담소를 마치고 대문을 나섰다. 스무 걸음쯤 걸은 그는 뒤돌아 이희인의 집을 향해 야릇한 눈빛을 보냈다.

"분명 알고 있는 눈치야. 헌데 왜 형님 얘기나 치호 뒷얘기를 꺼내놓지 않지? 모르겠다. 모르겠어! 이 근방 양반 놈들의 마음은 도통 읽을 수가 있나? 세상이 어찌 변했는지는 알지 못하고 족보 타령이나 하는 놈들의 눈치를 이젠 더 이상 보지 않으련다!"

윤영렬은 혼자 중얼거리며 다시 걸음을 재촉했다.

임오년(1883) 2월 중순, 김은경의 집이 있는 구내리에만 시간이 멈춰선 듯 했다. 온갖 들꽃이 피어나기 시작했지만, 구내리는 겨울과 봄의 경계에 있었다. 눈이 녹아내려 질퍽거리는 흙길이 동구 밖부터 마을 제일 깊숙한 김은경 집까지 이어졌다. 아직 짧은 해는 구내리에는 더 인색했다. 인시가 끝날 무렵 날은 벌써 어둑어둑해졌다.

김은경의 집은 조용했다. 사랑채에는 김은경과 각수 둘만 들었다.

각수는 조심조심 서책을 건넸다.

"접장님, 드디어 완성되었습니다."

각수가 건넨 서책의 앞에는 '東經大全(동경대전)'이라는 네 글자가 세로로 적혀 있었다. 김은경은 떨리는 손으로 책을 받아 들었다. 각수의 손도 떨리긴 마찬가지였다. 이 중차대한 일을 하면서 오자라도 발생하지 않을까, 노심초사하며 몇 번을 보고 다시 보았던 판이었다. 그것이 이제 인출되어 서책으로 묶여졌다.

김은경은 서책을 받고 말 대신 고개를 끄덕이며 각수에게 애썼다는 마음을 건넸다.

김은경은 한 장 한 장을 천천히 읽어 내려갔다. 포덕문, 논학문, 수덕문이 차례로 쓰여 있었다. 더하지도 덜하지도 않았다. 한 글자 한 글자에 얼마나 공을 들였는지, 김은경은 옆에서 똑똑히 지켜보았다. 동학 도인인 각수가 손을 얼마나 많이 다쳤는지도 알고 있었다. 뾰족한 조각칼의 날카로움은 그의 손가락을 자꾸만 파고들었다.

"애쓰셨소. 정말 애쓰셨소."

김은경이 눈물을 참으며 각수에게 말했다.

"접장님도 애쓰셨습니다. 접장님이 함께하지 않았다면 이렇게까지 서책이 나오지는 못했을 겁니다."

각수가 김은경에게 고맙다며 앉은 자리에서 허리를 굽혀 넙죽 절했다. 김은경도 각수에게 맞절했다.

"나머지는 언제쯤 완성될 듯하오?"

김은경이 기쁨에 겨워하면서 각수에게 물었다.

"오늘 밤중으로 열댓 권 정도를 묶어 낼 수 있습니다. 그리고 이레 안에 천 권을 다 마무리할 수 있습니다."

각수의 말에 김은경은 또 고개를 끄덕였다.

"이번 판의 상태가 매우 좋아 이렇게 보관만 잘 한다면, 천 권을 찍고도 최소한 그만큼은 더 찍을 수 있습니다."

"아, 그렇군요. 정말 다행이오. 다행이오."

김은경은 그 말에 참았던 울음을 터뜨리고 말았다. 해월 스승님이 만면에 웃음을 짓고 좋아하는 모습이 떠올랐던 것이다. 경진판에 잘못이 많음을 안타까이 여겨 늘 수운 대선생께 죄스러워하던 모습, 그나마도 경전이 모자라 여기저기서 손 벌리는 도인들에게 재삼재사 다음번을 기약했노라던 해월 선생의 그 눈빛이 가슴에 사무쳐 왔다. 이제 그 안타까움과 간절한 눈빛을 미소로 돌려 놓을 수 있으리라.

기쁨의 눈물은 흐느낌도 없다. 마냥 좋은 김은경은, 만면에 웃음을 띠며 짭조름한 눈물방울들을 닦아 낼 뿐이다. 김은경은 아이처럼 오른손과 왼손의 소매 끝단을 번갈아 가며 눈물을 훔쳐냈다. 돌이켜보면 기쁨의 눈물을 이렇게 닦아낸 적은 없었던 것 같다.

무엇보다 이번 일을 해낸 목천 인근 도인들의 정성은 거룩한 것이 아니었는가. 밤잠을 설치며 이런저런 걱정들을 해 왔던 지난날이 하나씩 둘씩 떠오르기도 했다.

김은경은 용철을 찾았다. 우선 해월 선생을 모셔야 한다. 본래 이달 말쯤 간행 작업이 마무리될 것이라 예상했지만, 그보다 닷새가량

빨리 완성된 것이다. 당초 천 권을 간행하여 해월 선생이 삼 백 권을 가져가시고, 나머지 칠 백 권을 목천과 인근 도인들에게 나눠 주기로 했었다.

"우선 이희인 접주님을 모셔 오너라."

김은경이 용철을 불러 말했다. 이 접주를 먼저 만나야겠다고 생각했다. 이제 곧 경전 간행이 완료되니, 민첩하게 일을 처리해 나가야 했다.

이희인이 도착했을 때는 별이 반짝거리는 늦은 밤이었다.

"연통을 받았습니다. 예상보다 닷새 정도 빨리 완성되는 것 같습니다만…."

이희인이 만면에 웃음을 지어 보였다. 함께 온 돌쇠의 얼굴도 기쁘기는 매한가지였다.

김은경이 대답 대신 먼저 완성된 동경대전을 건넸다. 이희인은 댓돌 위에서 서책을 받아 들고는 그대로 멈춰 버렸다. 동경대전이라는 네 글자가 심장에 박혀 버리는 것처럼 쿵쾅거렸다.

'그토록 기대하고 기다리던 것이 손 위에 놓여 있다니….'

이희인은 침을 한 번 삼켜 김은경을 올려다보았다. 김은경은 환한 미소와 함께 그저 고개를 끄덕일 뿐이었다. 이희인은 동경대전을 받아 들고 눈을 감았다. 손으론 책 거죽을 천천히 아주 천천히 매만졌다.

그날 밤으로 해월 선생에게 연통이 닿았다. 초조한 가운데 만 하루가 지나고 드디어 해월 선생이 당도하였다. 해월 선생은 집 안에 들어서는 길로 그 자리에 모인 모든 사람들과 더불어 땅바닥에 엎드려 크게 절하였다. 모두들 황망한 가운데 맞절을 하였다.

"선생님!"

벌써부터 눈물 바람을 하는 도인들이 여기저기서 홀쩍거리기 시작했다.

"고맙습니다. 큰일을 하셨어요."

"모두 선생님께서 이끌어 주신 일이지 않습니까."

"무슨 말씀을요. 이번 일은 누가 뭐라고 해도 김은경 접장과 이희인 접주님을 위시한 목천 지역 도인들의 정성이 이룬 일입니다. 그리고 부덕한 제가 못한 일을 여러분들이 해 주셔서 스승님께도 조금이나마 면목이 서게 되었습니다. 참으로 제가 여러분들게 백배 천배 감사드릴 뿐입니다."

인사를 주고받은 끝에 마침내 봉고식이 거행되었다. 정성스레 마련한 제수와 더불어 가장 먼저 엮은 동경대전을 받들어 올리고 절차에 따라 봉고식이 거행되었다. 동경대전 인출을 한울님과 수운 대선생께 고하고, 그간 정성을 다한 이들의 공덕을 영세불망하기로 맹세하는 의식이었다.

봉고식을 마치고 해월 선생은 뜻밖의 소식을 전해 주었다.

"이번에 목천의 도인들께서 정성을 모은 일이 다른 접에도 알려져서 여기저기서 접별로 경전을 간행하겠다는 의론이 일어나고 있습니다. 그야말로 여러분들이 도의 기운을 크게 일으키는 데 앞장을 선 것입니다."

김은경과 이희인을 비롯한 도인들의 얼굴에 흐뭇한 미소가 돌았다.

"특히 몇몇 접에서 수운 대선생이 우리 도를 창도한 곳이 경주이니만큼 경주접의 이름으로 경전을 간행하자는 데도 뜻이 모아져 지금 구체적인 계획이 추진되고 있습니다."

이는 놀라운 소식이었다. 일찍이 해월 선생이 수운 대선생으로부터 경전을 간행하라는 뜻을 전해 받은 것은 경주 용담에서였다. 그러나 그 직후에 수운 대선생이 조난을 당하게 되고 그 이후로는 20년 동안 심산유곡으로 헤매던 끝에 지난 경진년에 겨우 강원도 첩첩산골인 인제에서 동경대전을, 그리고 그 이듬해에 단양 천동에서 용담유사를 처음으로 간행하였던 것이다. 이제 목천에 이어 경주접의 이름으로 경전을 간행하게 된다면, 이는 불의에 중단되었던 사명(師命)을 완수하는 것이니 그야말로 절운(切運)에 빠졌던 동학이 성운(盛運)으로 나아가는 길을 잡는 출발점이 되는 것이다.

해월 선생은 그러한 뜻을 넌지시 말하며 감개무량의 감회를 밝히고, 도인들의 손을 일일이 잡으며 거듭 고마움을 표시하였다. 해월 선생은 그 밤으로 다시 보은의 대도소로 돌아갔다. 남은 일은 모두 김은경과 목천 도인들에게 일임하였다.

"접주님, 이제 서둘러 진행을 해야 할 것 같습니다."

김은경이 이희인을 보며 말했다. 두 사내의 얼굴엔 결의가 가득했다.

"도인들의 수가 많아져 각지에서 동경대전을 찾는 이들이 많다 합니다. 하니, 우리 도인들에게는 500권을 나누어 주고, 해월 선생께 500권을 가져가는 것이 어떠한지요?"

김은경의 말에 이희인이 고개를 끄덕였다.

"접장님 말씀이 옳습니다. 우리 도인의 수가 많아지면, 다른 데도 마찬가지겠지요. 허나 근방의 양반들의 입도가 많아져서…."

이희인이 걱정스레 말했다.

"이번에 비록 1천여 부를 간행하게 되지만, 각수의 말로는 이번 목판의 상태가 매우 좋아, 준비가 되는 대로 상당한 수량을 더 인출할 수 있다 합니다. 자금만 모이면 또 인출할 수 있으니 그것은 그리 걱정할 일이 아닌 것 같습니다."

김은경이 웃으며 말했다.

"그래요? 그러면 됐습니다. 자금이야 또 모으면 되지요. 근방의 양반들도 많이 입도하고 있으니, 자금 걱정은 하지 않아도 될 듯합니다. 하하하, 이제 한시름 놓았습니다."

표정이 밝아진 이희인의 웃음이 방 안을 가득 메웠다.

"접장님들 중엔 꼭 양반이 아니어도 글을 아는 분들이 있습니다. 입도한 지 얼마 되지 않은 분들은 아직 우리 경전의 뜻을 정확히 하는 게 어려울 수 있으니, 적합한 도인들을 찾아서 필사를 해서 경전을 많이 보급하는 방법을 생각해 보았습니다.”

김은경이 그간 생각해 둔 것을 말했다.

“좋습니다. 해월 선생도 여기저기서 경전을 보내 달라는 요청을 계속해서 받고 계시다 하지 않았습니까. 우리가 단지 접중의 일을 하는 것이 아니라 도중(道中)을 망라하여 일하는 것이니 마음이 한결 기쁩니다. 경전 간행이, 막상 해 보니 자금이 많이 들어가고 품을 많이 팔아야 해서 다른 곳에선 쉬이 할 수 없을 것 같습니다. 우리 목천에서 정말 큰일을 한 것입니다. 보은은 예정대로, 이달 말로 하는 걸로 하지요. 경전이 늘어나니, 사람을 하나 더 붙여야 하니 말입니다. 날래고 믿음이 깊은 도인을 찾아야겠지요.”

이희인도 생각을 밝혔다.

“그렇다면, 삼거리의 원칠성 접장은 어떻습니까? 이 접주님과 가근하시니, 한번 운을 떼 보는 게 어떠신지요?”

김은경이 칠성이를 추천하자 이희인도 고개를 끄덕였다.

그날 밤 두 사내의 이야기는 밤이 깊도록 이어졌다. 해월 선생에게 동경대전을 보낼 방법과 인근 도인들에게 나누어 줄 방도를 논의했다. 근자에 관아의 검문이 느슨해졌다곤 하나, 동학은 여전히 비밀리에 행해져야 하기 때문이다. 그러면서도 둘은 동경대전 간행의 기쁨에, 언문을 아는 도인들을 위해 용담유사(龍潭遺詞)를 인출하자는 이야기도 나누었다. 용담유사는 최제우 대선생이 동학의 가르침을 누구나 알기 쉽게 가사로 지은 것을 모은 경전이다.

둘은 이달 말 김은경이 보은으로 가기 이틀 전 전체 접주 회합을 갖기로 했다.

며칠 뒤 김은경의 집 넓은 마당에는 멍석이 깔렸다. 툇마루도 사람들로 가득했다. 목천과 직산, 천안 지역 접주들의 회합이다.

"드디어 우리 도인들이 꿈에 그리던 경전을 오늘 나눠 드리게 되었습니다."

이희인의 말에 접주들이 기쁨의 탄성을 질렀다. 하지만 큰 소리로 박수를 칠 수는 없었다. 아무리 도인들의 교세가 크다지만, 관청의 눈과 귀를 모두 피할 수는 없는 노릇이다.

그렇다고 가만있을 수도 없었다. 몇몇 접주들은 일어나 덩실덩실 춤을 추었다. 가슴에 밀려드는 희열을 주체할 수가 없었다. 눈물을 흘리는 접주도 많았다.

"오늘 회합은 김은경 접장이 주관해야 하는데 병이 나셨습니다. 이 어려운 일을 하느라, 오랜 시간 힘을 쏟으셔서 잠시 누워 계셔야 할 듯합니다. 오늘 접주님들께 나눠 드릴 이 『동경대전』은 해월 스승님의 지도에 따라 우리 도인들이 땀과 정성으로 만든 것입니다. 한 권 한 권 감사하고 감사할 뿐입니다. 아끼고 아껴 우리 도인들이 동학할 수 있게 우리 접주님들이 심혈을 기울여 주십시오. 우리 도인들이 정성으로 일궈 낸 이 경사는 역사에 기록될 것입니다. 며칠 전에는 해월 선생께서 이곳을 찾아오시어 봉고식을 봉행하였습니다. 관의 눈을 피하느라 모든 분들을 함께 모시지 못한 점은 널리 이해하여 주시기 바랍니다. 해월 선생께서는 간행된 경전을 보시고는 감격하시고 함께 애쓰신 도인들의 노고에 너무나 감사하다고 말씀하셨습니다. 특히 김은경 접장의 노고는 반드시 영원히 기억될 것입니다. 이 나라 백성들이 썩어 빠진 조정에 시달리며 살아가지만, 동학으로 치유받고 더 좋은 세상에서 살기를 꿈꾸는 우리 도인들의 마음이 반드시 이루어질 것입니다. 우리 접주님들이 도인들의 마음 하나하나를 어루만져 주시길 빕니다."

이희인의 말이 끝나자 멍석 위에 앉아 있던 한 접주가 일어섰다. 오십은 더 돼 보이고, 까무잡잡한 피부에 주름이 많았다.

"이희인 접주님의 말을 들으니 눈물이 납니다. 이 경사스런 날에 노래도 부를 수 없고 춤도 마음껏 추지 못하는 게 억울할 따름입니다. 우리 동학이 얼마나 좋았으면 입도하겠다는 사람들이 이렇게 많겠습니까. 호가호위하는 자들이 넘쳐 나고, 온갖 세금에 궁핍하고 아무런 희망 없이 살던 백성들이 이제 이 도에 들어 동학의 힘으로 새로운 세상을 꿈꾸며 살고 있습니다. 동학이 사람을 살리고 있습니다. 우리 도인들이 대부분 글을 모르는 분들이지만, 스승님의 그 큰 뜻을 어찌 모르겠습니까. 앞으로 이 경전을 읽고 또 읽어 세세명찰하고 바르게 살겠습니다."

다른 접주도 일어섰다.

"저도 한 말씀 올리겠습니다. 저도 문자로 따지면 일자무식 농사꾼입니다. 금상의 부친인 대원군이 섭정을 하면서 반드시 고쳐할 것 세가지를 말했다 합니다. 학문 수양은 뒷전이고 싸움박질만 하는 서원이 첫째요, 권세 있는 이들을 쥐락펴락하는 평양 기생이 둘째요, 마지막이 고집불통 충청도 양반이라고 했습니다. 그런데 우리덜은 그런 양반은 싫지만, 김은경 접장이나 이희인 접주님, 여기 계신 양반 접주님들은 좋아합니다. 우리 동학은 신분을 따지지 않고, 남자와 여자를 따지지 않고, 아이를 귀히 여깁니다. 권세 있는 양반이 권세를 우리 도인들을 위해 쓰고 도인들에게 베풀고 항시 서로 돕는 모습을 보면서 동학에 입도하려는 사람들이 구름처럼 몰려들고 있습니다. 오늘 이 경사스런 날에, 고생하신 김은경 접장의 마음이 느껴집니다. 꼭 감사하다는 말씀을 드리고 싶었습니다."

접주들의 말이 계속 이어졌다. 그동안 하고 싶었던 얘기들이 봇물처럼 쏟아져 나왔다. 회합은 늦은 밤이 돼서야 끝이 났다. 접주들은 『동경대전』을 가슴에 꼭 품고 집으로 돌아갔다. 꼭 새로 태어난 아기를 품은 것 마냥 조심스러웠다.

"우리만큼이나 경전이 간절했던 듯하오. 아니 우리나 그들이나 매한가지지요."

김은경이 이부자리에 누워 말했다.

"그나저나, 며칠 사이에 이리 자리에 누우신 걸 보면, 접장님이 얼마나 고되셨는지 이제야 비로소 알겠습니다. 그동안 접장님 옆에서 제대로 일을 하지 못한 제가 참 부족했습니다."

이희인이 김은경을 보며 미안해했다. 칠성이도 가만히 김은경을 바라보았다.

김은경이 고개를 좌우로 살짝 흔들더니 이내 불편한 듯 일어나 앉았다.

"며칠 누워 있으면 괜찮을 듯합니다. 그나저나 원칠성 접장, 이야기는 들어 알고 있는가?"

"예, 허나 제가 할 수 있는 일인지 모르겠습니다. 제가 생각도 부족하고, 저 중한 것을 맡을 깜냥이 되지 않을 것 같은데…. 듣자 허니, 해월 선생을 뵙는다고 하는데, 제가 감히 이 일을 맡아도 되올지 두렵습니다."

덩치 큰 칠성이의 목소리가 유달리 작아진 듯했다.

"원 접장, 이 접주나 내가 그리 허투루 사람을 보지 않습니다. 내가 같이 가야 하지만 그리 못하게 되니, 이 접장 옆에서 원 접장이 일을 잘 맡아 주길 바라오. 거기 접장들 이야기도 들어 볼 수 있는 기회이고, 무엇보다 해월 선생을 만나 뵐 기회는 거의 없으니 꼭 같이 가 주길 바라오. 원 접장은 앞으로도 큰일을 같이할 사람이오. 그리 믿소. 동경대전을 인출하면서 누구보다 열심히 도왔고, 도인 한 사람 한 사람의 일들을 잘 알지 않소? 그 일을 한 것만으로도 해월 선생을 뵐 자격은 충분하오."

김은경의 말에 칠성이는 더 이상 사양하지 않았다.

얼마 후 이희인과 칠성이는 김은경의 집을 빠져나왔다. 곧 이희인과 헤어져 집으로 향하는 칠성이는 생각이 많아졌다.

인근 접주들의 말들이 떠올랐다. 감동에 겨워 눈물까지 흘린 이들도 많았다. 칠성이도 동경대전을 보니 잠시 울컥하기도 했었다. '동학, 과연 동학이 무엇인가? 사람을 살리는 게 동학… 나라가 버린 백성을 동학이 살리는 것인가? 보은에 가는 게 힘들지는 않다. 헌데, 내 깜냥이 과연 그럴 만한가 모르겠다.'

칠성이는 여러 생각을 하며 혼자 저벅저벅 걸음을 옮겼다. 어느덧 발길은 취암산 아래까지 닿았다. 낡은 초가집, 곱단과 만나던 곳이다. 칠성이의 걸음이 빨라졌다. 고개를 떨군 채, 마음도 급해졌다.

'잊어버리자, 이제 잊어버리자.' 칠성이는 또 곱단이 생각을 했다. 생글생글, 칠성이만을 위한 환한 웃음…. 아무리 잊으려 해도 도통 지울 수가 없었다. 그때였다. 짚신이 돌부리에 채였다. '아얏!' 칠성이가 자기도 모르게 얕은 소리를 질렀다. 그때였다.

"으앙~ 으앙!"

"으으으…."

칠성이의 시선이 초가집을 향했다. 분명 그 낡은 초가집에서 들리는 것 같았다. 갓난아기의 소리도 들리고, 여자의 흐느끼는 듯한 소리도 난 듯했다. 칠성이의 온몸에 소름이 쭈욱 돋았다.

분명 아기 울음소리다. 여인의 울음소리다.

칠성이는 천천히 초가집으로 걸음을 옮겼다. 소리는 점점 선명해졌다. 문 앞에 다다랐다.

"으앙, 으앙!"

여자의 울음소리는 들리지 않았지만, 아기의 울음소리는 더 크게 들렸다. 칠성이가 문을 조심히 열어젖혔다.

어두컴컴했지만 분명 사람이었다. 웬 여인이 아기의 얼굴 위로 뭔가 덮으려는 것처럼 보였다. 분명 아기 얼굴 위로 강보를 덮으려는 듯했다. 그러다 갑자기 나타난 사내의 모습에 놀라 뒤로 발라당 넘어 갔다.

"뉘, 뉘시오?"

겁에 질린 여인은 손에 잡히는 뭔가를 잡아 들고 칠성이를 향해 겨누었다.

칠성이도 놀라긴 마찬가지였다. 어둠 속에서 둘은 서로의 놀란 눈빛을 알아차린 듯했다. 하지만 하필 여인이 붙잡은 것은 깨진 사기그릇이었다. 여인의 손에서 뜨뜻한 뭔가가 흐르기 시작했다. 여인이 이상해 자신의 손을 들여다보았다. 피였다. 칠성이가 재빨리 자신의 옷소매를 입으로 뜯어 여인의 손바닥을 감았다. 여인은 저항하지 않았다. 제대로 움직일 기력조차 없는 듯했다.

아기의 울음은 그치지 않았다.

칠성이가 손으로 이마의 땀을 훔치며 참았던 불호령을 내질렀다.

"이 무슨 짓이오!"

"상관 마시오! 어서 가던 길이나 가시오!"

여인의 목소리에서 차디찬 냉기가 묻어 났다.

"이 보시오. 무슨 연유인지는 모르나, 내 방금 본 것을 두고 그냥 갈 수는 없소."

칠성이가 말을 끝내기도 전에 여인의 차가운 목소리가 흘러나왔다.

"나에겐 아무것도 없소. 빼앗을 것도 없고, 가진 거라곤 사람 거죽밖에 없으니, 썩 물러가시오!"

여인의 목소리엔 독기가 가득했다. 방금 전 상처를 어루만져 줄 때와는 너무나 달랐다.

"이 보시오. 하늘이 내린 사람 목숨 앞에 무슨 말을 그리 함부로 하시오. 보아하니 이곳에서 해산을 한 듯한데, 여기 있다가는 두 목숨을 온전히 보전할 수 없을 것이오. 세상과 하직 인사를 하려거든 혼자 하시지, 저 어린 목숨이 무슨 죄라고 이리하시오. 분명 몹쓸 짓을 하려던 것을 보았소! 한낱 미물도 생명은 소중한 법, 자식을 그리하는 법은 없소. 내가 사람인지라 이 상황을 그냥 지나칠 수 없으니, 따라올 테면 따라오시오. 아무튼 아이는 내가 데리고 가겠소!"

칠성이는 산모를 밀치다시피 하고 낡은 강보에 싸인 아이를 안아 들었다. 아기는 더욱 세차게 울어 댔다.

"내 아기, 내 아기를 돌려주시오!"

산모가 거칠게 칠성에게 달려들었다. 그러나 이미 기진한 여인이 긴장한 칠성이를 당해 낼 수는 없었다. 그 자리에 쓰러진 산모는 통곡을 쏟아 냈다. 어미가 우는 것을 아는지 갓난아이도 자지러지는 울음을 토해 냈다. 그 소리에 놀란 듯 산모가 다시 일어났다.

칠성이가 아기를 여인에게 주자, 여인은 돌아앉아 아기에게 젖을 물렸다. 칠성이도 헛기침을 하며 돌아앉았다. 침묵이 흘렀다. 아기는 본능적으로 살아야겠다는 듯 어미젖을 잘도 빨아 댔다.

"조금만 아래로 내려가면 우리 집이 있소. 출산을 해 힘들겠지만, 조금만 참고 그리로 갑시다. 나는 원가 칠성이오. 집이 그리 넉넉하지는 않소만 거처할 방 하나 정도는 마련할 수 있소. 내 부모도 그리 인색한 사람들은 아니니 사양 말고 그리 갑시다. 아직 날이 차오. 여기 있다가는 목숨을 보전하기 힘들 것이오."

칠성이가 돌아앉은 채 침묵을 깨고 말했다. 투박한 말투였지만, 따뜻한 마음이 묻어 났다.

여인은 대답을 하지 않았다. 대신 작은 어깨가 흐느끼는 걸 칠성이는 어둠 속에서도 느낄 수 있었다. 통곡이 원망이었다면 체념과 순응의 느낌을 주는 흐느낌이었다.

아닌 밤중에 홍두깨 격으로 산모와 아이를 맞게 된 칠성이네 집은 한바탕 난리가 났다. 부랴부랴 산모를 위한 자리를 마련하고, 급히 죽을 쑤어 들이고, 군불을 더욱 지피고, 아기를 따뜻한 물에 씻기고…. 칠성이는 처음 당하는 산후 조리에 어머니의 뒷수발을 하느라 밤을 새다시피 했다.

다음 날, 칠성이네 조반상엔 미역국이 올라왔다. 칠성 어미와 아비는 여인에게 아무것도 묻지 않았다. 사연이 있어 칠성이와 한밤중에

왔을 것이라 짐작할 뿐 내막을 알려들지 않았다. 사람 사는 세상, 사연 없는 이가 어디 있으랴는 생각에서다. 계집아이는 처음 보는 칠성이네 가족들에게 생명 그대로의 모습으로 다가와 웃음과 경이로움을 자아냈다.

칠성 어미는 여인이 불편하지 않게 밥상을 따로 차려 아이가 있는 방으로 가져다 주었다.

"어머니, 고맙습니다. 사연이 있는 것 같으니, 연유는 묻지 마시고 당분간 기거하게 해 주시지요. 저도 연유는 잘 모르겠습니다. 날이 추운데 차마 모른 체 할 수 없어 억지로 데려왔습니다."

칠성이가 조반상을 받고 입을 열었다.

"그래, 잘 하였다. 한울님이 오신 것이지."

칠성 어미의 말에 칠성이 아비도 고개를 끄덕였다.

그 일이 벌어져 곱단이가 떠나고 칠성이는 부쩍 말수가 줄었다. 꼭 필요한 말이 아니면 입을 열지도 않았고, 도인들의 회합 때도 말없이 앉았다가 돌아오기 일쑤였다. 칠성이 어미와 아비는 그런 아들이 안타까웠지만, 장성한 사내자식을 어찌할 수도 없었던 터였다. 예사롭지 않은 일에 엮여 든 셈이긴 하나 사람으로서의 도리를 다하려는 칠성이 심지에 걸맞는 일이어서, 내외는 도리어 안심이 되었다.

다시 하루가 지난 저녁 칠성이가 여인이 산후 조리를 하는 방 문 앞에서 헛기침을 하였다.

"흐흠."

"하실 말씀이 있으시면 들어오시지요."

여인이 안에서 말했다.

칠성이는 문고리를 천천히 잡아당겼다. 혹 잠든 아기가 깰까 조심스러웠다.

"내일 먼 곳으로 출타하오. 언제 돌아올지는 모르겠소. 이레가 될지, 열흘이 될지 모르겠소. 내 부모님에게는 말씀을 해 두었으니, 편하게 지내시오. 출산한 여인에게는 찬 공기가 좋지 않다고 하니, 문밖 출입은 삼가는 것이 좋을 것이오."

칠성은 여인이 불편할까 봐 문짝을 보며 말했다. 전날 있었던 일 때문인지 말투는 투박했다.

"곽가 수련이라 합니다."

여인은 꼿꼿하게 앉아 칠성이를 바라보았다. 칠성이도 고개를 돌려 여인을 바라보았다. 여인의 얼굴을 처음으로 마주했다. 큰 눈은 아니지만 눈빛은 강했고, 어여쁜 얼굴은 아니지만 기품이 흘렀다. 낡고 허름한 행색인데도 왠지 모를 기운에 칠성이가 빨려들 것만 같았다.

"아. 예⋯."

칠성은 기대하지 않았던 통성명까지 하게 되자 어색해하며 아기에게 눈을 돌렸다.

"아기는 어떻소? 어제 날이 추워서⋯."

"날이 추워서가 아니라, 어미에게 버림받을 뻔한 상황이 더 놀라웠겠지요. 생명의 은인이나 다름없으니, 은혜는 잊지 않겠소."

수련의 서늘한 목소리는 여전히 날 선 칼날 같았다. 칠성이의 옷깃이 베일 것만 같았다. 칠성이의 눈빛도 차갑게 돌변했다. 칠성은 '아이를 낳은 어미가 그래서는 안 된다.'는 말이 목구멍까지 차올라 수련을 바라보았지만 이내 눈길을 돌렸다. '그래, 그만한 사연이 있기에 그리도 모진 일을 하려 했던 것이겠지.' 생각하며 칠성은 조용히 방문을 나섰다.

다음 날 새벽, 첫 닭이 울기 전 칠성이는 집을 나섰다. 목천 읍내를 들러 보은으로 가려면 서둘러야 했다. 칠성이의 걸음이 빨라졌다.

'대체 무슨 일이 있었던 걸까? 어떤 사연이 있기에 몹쓸 짓을 하려 했던 것일까? 아니다. 내가 잘못보았을 것이다. 칠성이는 그리 생각하기로 했다.'

칠성이는 목천읍을 향해 서둘러 가면서도 수련이라는 여인에 대한 생각을 떨쳐 버릴 수가 없었다. 김은경의 집에 도착해서도 수련이라는 여인에 대한 여러 생각이 머리를 떠나지 않았다.

4장/ 탐관오리는 죽어서도 추서되는구나!

"이것이 해월 선생이 말씀하신 대인접물(待人接物)에 관한 말씀이니라. 한번 읽어 보아라."

김용희가 호랑이 같은 목소리로 손자 현수를 다그쳤다.

"사람이 바로 한울이니 사람 섬기기를 한울 같이 하라. 내 제군들을 보니 스스로 잘난 체하는 자가 많아 한심한 일이요, 도에서 이탈되는 사람도 이래서 생기니 슬픈 일이로다."

'대인접물'은 해월 선생이 사람을 대하고 일상생활을 하며 물건을 접하는 과정에서 동학 도인들이 갖추어야 할 범절을 이야기하고, 그 속에 동학의 이치가 어떻게 녹아 있는지를 말씀하신 법설이다. 수운 선생이 남긴 글을 모은 동경대전이나 용담유사가 목판본으로 인쇄된 것과는 달리, 해월 선생의 말씀은 필사본으로 전해지거나 그 대목을 외워서 암송하는 형편이었다. 김용희는 오래전에 대인접물을 비롯한 해월 선생의 법설 여러 편을 필사본으로 입수하여 간직하고 있었다.

추상같은 할아버지의 태도에도 불구하고, 현수의 목소리는 담담하고 낭랑하여 듣기 좋았다.

"교만하고 사치한 마음을 길러 끝내 무엇을 하리오. 내가 본 사람이 많으나 배움을 좋아하는 사람을 아직 보지 못했노라. 겉으로 꾸며대는 사람은 도에서 멀고 진실한 사람이 도에 가까우니, 사람을 대하여 거리낌이 없는 자라야 가히 도에 가깝다 이르리라."

"어떠냐. 다시 읽어야 하겠느냐?"

김용희의 불같은 목소리가 여전했다.

"아니옵니다."

"네 행동이 이와 부합한다고 보느냐?"

"… 할아버지, 배우고도 그 아는 바를 행하지 아니하면, 온전히 아는 것이 아니라고 배웠습니다. 저는 배움을 행했을 뿐입니다. 어찌 제가 행한 것이 잘못이란 말입니까?"

현수 또한 굽히지 않았다.

"아직도 모르겠느냐? 너의 그 행동이 자칫 도인들의 생명에 위협이 된다고는 생각지 않느냐? 지금 동학이 들불처럼 번져 나가고 있는데, 너의 철없는 행동으로 인해 관에서 꼬투리를 잡고 자칫 동학 도인들이 탄압을 받는 빌미가 될 수 있다는 생각은 안 해 보았느냐? 게다가 곧 공주에서 중요한 모임이 있을 터인데, 네가 벌인 일을 두고 동학 도인들을 지목할 것은 너무나 자명한 일. 만약 이 일이 더 커진다면 분명 도인들에게 화를 입힐 것이다. 허허, 어리석다, 어리석어! 작금의 조선이 그런 격문 따위로 달라질 것이라고 판단했느냐? 왜놈들과 청나라놈들이 조선의 목젖을 잡고 싸움을 벌이고 있는 게 안 보이더냐? 너희가 말하는 무능한 왕이 조선의 난국을 타파하기 위해 고뇌하는 건 보이지 않더냐? 그렇게 호락호락했다면 오늘의 이 지경에 이르지도 않았을 터! 그러니 네가 아직도 겉으로 꾸며 내는 자에 머무르는 것이다. 너의 행동이 얼마나 교만한 짓인지 생각해 보아라. 내 보기에 너의 배움은 아직도 가볍기 짝이 없구나. 아직 할 말이 남았더냐?"

김용희의 추상같은 호령에 현수도 더 이상 대꾸하지 못하고 방을 나섰다. 평소 현수를 끔찍이도 아끼던 김용희였다. 지금껏 현수에게 이렇게 대로해 본 적은 없었다.

김용희는 현수가 며칠 전 병천장에 격문을 뿌린 것은 경거망동이었다며 나무란 것이다. 현수는 김화성의 손자 영진, 김성지의 손자 상범과 함께 주동하여 '도탄에 빠진 조선 백성을 구하라.'며, 조정을 비판하고 외세를 배격해야 한다는 격문을 병천장 곳곳에 뿌려 댔다. 왜놈들이 조선 땅을 마음대로 유린하는 실정을 개탄하고, 조선의 백성도 굶어 죽어 가는 판에 이 땅에서 난 쌀이 일본국으로 다 팔려 가는 것을 좌시할 수 없다고 주장하면서, 우국지사들과 살길을 찾고자 하는 백성은 모두 뜻을 모아 이 난국을 타개하자는 내용이었다.

이들은 부녀자들과 농민들을 위해 언문으로 된 격문도 써서 방문으로 붙였다. 병천장은 일대에서 손꼽히는 큰 장이어서 드나드는 사람들이 아주 많았다. 병천장에 왔던 목천과 천안 사람들은 격문을 읽고 크게 동요했다. 그렇잖아도 쌀값이 계속 뛰면서 민심이 더욱 흉흉해졌기 때문이다. 인근 공주나 평택에서 온 장돌뱅이들 중에도 격문을 가져가는 이가 많았다.

목천 현감은 당장 범인을 잡아들이라며 대로하였고, 포졸들이 시장 바닥을 들쑤시고 난리법석을 떨기는 했으나 종적을 못 찾는 건지 안 찾는 건지 시일만 흐르고 있었다. 동학 도인들은 이같이 대범한 일을 할 사람이 분명 동학도들이라고 짐작은 했지만 실제 누가 했는지는 알지 못했고 입 밖으로 꺼내는 것조차도 쉬쉬했다. 자칫 입을 잘못 놀렸다간 불똥이 어느 방향으로 튀어 번질지 모르는 일이기 때문이었다.

격문을 만들어 뿌린 세 사람은 달포 전부터 유독 어울리는 횟수가 많기는 했으나 워낙에 죽마고우인지라 누구 하나 눈여겨볼 일은 아니었다. 세 사람은 해월 선생의 지도를 받들어 을유년(1885) 목천에서 동경대전 편찬을 주도한 김화성, 김용희, 김성지의 손자들이다. 이들은 동학삼로(東學三老)로 불리며 목천과 천안뿐 아니라 인근 전의와 평택까지도 포덕 활동에 정성을 들이고 있었다. 계미년(1883) 목천 구내리 김은경의 집에서 목판본 동경대전을 간행하게 된 것은, 인근에서 유학자 출신의 입도자가 크게 늘어나면서 경전의 수요가 크게 늘자 동학삼로들이 거금 6천 냥을 모아 간행하기에 이르렀던 것이다. 3년 전 강원도 인제에서 처음으로 동경대전 목판 간행을 한 뒤로 두 번째 사업이었다.

더욱이 동학삼로는 인근에서 명망이 높은 양반들이었다. 뒤늦게 동학의 뜻에 감동받아 당시 해월 선생이 머물고 있던 보은으로 직접 찾아가 동학에 입도하였다. 이들이 입도하면서 천안과 목천 지역의 동학 세력은 눈에 띄게 성장했다.

할아버지의 꾸중을 들은 현수는 천안 삼거리 주막으로 발걸음을 옮겼다. 칠성이가 마련해 둔 작은 방엔 만나기로 약조한 영진과 상범 말고 뜻밖의 인물이 한 명 더 와 있었다. 눈매가 또렷한 여인, 수련이었다. 쪽찐 머리를 한 채 차분히 앉아 찻잔을 기울이고 있었다.

"모두 모이셨는가? 자 그간 있었던 일들을 이야기해 봅시다."

수련의 목소리는 또랑또랑했다.

"목천 현감이 범인을 발본색원하라는 불호령을 내렸다고 합니다. 언문으로 된 방문까지 나붙었으니 이번 격문은 꽤 효과가 있었던 것 같습니다. 접장님 말씀대로 한문 격문보다 언문 격문이 많이 읽혀서 널리 퍼진 것 같습니다."

김영진이 수련을 보며 말했다.

"도인들은 어떠신가? 혹시 현수 조부님이 염려하시는 것처럼 도인들에게 해가 미칠 기색이 보이는가? 하기사 걱정을 안 하시는 게 이상한 일이지만. 김용희 접주님 말고는 이 사실을 아는 사람은 없잖은가? 우선 이 일이 더 새어 나가선 아니 되니 다들 조심, 또 조심하시게. 현수는 할아버님에게 거짓으로라도 언약을 하게. 앞으로 더 이상 이런 일을 하지 않겠다고. 다른 사람들이 알면 아니 되니…."

수련이 현수에게 다시 당부를 했다.

"관아에서는 더 이상 격문 사건을 파고들지는 못할 것이오. 지금 조정은 일본국의 압박에 시달리느라 정신이 없으니, 지방의 격문 사건까지 신경 쓰진 못할 것이오. 듣자 허니, 이런 격문이 여기 목천에만 있지도 아니하고, 이번 일은 당분간 엎드려 있으면 넘어갈 듯허이. 김용희 접주님도 아마 일을 크게 만드는 걸 원치 않으시니 덮어둘 것이 분명하오."

칠성이가 앞뒤 상황을 설명했다.

"헌데, 다음은 무엇이오? 격문을 달포 간격으로 두어 번 더 한 다음, 그다음 방책은 무엇이오?"

칠성이가 수련에게 물었다. 세 소년의 눈도 수련을 향했다.

"우리가 이 일을 하는 이유를 다시 한 번 생각해 보면 답이 나올 것 같소만…."

"……."

"… 내가 생각하는 것은 두 가지. 하나는 동학 도인들 중 부녀자들과 아이들에게 언문을 가르치는 일이고, 둘은 우리 조선의 쌀이 일본으로 대량 반출되는 것을 막는 일이오. 물론 욕심 같아선 직산 금광에서 금을 캐 가는 것도 막고 싶지만, 거기 달린 목숨 줄이 너무 많지요. 앞으로 거기에는 점점 더 모여들 것 같소. 먹고살기가 힘드니, 직산 금광이 폐광이라도 되면 당장 굶어야 할 사람이 너무 많아 차마 못 하겠고…."

수련이 오른손으로 앉은뱅이 책상을 살살 두드리며 말을 이었다.

"우선 언문을 가르치는 것은 겉으로 보여주는 것이오. 그렇다고 이

것이 우리 일을 숨기기 위한 방책만은 아니오. 언문을 가르치는 것도 매우 중요한 일이니 당연히 여기에도 열성을 쏟아야겠지요. 훈장 어머니께서 조금씩 해 오시던 일이기에 그걸 우리가 도와주고 좀 더 확대한다는 것으로 생각하면 될 듯하오. 도인들도 우리가 그 일에 나서는 걸 이상하게 생각하지는 않을 것이오. 도인들도 모두 찬성할 일이니 숨길 이유는 없고 별다른 준비가 필요한 것도 아니어서 쉽게 풀어 갈 수 있을 것이오. 문제는 쌀이오. 우리 조선 백성들이 먹고살아 가는 데 가장 중요한 것이 쌀이오. 그런데 지금 왜놈들이 엄청나게 쌀을 사 가는 바람에 그렇잖아도 귀한 쌀 값이 폭등하고 있소. 직산의 안성천만 해도 그 많은 조창의 쌀이 모두 왜놈들 손으로, 주둥이로 옮겨 가고 있소. 강경 포구나 부산항, 제물포는 말할 것도 없고요. 왜국으로 가는 배마다 미곡이 산더미같이 쌓였다고 하니, 조선 사람 먹을 쌀이 없는 건 당연지사. 왜국에서 아무리 향신료 같은 신기한 것들이 들어온다고 한들, 우리가 먹고사는 데 가장 중요한 쌀에 비하겠소! 이런 식으로 가다간, 조선의 쌀이 남아나질 않을 것이오."

수련의 말에 방 안 분위기가 무거워졌다.

"배에 쌀을 싣지 못하게 만드는 방도는 없습니까?"

영진이 칠성과 수련을 번갈아 보며 물었다. 현수와 상범 또한 그 말을 묻고 싶었다는 듯 눈을 크게 떴다.

"쌀을 훔쳐 오는 방법이 있지. 하하하….."

수련이 무거운 분위기를 깨고 화통하게 웃었다.

"어찌 훔친단 말입니까?"

상범이 정색을 하고 따지듯 물었다.

"아니오, 아니오. 내 농을 한 것이오. 세 동몽님의 눈빛이 너무 진지하여 말을 해 본 것이오. 훔치는 것이 가장 좋은 방도이오만, 훔친 것 또한 쥐도 새도 모르게 나눠 줄 수 있는 인력이 필요하오. 허나 아직 우리에겐 그럴 방법이 없지요."

수련이 천천히 설명했다.

"궐에 들어앉은 중전은 백성들의 굶주림은 아랑곳하지 않고 호의호식하는 것은 물론 값비싼 치장을 하며 내탕금을 다 탕진한다 들었습니다. 시도 때도 없이 잔치를 열고 심지어 청에서 들여온 값비싼 보자기에 음식을 싸서 중신들과 그 수하에게 하사품으로 준다 들었습니다. 그런데 우리는 무엇을 할 수 있는 것입니까! 고작, 장날에 가서 격문 따위로 우리의 울분을 풀어야 하는 것입니까?"

현수가 기다렸다는 듯 수련의 말을 받았다.

"방도를 찾아야 합니다. 비록 우리의 힘이 미약하나, 손 놓고 있을 수만은 없는 것 아니겠습니까? 글을 가르치고, 격문을 붙이고, 그리고 무엇입니까? 동학을 널리 펴면 개벽 세상이 온다 했는데, 수련만 열심히 한다고, 개벽 세상이 됩니까? 저 썩어 빠진 조정의 벼슬아치들과 무능한 금상과 더러운 중전이 과연 서로 나누는 유무상자(有無相資)의 정신을 알기나 하겠습니까? 안다고 한들 터럭 하나 백성들을 위해 나누려 하겠습니까? 하물며 모든 사람이 하늘처럼 귀하다는 시천주(侍天主)를 알겠습니까? 무위이화(無爲而化)라 했는데, 어찌 스스로 이루어진단 말입니까?"

상범 또한 울분을 토해 냈다.

"세 분의 마음은 잘 알고 있습니다. 동몽 접장 시절부터 경전을 열심히 읽고 수련한 것도 압니다. 해월 선생께서는 모든 일이 이루어지는 것은 때가 있다 했습니다. 분명, 그 때가 올 것입니다. 상범 접장의 말처럼 무위이화라 했는데, 그때는 애쓰지 않아도 저절로 올 수밖에 없는 것입니다. 왜 사람들이 동학으로 모이겠습니까? 그때가 오고 있다는 것입니다. 백성들이 글자는 몰라도, 천지의 기운은 식자들보다 앞서서 느낄 줄 아는 법입니다."

칠성이 세 소년에게 말하면서도 10년 전 자신의 모습이 떠올랐다. '모든 사람이 다 귀하면, 악인도 귀한 것이냐?'고 물었던….

세 소년 도인이 돌아간 후 칠성과 수련이 남았다.

"다음 수를 생각해 두신 게요?"

칠성이 수련에게 물었다.

수련은 차를 한 모금 들이킨 후 물었다.

"혹, 20여 년 전 영해에서 있었던 신원운동을 아시오?"

"들어 보기는 하였소."

칠성이 잘 알지 못한다는 듯 대답했다. 도인들은 영해난을 입에 올리려 하지 않았다. 이필제가 어찌하여 난을 일으켰는지, 대선생이 억울하게 돌아가신 후 해월 선생이 동학을 겨우 일으켜 세우려던 차에 어찌 난을 허락했는지 말들이 많았기 때문이다. 도인들은 영해난을 자꾸 거론하는 것이 해월 선생에게 해가 된다며 입 밖에 꺼내는 것을 좋아하지 않았다.

"죄인 이정은 듣거라. 너는 나라의 녹을 먹는 신하로서 정사를 잘 못하여 세상을 어지럽혔다. 백성을 학대하고 재물을 탐하기가 저와 같았으니 네거리에 방이 나붙게 되었고 시중에 원성이 높아지게 되었다."

동헌 앞뜰에는 관리가 꿇어앉아 있고 대청마루에 오른 이필제가 쩌렁쩌렁 울리는 목소리로 호령했다. 동헌에 사람들이 몰려들었다. 동학 도인들도 있었지만, 마을 사람들도 많았다. 방금 전까지 동헌곳 곳이 불길에 휩싸여 겁에 질려 난리가 났던 모습과는 완전히 딴판이었다.

"저, 영해 부사 이정 저자가 자기 생일에 경내의 대소민들을 모두 불러다가 잔치를 베풀고는 떡국 한 그릇에 30금씩 거둬들인 놈이여."

동헌에 모여든 고을 백성들이 수군거리기 시작했다. 동학도가 영해 관아를 점령하자 호기심에 나온 이도 있었지만, 자의 반 타의 반으로 떠밀려 온 이들도 적지 않았다. 그 속에는 어른들의 손사래를 요리조리 피해 가며 생전에 못 보던 구경거리를 기웃거리는 아이들도 끼어 있었다.

"못된 놈. 천벌을 받아 마땅하지."

"뙤창문 구멍으로 도망치다 붙잡혔다면서? 명색 부사가 저 모양이니. 쯧쯧…."

"돈 주고 관직 산 놈이 제대로 싸워 보기나 하겠어? 그러니 우리 같은 백성들만 거머리처럼 빨아먹는 게지."

"탐관 이정을 처단하라!"

동헌 뜰에 모여든 백성들이 소리를 치기 시작했다. 성곽 주변 사람들과 죽창을 든 동학 도인들의 소리는 깊은 밤공기를 타고 더욱 크게 멀리 퍼졌다.

그러자 이필제가 오른손을 들고 한층 엄한 목소리로 꾸짖었다.

"내, 너의 죄를 스스로 인정하고 사죄하면 용서하려 했다. 허나 오히려 죄를 빌기는커녕 비적 운운하니 가탄스럽지 아니한가. 게다가 이 자리에서 너를 방면하기에는 백성들의 원성이 너무 높다. 탐관 이정은 의살(義殺)해 마땅하다."

말이 떨어지기 무섭게 이필제의 부관 김진균이 나서서 칼을 휘둘렀다. 이정은 포승줄에 묶인 채 목에서 피를 뿜으며 쓰러졌다. 죽이라고 악을 쓰던 도인들과 백성들은 일순간 '아!' 하며 탄성을 질렀다. 죄인의 목을 효수하는 것을 본 적은 있으나, 관리를 처단하는 걸 본 적은 없었다. 장도로 목을 베어 사람을 죽이는 걸 처음 보는 자들도 많았다.

"정신 차리거라!"

한 사내가 어른들 틈에 끼여 참변을 목격하고 얼어붙어 있던 열 살쯤 된 계집아이의 어깨를 마구 흔들어 댔다. 계집아이는 그제서야 정신이 들어 벌린 입을 다물었다.

"아저씨!"

계집아이는 사내를 쳐다보았지만 멍한 눈동자였다. 사내는 아이의 왼쪽 뺨을 세게 때렸다. 아이의 볼이 발갛게 부어올랐다.

"정신 차리거라. 어서 가자."

사내가 아이의 손목을 거칠게 잡아끌었다.

땅바닥에 붙어 있는 줄 알았던 아이의 발이 움직였다. 동헌 문을 벗어나서야 사내는 입을 열었다.

"내 분명 얼씬거리지 말라고 했거늘. 어찌 말을 듣지 않은 게냐? 죽는다, 죽어."

사내는 아이를 다그쳤다.

"그냥, 아저씨도 안 오시고….."

인적이 끊어진 영해읍을 가로질러 뛰다시피 외곽의 삼간초가로 들어선 사내는 계집아이를 방 안으로 밀어 넣고 뒤따라 들어서며 문을 걸어 잠갔다.

"내 말 잘 들어라. 명심해야 한다. 아무래도 상황이 이상하게 돌아간다. 부사를 죽인다는 말은 없었는데, 심상치가 않다. 우리는 오직 해월 선생의 말씀에 따라, 수운 대선생의 신원과 동학 금단을 빌미로 도인들을 토색하는 일을 중지할 것을 요구코자 한 것이다. 그런데 이렇게 살변이 난다면 일은 글렀다. 이제 곧 큰 싸움이 벌어지거나 그 전에 도주하거나 둘 중 하나일 게다. 우리는 한시바삐 도망을 쳐야 한다."

사내는 비 오듯 흐르는 땀을 닦아 낼 생각도 하지 않고 말을 이었다.

"내 말을 잘 들어라. 너의 조부는 곽효철 어르신이다. 임술년 강진 민란을 주도하셨다. 강진에서 다행히 도주하셨지만 소식이 끊겨 어찌 된 줄 모르게 되었다. 하지만 어르신의 제자가 목천에 산다. 이희인이란 분이다. 그분이 널 도와줄지는 모르겠구나. 잘 기억해라. 이희인이란 이름을. 하지만 만약에 나한테 무슨 변고가 생겨도 당장 그분 앞에 나서서는 안 된다. 그가 너를 살릴 것인지 죽일 것인지 판단이 서거든 그에 맞춰 행동하거라."

사내는 마른침을 삼켰다. 아이는 사내의 입술이 파르르 떨리는 걸 보고 그제서야 겁이 더럭 났다.

"민성아. 잘 기억하거라 곽효철, 이희인. 앞으로 어떤 경우든 사람의 말을 함부로 믿어선 안 된다. 열 번, 스무 번을 생각하고 또 생각해야 한다. 당장 생각해서 좋은 말이면 한 번 더 생각하고, 당장 듣기 싫은 말이면 왜 그런 마음이 앞섰는지 생각해야 한다. 사람을 함부로 믿어선 아니 된다. 사람의 말을 들은 다음 반드시 사람의 행동을 보고 판단해야 한다. 알겠느냐?"

사내는 아이의 얼굴을 부여잡고 두 눈을 맞춰 가며 신신당부했다.

아이는 고개를 끄덕이면서도 사내의 입술이 떨리는 것이 걱정이 돼
'물 한 사발을 떠 와야 하나?' 하고 생각했다.

"민성아, 그리고 이제부터는 변복을 하고 다녀라. 누구에게도 네가
계집아이라는 걸 말하지 말거라."

"아저씨!"

계집아이의 커다란 눈망울에 눈물이 가득 고였다.

"눈물을 보여선 아니 된다. 사내가 함부로 눈물을 보여선 아니 돼.
민성아, 앞으로 네가 살아갈 날이 험난하구나. 변복을 하고, 이름을
바꾸어 살아가거라. 또한 너의 삶을 누구한테도 발설하면 아니 된다.
그것이 독이 될지 약이 될지 생각하고 또 생각해야 한다."

수련의 눈꼬리가 격렬하게 떨렸다. 20여 년 전 일들을 떠올릴 때면
으레 그랬다. 아저씨를 살아서 본 것은 그것이 마지막이었다. 아저씨
의 얼굴도 이젠 가물가물했다. 아저씨는 관군에 붙잡혀 가혹한 심문
을 받다 죽었다는 걸 몇 년이 지나서 알았다. 변복을 한 채 살아온 민
성은 열다섯이 넘어서면서 더 이상 여자임을 감출 수가 없었다.

거기까지 기억한 수련은 갑자기 악몽에서 벗어나듯 머리를 흔들고
이내 칠성을 바라보았다.

"어디 몸이 불편한 것 아니오?"

칠성이가 수련이의 표정에 궁금하다는 듯 물었다.

"아닙니다. 제가 영해난 이야기를 꺼낸 이유는 따로 있습니다. 그

때 그 거사로 영해성 근방의 도인들이 많이 돌아가셨습니다. 대선생의 억울한 죽음을 신원하기 위한 거사였지만, 그 끝은 너무도 허망하였습니다. 그날 이후 조정에서는 동학을 더욱 금하게 되었고요. 그리고 그때 동헌 뜰에서 죽은 이정은 어찌 되었는지 아십니까?"

수련이 칠성에게 물었다.

칠성은 고개를 저었다. 영해 민란 이야기를 꺼리기만 했지, 그 뒷일은 하나도 알지 못했다.

"인부(印符)를 굳게 지켰다고 조정에서 '의(義)로 항거하다 변을 당했다'며 이조판서 벼슬을 추서했습니다."

수련이 눈에 힘을 주고 칠성에게 말했다.

"이 더러운 놈의 세상, 탐관오리는 죽어서도 더 높은 벼슬에 오르고 탐관오리를 벌한 자들은 비참하게 죽어 갔단 말입니다. 세상이 이리 썩어 문드러졌는데, 어찌 백성들이 제대로 살아간단 말이오! 허허허…."

수련의 헛웃음엔 분이 가득 실렸다.

"그러니 길은 한 가지오! 조정에 억울함을 호소해도 돌아오는 건 그때나 지금이나 매한가지요. 도성으로 가야지요. 가서 낡은 것, 썩은 것은 다 쓸어 내고 처음부터 맑고 깨끗하게 다시 시작해야 합니다."

수련의 말은 단호했다.

"중전은 궐내에 무당을 들여 심지어 관직까지 주었다고 들었소. 의

복은 대국의 황제보다 더 호화롭다 들었소. 내탕금을 다 탕진하고 호조에까지 손을 뻗친다 들었소. 더 말해 무엇하오! 이 나라 조정은 가망이 없지요. 20년 전보다 더 가혹하면 가혹했지, 이대로 가다간 백성들이 다 굶어 죽고 맞아 죽을 것이오. 어쩌겠소? 살아야 하는 것 아니오? 살기 위함이오. 우리가 살고 백성들을 살리기 위해서는 이 나라 조정을 새롭게 하는 그 길밖에 없는 것이오."

수련의 손끝이 북쪽을 향했다. 도성을 가리키는 것이었다.

칠성은 수련의 말에 답을 하지 못했다. 틀림이 없었다. '허나, 어찌 같아 치운단 말인가! 민란이라도 일으키자는 것인가?' 하고 속으로만 물었다.

"동몽 접장들을 잘 키워 내야 합니다. 현수와 영진, 상범 같은 어린 도인들을 잘 일으켜 세워야 합니다. 저도 언문을 가르치며 여자 도인들 중 사람을 물색해 볼 것입니다. 원 접장께서도, 사람을 찾아야 합니다. 원 접장께서는 일을 많이 하시니, 우리 도인들의 크고 작은 일들을 제일 잘 알 것이라 생각하오. 허니, 이제부터 의로운 길에 앞장설 사람들을 잘 찾아보시란 말씀입니다."

수련의 눈빛이 진중했다.

"한 말씀 더 드리자면, 지금 도인들 중에는 분명 조정에 읍소하고, 금상에 고하면 동학에 대한 금단을 해제할 것이라 생각하는 이들이 많습니다. 과연 그리될까요? 삼례에 도인들이 다시 모인다 들었습니다. 글쎄요. 조정과 금상이 어찌 대할지는 모르겠으나, 이리도 백성들에게 무심하다면, 백성들도 가만히 있지는 않겠지요."

수련의 말은 확신에 차 있었다. 조근조근 막힘 없는 그녀의 말에 칠성이는 자신도 모르는 사이 생각을 빼앗기고 있었다.

"이리 오너라. 이리 오너라."

한 사내가 김화성의 집 앞에서 큰소리로 사람을 찾았다. 거들먹거리는 모습이 흡사 당상관은 되어 보였다.

대문이 삐그덕 열리고 노비 만득이 얼굴을 내밀었다.

"아니, 오가 아닌가? 어찌 자네가 여길…. 이야, 때깔이 바뀌었구만. 소문에 재물을 말도 못하게 모았다더니만, 그 말이 사실인 게로군…."

만득이 아는 체하는데도 오가는 한마디도 대꾸하지 않았다. 한 손엔 장죽을 쥐고 한쪽 입꼬리가 올라간 게 거만하기 그지없었다.

"자네 주인은 있는가?"

오가가 만득이를 위아래로 훑으며 물었다.

"아니, 어르신은 출타하셨네. 어찌 어르신을 다 찾는가? 헌데, 그 장죽 비싸다고 하던데, 한번 좀 만져나 보면 안 되겠는가?"

만득이가 굽신대며 오가의 장죽을 쳐다보며 물었다.

"자넨 알 거 없고, 언제 오시는가?"

오가가 만득이 물음엔 대꾸도 없이 자신의 수염을 쓸었다.

"모르겠네, 언제쯤 오실지. 내가 어르신 거취를 어찌 다 알겠는가!

멀리 출타하신 것 같긴 하네. 며칠 걸리실 것 같기도 하고….”

만득이가 빈정 상한 듯 툴툴대면서도 눈길은 오가의 값비싼 비단 옷에 두고 살짝 다가가 옷을 만지작거렸다. 오가가 장죽으로 만득이의 손을 후려치며 언성을 높였다.

“혜헤, 자네는 이게 얼마나 값비싼 것인지 알기나 하나? 어딜, 그 더러운 손으로….”

“아얏! 자네 너무하는 거 아닌가? 그래도 한때 한솥밥을 먹은 사이인데, 이제 와 너무하네그려….”

만득이가 아픈 손을 엉덩이에 비벼대며 말했다.

“혜엠, 헌데 자네…, 돈 좀 벌고 싶지 않나?”

오가가 만득이의 아픈 손은 본체만체하고 물었다. 만득이는 아픈 손을 비비면서도 무슨 영문인지 몰라 오가의 얼굴을 살폈다.

“자네 돈 벌고 싶으면 나한테 오게. 그리고 어르신, 아니 김 가가 오면 나한테 와서 알려 주게. 그것만 해 주면 열 냥을 주지.”

오가가 또 거들먹거리며 얘기하자 만득이는 깜짝 놀랐다.

“아니 이보게, 어르신께 그 무슨 말버릇인가! 큰일 날 소리!”

만득이는 손사래를 쳤다.

“돈 안 벌고 싶은가? 열 냥이면 꽤 큰 돈인데…. 싫으면 관두고….”

“아니네, 아니야. 그것만 말해 주면 되는 건가?”

만득이는 오가의 허리춤을 잡으며 매달렸다.

“그래, 그것만 얘기해 주면 열 냥을 주지. 돌아오는 대로 곧바로 달려와야 하네. 참, 내가 사는 집이 어딘지는 아는가? 아니, 잘 찾아와 보게. 내 감세….”

멀어져 가는 오가의 등을 아니꼬운 듯 바라보던 만득이 기어이 꿍 시렁거리며 참았던 부애를 쏟아 냈다.

“치, 지놈이 재물을 모았다면 얼마나 모았다고, 송충이가 솔잎을 먹어야지…. 어르신을 감히 김가라고 찾아? 소문대로 지놈이 이젠 양반 행세를 다 하는구만. 내 그 노릇 얼마나 하는지 두고 보지…. 그나저나 열 냥이라….”

만득이는 장죽으로 얻어맞은 손을 호호 불면서도 열 냥을 벌써 손에 쥐기라도 한 듯 입가에 미소가 번졌다.

“김화성, 김화성…. 내 기어코 원수를 갚고야 말 것이야.”

집으로 돌아오는 동안 오가의 표정은 점점 일그러져 갔다. 오늘과 같은 날을 벼르고 별렀던 그였지만, 이렇게 실제로 원수를 갚을 날이 오고 보니, 스스로도 믿기지 않는 일이었다.

오가의 아내는 아주 고운 얼굴은 아니지만 살결이 고운 여인이었다. 둥근 얼굴의 선한 인상이었다. 척박한 땅을 오가와 함께 일구면서도 힘든 내색 한 번 하지 않았다. 오가는 그런 아내가 좋았다. 고마웠다. 힘든 농사일을 하면서도 풍만한 아내의 가슴에 얼굴을 묻으면 고단함이 다 사라지는 것만 같았다.

“자네처럼 좋은 사람이 내 마누라라는 게 믿기지가 안혀. 이게 꿈이여 생시여?"

오가는 아내의 젖무덤에 얼굴을 묻고 이렇게 얘기하곤 했었다.

아내의 음부에선 고운 향내가 났다. '내 차지다. 이렇게 고운 사람이 내 차지다.' 아내와 속궁합을 맞추고 나서도 오가는 아내가 좋아 꼭 껴안고 밤을 지새기도 했다.

그러던 어느 날이었다. 새벽부터 쏟아진 장대비에 오가는 논에 나가 물고만 손질하고 돌아와 툇마루에 앉아 있었다. 아내는 부엌에서 아궁이에 불을 지피고 있었다.

"임자, 뭐 안 허문 여리로 나와 보소."

오가가 아내를 불렀다. 대답이 없어 부엌을 들여다보니, 아내는 물 먹은 나무에서 나는 연기에 눈이 매운지 소매로 눈을 비벼 대고 있었다.

"임자!"

오가 목소리에 아내가 앉은 채로 뒤를 돌아보았다. 저고리 사이로 아내의 봉긋한 젖가슴이 보였다. 그길로 부엌으로 들어간 오가는 아내와 한바탕 일을 치렀다. 두 합을 지나 세 합째 치르려는데, 문 밖에서 인기척이 있었다.

"허, 으음…."

얼른 옷을 수습하고 나가 보니, 김 서방이었다. 부엌 밖에서 몰래 내외를 한참 지켜보았던 게 분명했다.

"어찌, 오셨어유?"

오가가 반갑지 않은 투로 물었다.

"논 부쳐 먹는 값을 조금 올려야 할 것 같네."

김 서방이 선 채로 말했다. 그러면서 부엌을 흘끔거렸다. 도롱이에 선 연신 빗방울들이 뚝뚝 떨어졌다. 오가는 뭔가 이상했다.

"김화성 어른이 더 올리지 않겠다고 했는데, 무슨 말인지 모르겠네 유?"

오가는 퉁명스럽게 말했다.

"그야 지난 말이고. 땅 부쳐 먹는 값을 더 내는 게 아까우면, 다른 사람 논을 부치던가. 아무튼 나는 통지했으니 그리 알게."

인근에서도 청렴한 양반으로 소문난 김화성이었다. 다른 양반들보 다도 땅 부쳐 먹는 값을 적게 받아 그의 땅을 부치길 원하는 자가 한 둘이 아니었다.

오가는 며칠을 생각하다 아무래도 김 서방의 농간이라는 결론을 지었다. 중간에서 장난을 치는 건 흔한 일이었다.

"김화성 어른이 진짜 올리려는 건지, 아니면 김 서방 그놈이 농간 을 부리는 건지 내가 직접 알아봐야겠네."

오가가 말하자 아내는 걱정스레 쳐다보았다.

"어쩌시게요? 지체 높은 양반 어른이 만나 주기나 할지. 제 아무리 청렴하다 한들 땅 부치는 우리까지 굽어 살피는 양반은 보지 못했소. 그러다가 김 서방에게 밉보이기라도 하면 어쩔 테요?"

아내의 말대로 오가는 김화성 어른의 집을 몇 번 찾았지만 김화성은커녕 김 서방의 얼굴도 볼 수가 없었다. 김 서방이 아랫것들을 잡도리하여 오가를 요리조리 따돌리기만 했다.

그러던 어느 날 김 서방이 다시 오가의 집을 찾았다. 손에는 땅 부치는 값과 소출량을 적은 장부가 들려 있었다.

"자네가 어르신을 찾아왔었다는 얘기를 내 들었네."

오가는 김 서방을 의심했지만, 더 이상 아무 말도 하지 않았다. 자칫 김 서방이 또 다른 농간을 부릴지도 모르기 때문이다.

"자네가 나를 믿지 못하면 어쩌겠나? 나도 자네를 믿지 못하는 것을. 내가 자네가 일구는 논의 소출량을 몇 해 전 것부터 살피었는데 이상한 게 있었네. 다른 논은 수확량이 조금씩 늘었는데 유독 자네가 일구는 논은 별반 달라진 게 없네그려. 이상하단 말이지?"

김 서방이 퉤퉤 손에 침을 바르고 장부를 한 장 한 장 넘기며 오가를 쳐다보았다.

사실 작년과 재작년은 연이어 풍작이 들어 소출량이 늘었다. 오가의 논도 형편이 좋았지만, 한 섬씩 줄여 말했다. 그러니 다른 논보다 소출량이 적은 것은 당연지사였다. 하지만, 이제껏 김화성 어른댁에서 소출량을 가지고 말이 나온 적은 한 번도 없었다.

"땅을 부치는 제가 어찌 감히 어르신을 만나러 갔겠습니까, 그저 작은 어르신을 뵙고 소작료를 올리시겠다는 것인지 여쭤 보려 한 것이지요."

오가가 허리를 숙이며 김 서방에게 '작은 어르신'이라고 한껏 높여 납작 업드린 채 굽신댔다.

"… 어흠. 어쨌든 어르신이 이걸 알면 가만있겠는가? 알다시피 어르신이 이 근방에서 얼마나 인심이 좋고 청렴한 분으로 이름이 나셨는가? 그분이 가장 싫어하시는 게 거짓말 하는걸세. 게다가 어르신 땅을 부치려는 자가 한둘이 아니니…."

오가는 그제서야 김 서방의 바짓가랑이를 붙잡고 꿇어 앉았다.

"아이고 어르신. 어찌 그런 말을 하십니까요. 살려 주십시오. 어찌 하면 좋겠습니까?"

김 서방은 오가 내외를 번갈아 가며 보았다.

"잠깐만 나 좀 보게."

김 서방은 아내에게 자리를 피하라고 눈짓을 보냈다.

"허음. 내가 이런 말을 내 입으로 하기엔 좀 그렇네만…."

"예 어른, 말씀만 하십시오. 제가 다 하겠습니다."

오가는 죽는 시늉이라도 하겠다는 듯 오가에게 허리를 숙였다.

"자네 마누라 말일세…."

오가는 김 서방 말에 눈물을 훔쳤다. 지금까지 속인 소출량을 눈감아 주고, 올해도 눈감아 주겠다고 했다. 게다가 마누라와 밤을 지샐 때마다 소출량을 조금씩 줄여 준다고 했다. 오가만 땅 부치는 값을 줄일 수 없으니, 소출량을 줄여 눈속임을 해 주겠다는 약조였다.

"며칠만 말미를 주십시오."

오가는 마지못해 시간을 달라 청했다. 기미를 알아챈 오가의 마누라는 굶어 죽는 것보다는 낫다며 오가를 설득했다.

　김 서방이 눈짓을 하는 날 저녁이면 오가가 슬쩍 집을 비웠고, 그때마다 김 서방이 남의 눈을 피해 가며 오가네 집을 드나들었다. 제 욕심을 채우고 돌아가는 김 서방의 뒷모습을 보고 당장이라도 낫을 들고 쫓아가 등짝에 꽂아 넣고 싶은 걸 견디며, 오가는 아내를 부둥켜안고 울었다.

　"에잇, 빌어먹을!"

　오가는 옛 기억을 떨쳐 버리느라 머리를 흔들어 댔다.

　"이게 다 김화성 그놈 때문이야. 동학? 쳇, 지가 동학을 한다고 했지? 김 서방이 죽었으니 그놈이 저지른 죗값을 주인이 갚아야지. 김화성 그놈에게 원수를 갚고야 말 테다! 지가 동학을 하면 죄가 사라지나? 내가 누구 때문에 이렇게 살아왔는데. 김 서방이 한 짓을 김화성이 모를 리 없어. 아암 그렇고말고….″

　오가는 입술을 꽉 깨물었다. 장죽을 방바닥에 사정없이 내리쳤다. 그런데도 장죽은 어찌나 단단한지 말짱했다. 오가는 더욱 화가 나 장죽을 집어던졌다. 김 서방 생각을 할 때마다 죽은 마누라가 같이 생각나 더욱 화가 났다.

　김 서방이 집을 나서면 마누라는 득달같이 부엌으로 달려가 치마를 걷어 올리고 아랫도리를 씻어 냈다. 삐져나오는 울음을 감추느라 깨문 입술에 핏자국이 사라질 날이 없었다. 오가도 따라 입술을 깨물었다. '내 반드시 원수를 갚으리라. 갚고야 말리라….'

그날부터 물불 안 가리고 재물 모으는 일을 찾아 나섰다. 결국 직산 광산을 찾은 건 목숨을 걸고서라도 한시바삐 재물을 모으자는 결심이 섰기 때문이었다. 국법으로 금지된 것을 엄연히 알면서, 금방 재물을 모을 방도는 광산밖에 달리 없었다.

그러나 정작 재물이 모이면서, 오가는 마누라와 다투는 날이 많아졌다. 처음에는 자신을 말리는 마누라를 달래느라 언성이 높아졌던 것이, 점점 마누라를 보면 김 서방 생각이 나서 다툼으로 변해 갔다. 처음에는 언쟁 끝에 세간이 부서지고 말던 것이, 끝내는 손찌검으로까지 치달았다.

두 해 전 장마가 시작되고 폭우가 쏟아지던 그날도 오가는 방구석에서 바느질하는 마누라를 보자 부아가 치밀어 올랐다. 마누라를 볼 때마다 김 서방과 엉겨 붙어 신음을 쏟아 내던 장면이 떠올라 견딜 수가 없었다.

"이 더러운 년, 썩 꺼져 버려!"

오가는 마누라 옆에 놓인 바늘쌈을 발로 확 걷어차 버렸다. 조각난 천과 가위, 실패 등이 방바닥에 이리저리 나뒹굴었다. 마누라는 죄인처럼 오가의 눈치를 살피느라 허리 한 번 제대로 펴지 못했다. 주섬주섬 겨우 바늘쌈을 정리하곤 말없이 밖으로 나갔다. 처마 밑에서 잠깐 서 있던 아내는 쏟아지는 비 사이로 걸어나갔다. 뒤도 돌아보지 않았다. 대롱이도 걸치지 않은 채였다.

오가는 그 모습을 보면서도 고개를 돌려 버렸다. 비는 계속 쏟아졌다. 마누라의 모습은 그게 마지막이었다.

"망할 여편네. 그 비에 나가긴 왜 나가, 대거리라도 하지!"

오가의 눈가가 죽은 마누라 생각에 촉촉이 젖어 들었다. 오가는 마누라가 죽은 것도 김 서방, 김화성 때문이라고 생각하며 살아왔다.

김화성은 이레 만에 집으로 돌아왔다.

공주의 충청 감영 앞에서 농성을 벌이며, 조병식 감사에게 의송 단자를 제출하고, 제음과 감결을 받아 내고 돌아온 길이었다. 수운 대선생의 신원과 이단으로 몰려 옥사에 갇힌 교도들을 석방해 줄 것, 동학을 한다는 이유만으로 토색질하는 것을 중단할 것, 외국 상인들의 범람을 차단하여 백성들이 살길을 마련해 줄 것을 요구하는 내용이었다.

가을걷이가 끝나자 금세 차가워진 바람을 다 맞아 가며 도인들과 숙식을 함께한 김화성이었다. 김화성은 목침을 베고 노곤한 몸을 뉘었다. 막 잠이 들려 하는데 바깥이 소란해졌다.

"이리 오너라, 이리 오너라! 김화성이 돌아왔는가!"

김화성이 자리를 털고 일어서 밖으로 나서자, 만득이가 한 사내와 드잡이를 하고 있었다.

"만석이 자네, 왜 이러는가!"

만득이는 오가를 붙잡고 한참 밀어내는 시늉을 하는 중이었다. 만득이는 방금 대문을 열어 주고 열 냥을 받아 챙긴 참이다. 김화성이 돌아오자마자 쏜살같이 오가에게 알려준 것도 만득이다. 마당 가운

데엔 오가가 비단옷 차림에 한 손에 장죽을 쥐고 도도하게 서 있었다.

"뉘시오? 뉘신지 모르겠소만, 어찌 남의 이름을 함부로 부르시오?"

김화성은 무거운 몸을 일으켜 대청에 서서 물었다.

"허허, 나를 몰라주면 서운한디. 자네 땅에서 농사짓던 오만석이외다."

오가는 마치 양반이 아랫사람을 존대하듯 여유를 부리며 말했다.

"아, 예, 어르신, 예전에 죽은 김 서방이 있을 때, 논을 부치던 자입니다."

옆에 서 있던 만득이가 허리를 굽신거리며 말했다.

"아, 그러신가? 어째서 이런 소란을 일으키는가?"

김화성은 황당한 상황에 적잖이 당황스러웠다. 오가가 서너 걸음을 다가들며 다짜고짜 땅을 사겠고 나섰다.

"내가 부치던 땅을 좀 사고 싶은데, 어떻소? 팔 의향이 있는지?"

"이보게 오 서방, 대체 왜 이러는 건가? 술을 마셨으면, 술이라도 깬 다음에 다시 오게."

만득이는 일이 생각보다 커지자 애가 달았다. 김화성이 뜻밖에 당한 횡액에다 무례함에 대한 분기를 꾹꾹 누르며 오가를 달랬다.

"허허, 이게 무슨 일인가? 난 땅을 팔 생각이 없네. 그만 돌아가게."

"허허. 곧 팔게 될 것이오. 그리고 그 땅은 내가 사게 될 것이고. 헤헴…. 내 말 명심하시오. 오늘은 그 말을 전하러 왔소."

그 말을 마치고서야 오가는 떠미는 만득이의 손길을 못 이기는 척 밖으로 나갔다.

"자네, 대체 어쩌려고 이러는가? 그래도 김화성 어른이 은인이라면 은인인데, 이리 무례하고도 괜찮을 성싶은가? 땅 이야기는 또 무엇이고? 난 진땀이 나서 죽는 줄 알았네. 왜 일을 이렇게 크게 벌려?"

"은인은 무슨….."

"제발, 이제 그만하게. 이러다 나까지 죽이지 말고….."

그 말을 들었는지 마는지, 두어 걸음 앞서던 오가가 획 돌아서며 만득에게 물었다.

"그런데, 자네도 동학 하는 겐가?"

"아, 왜 그런 걸 묻나? 동학 하는 사람이 한둘도 아니고….."

만득이가 뜬금없다는 듯이 되물으며 말꼬리를 흐렸다.

"하고 있고만….. 그놈의 동학, 동학! 동학한다고 양반들이 자네를 사람으로 봐 줄 성싶은가! 돈이 사람을 만들지, 동학이 사람을 만드는가! 자네같이 무식한 천출이 무슨 수로 사람 대접을 받아? 두고 보게. 동학도 결국엔 돈 있고 권세 있는 있는 놈들이 자네 같은 놈들을 이용하는 노름이 되고 말 것이네. 정신 차리게. 나중 가서 후회 말고 돈이나 벌 궁리를 해 봐. 돈만 있으면 양반도 되고, 대감도 되는 세상이란 말이야."

만득이는 오가의 말을 듣는 둥 마는 둥, 조금이라도 멀리 오가를 떠밀어 보내는 데 여념이 없었다.

"오셨는가?"

이희인이 칠성이를 맞이했다. 그의 사랑채에는 목천의 김복용과 김은경, 동학삼로인 김용희 김화성 김성지 외에도 직산의 황성도까지 인근 접주들이 여럿 들어 있었다. 칠성이는 뒤늦게 온 것을 알고 방안에 들어서며 멋쩍어 조심조심 자리로 앉았다. 둥그렇게 앉은 접주들은 이희인을 바라보고 있었다. 접주 회합 자리에 함께한 것은 처음이라, 칠성은 입을 군게 다물고 조용히 접주들의 이야기에 집중했다.

"제가 뵙자고 갑자기 연통을 넣은 이유는 삼례 집회 때문입니다. 얼마 전 충청 감영으로부터 우리 도인들에 대한 침탈을 금지하겠다는 약속을 받아 냈습니다. 그러나 감사는 수운 대선생의 죄를 풀고 동학 금단을 해제하는 일은 조정이 결정할 문제라고 발뺌하였습니다. 전라 감사에게도 같은 소장을 제출하려 하지만, 충청 감사의 감결 이상을 받기란 어려울 것입니다. 오늘은 여러 접주님들의 의견을 모아 보려 자리를 마련하였습니다."

이희인이 모인 이유를 설명했다.

"충청 감사 조병식은 우리 도인들에 대한 횡포를 금지시키겠다고 약속하였소만, 고양이가 생선을 지키겠다고 나선 건 아닌지 의문이오. 동학에 대한 관리들의 도색을 더 보고 있을 수 없는 지경이니, 우리가 나서서 이를 바로잡는 방안을 강구해야 합니다."

"감사가 스스로 관리들의 실정을 조정에 보고하지는 않을 것입니다. 충청 감사도 도인들 수천이 관아로 몰려드니, 우선 방편으로 그리한 것이라 보아야 할 겁니다. 삼례의 집회도 의연히 추진해 나가야 겠지만, 그다음 방안을 모색해야만 합니다."

"그럴수록 우선 삼례에는 공주 때보다 더 많은 도인들이 모여서 세를 과시해야 합니다. 공주 집회 이후 관도 관이지만, 동학을 보는 백성들의 눈이 크게 달라졌습니다. 그날 이후 동학에 입도하겠다는 사람들도 눈에 띄게 늘어났고요. 그런 힘이 모이면, 요지부동인 감영이나 조정도 뭔가 실질적인 대책을 제시할 것입니다. 서학은 허용하면서 정작 이 땅에서 얻은 대선생의 깨달음을 사학이라 한다면, 이 또한 이치에 맞지 않는 일입니다."

"지금의 조정 대신들은 나라와 세상이 돌아가는 형편을 바로 보고 바로 판단할 능력을 잃은 지 오랩니다. 왜놈들과 서양놈들이 궁궐과 온 나라를 제집 안방 드나들 듯 하면서 돈 되는 것들은 모두 가져가는 모양입니다. 임금과 민 중전, 조정 대신들이 제각각 외국에 선을 대고 그네들을 상전처럼 챙기면서 권력 놀음이나 하려 드는 게 지금의 조정입니다. 그러니, 수운 대선생의 가르침이 무엇인지 들여다보기나 하겠습니까?"

"중전은 이미 나라 팔아먹을 궁리를 하고 있다는 말까지 나돕니다. 민 중전이 더 이상 정사에 관여하지 못하도록 요구해야 합니다."

접주들의 울분에 찬 말들은 얼마 전 수련이 한 이야기와 비슷하기도 하고 다른 것 같기도 했다. '수련은 어찌 이런 생각들을 다 하게 된 것이지?' 칠성은 접주들의 이야기를 듣는 내내 수련의 말이 귓가에

맴돌았다.

회합이 끝나고, 방 안엔 이희인과 칠성이 둘이 남았다.

이희인은 접주 회합에서 나왔던 이야기를 기록한 종이들을 정리하며 칠성을 바라보았다. '어인 일로 접주들의 회합 자리에 나를 불렀을까?' 칠성이는 궁금했지만 잠자코 기다렸다.

"원 접장, 접주 회합에 참석해 보니 어떠신가?"

이희인이 환하게 웃으며 물었다.

"감히 제가 어떤 말을 올리겠습니까?"

칠성이가 짧게 대답했다.

"나와 함께 한양엘 좀 출행할 수 있겠소? 나흘은 꼬박 걸릴 듯한데, 길동무나 하면서 같이 다녀왔으면 하오."

"한양 길을요? 제가 필요하다면 함께 가겠습니다."

추수 일도 끝났고, 이희인 접주의 청인데다가, 평생 처음하게 되는 한양 나들이라 거절할 이유가 없었다. 다음 날 일찍 조반을 들고 출발하기로 약조했다.

다음 날, 목천 개목마을 동구에 이희인이 먼저 와 기다리고 있었다. 출행에 나설 때마다 항상 따르던 돌쇠는 보이지 않았다.

"단출합니다. 접주님과 저 둘뿐입니까?"

"그렇소, 이번엔 원 접장과 나 둘뿐이오. 길동무하긴 좋을 게요."

이희인이 환한 얼굴로 말했다.

두 사람은 직산을 거쳐 드넓은 평택 평야를 따라 한양으로 향했다.

수확이 끝나 그런지 들판은 휑하고 새 떼들만 북적였다. 남태령을 넘어 한양에 당도했다. 숭례문을 거쳐 입성한 두 사람은 광화문에서 그리 멀지 않은 조경호의 집을 찾았다. 조경호는 흥선대원군의 사위로 예조판서를 지낸 자이다. 이희인보다 일곱 살 많았지만, 어려서부터 동문수학한 각별한 사이라 했다.

칠성은 난생처음 보는 한양성의 번화한 거리와 고루거각인 양반집들에 눈이 휘둥그레졌다. 이윽고 당도한 조경호의 집은 주변에서도 특출나게 큰 집이었다. 대문을 열어 준 문지기마저 예사롭지 않게 느껴졌다. 나흘 동안 꼬박 걸어 몸은 힘겨웠지만, 눈은 잠시도 쉴 새 없이 두리번거리느라 촌티가 뚝뚝 묻어났다. 그런 칠성이와 달리 이희인은 아무런 동요가 없었다. 사랑채로 건너온 조경호와 이희인이 겸상을 하는 동안 칠성은 한쪽에서 따로 저녁상을 받았다.

이희인과 조경호는 오랜만에 만나 회포라도 푸는 듯 정겹게 이야기를 나누었다. 그러면서 자연스레 조정의 이야기들이 화두가 되었다. 칠성이 듣기에 어마어마한 이야기들을 아무렇지도 않게 나누던 두 사람 사이에 잠시 침묵이 흐른다 싶더니, 이희인이 좀 다른 말을 꺼냈다.

"서찰을 읽어 보셨는지요?"

"그렇소."

이희인이 진중하게 말했다.

"대체 어찌하여 서학은 허하면서, 동학은 금하는 것인지요? 처음엔 동학이 곧 서학이라 하여 금하지 않았습니까?"

"선대 때부터 동학은 좌도난정의 도라 하지 않았는가!"

"동학의 근간은 유학과 다르지 않습니다. 백성이 나라의 근본이라 하지 않으셨습니까? 지금 동학도라는 이유만으로 선량한 백성들을 옥에 가두어 매질하고, 그들의 재산을 강탈합니다. 동학을 하는 백성들에게 이리 가혹하게 하는데도 백성들이 동학으로 모여들고 있습니다. 사람 대접을 받고, 적어도 굶지는 않기 때문이지요. 얼마 전 공주 충청 감영에 수천의 동학도가 등장하여 동학을 탄압하지 말 것과 관리들의 부정부패 금지를 요구한 것을 알 것입니다. 이제 더 많은 일들이 벌어질 것입니다. 더 많은 도인들이 몰려올 것입니다. 어찌 감당하려 하십니까? 왜놈들과 서양 놈들의 부당한 요구는 거부하지 못하면서 백성들만 잡아들여 도탄에 밀어 넣는 것은 이 나라의 뿌리를 흔드는 일이며, 샘을 파서 마르게 하는 것입니다."

이희인의 이야기는 막힘이 없었다.

"동학은 사학이네. 백성이 하늘처럼 귀하고 양반과 한가지로 평등하다 하지 않았는가? 종국에는 양반 상민도 없고, 금상도 없는 세상을 만들겠다는 것 아닌가? 그것이 어찌 사람 사는 세상이라 할 수 있겠는가? 일찍이 양주 묵적의 설도 그 정도까지는 아니었네. 그런 동학을 어찌 허하란 말인가! 이 조선이 어떤 나라인가? 오백 년의 사직이 이어 온 것은 성리학의 법도가 있었기 때문일세."

조경호도 단호히 맞섰다.

"대감께서 말씀하시는 그 성리학이 지금 이 조선에 살아 있다고 보십니까? 동학을 가르치시는 수운 선생이 과연 성리학을 알지 못한 인물이라 보십니까? 수운 선생은 누구보다 성리학에 정통한 분이십니다. 그러나 성리학을 떠받드는 조선의 유생들이 성리학의 근본을 저버리고 조선을 이리 만들어 놓았기에 새로운 운을 타고 가르침을 편 것입니다. 동학 안에서야말로 성리학은 제대로 살아 있고, 그 가르침이 펼쳐질 것입니다. 저 광화문 앞에 나가 보십시오. 양반과 평민이 무에 다를 게 있습니까? 재물만 있으면 언제든 양반을 살 수 있는데요. 세상을 보십시오. 불란서에서는 패악을 일삼던 국왕을 효수했다 합니다. 왜놈들은 삼십 년 전 통치 세력을 바꾸었습니다. 통치하는 자와 통치받는 자는 다르지 않습니다. 남송의 주자의 한계가 있어 왕수인이 체계를 잡은 것과 무엇이 다르겠습니까! 더 이상 백성들은 무지렁이가 아닙니다."

이희인이 작정한 듯 거침없이 쏟아 냈다.

"동학도들이 언제 당장 군주를 없애자고 한 적이 있답니까? 저희들이 올린 의송 단자를 한 줄이라도 읽어 보셨는지요? 제가 보기에 지금 동학 도인만큼 이 나라와 전하, 그리고 백성들을 생각하는 사람들은 없다고 봅니다. 서학을 인정하는 것처럼 동학을 인정해 주고 관리들의 탐학을 금지시켜 달라는 것입니다. 선량한 백성들이 읍소하고 있습니다. 공주에서 그리하였고, 앞으로 방방곡곡, 면면촌촌을 돌며 동학은 사학이 아니라고 호소할 작정입니다. 나라가 돌보지 않는 백성들을 유무상자 정신으로 동학이 살리고 있습니다."

이희인은 진심으로 간청했다.

조경호는 대꾸하지 않았다. 이희인의 말이 틀림이 없었기 때문이다. 잠시 침묵이 흘렀다.

"자네의 그 결기와 명분을 내 모르는 바가 아니네. 허나 내가 나서면 금상의 입장이 곤란해질 걸세. 작금의 중전 척족들과 무엇이 다르겠는가. 난 할 수 없네."

"지금 민씨들 이야기를 하셨습니까! 사리사욕을 위해 조정을 쥐락펴락하는 자들과 백성을 위해 금상께 고하는 것을 한가지로 보시는 그 말씀이 이치에 맞다 생각하십니까? 목민의 도를 앞세우는 대감이 억울한 백성의 신음 소리에 눈을 감고 고작 하신다는 말씀이 그것입니까? 왜 금상이 조선을 이 지경으로 내몰고 있는지 이제야 알겠습니다. 바로 대감 때문입니다."

이희인은 자리에서 벌떡 일어났다. 그의 손이 부르르 떨렸다.

"동학은 아니 되네, 감히 반상의 법도를 허무는 것이야말로 이 나라의 근간을 허무는 일임을 알아야 하네!"

조경호가 지지 않고 목소리를 높였다.

"더 이상 찾지 않겠습니다. 대감께서도 이 몸과의 인연은 잊어 주십시오."

이희인은 성큼 걸음을 내딛더니 방문을 확 밀어젖혔다. 얼마나 힘을 줬는지, 방문이 부서지며 한쪽으로 기울어졌다. 조경호는 미동도 없이 앉아 있었다.

칠성은 이희인을 뒤따라 나섰다. 이희인은 뒤도 돌아보지 않고 조경호 집을 나섰다. 칠성은 이희인이 이렇게 격분한 모습은 처음이라 말도 붙이지 못하고 뒤를 따랐다. 이희인은 광화문 쪽으로 걸음을 옮겼다. 저녁상을 물린 시간이라, 사람들도 얼마 보이지 않았다.

"마포로 가야겠소. 그곳에서 유숙할 데를 찾아봅시다."

이희인이 애써 차분하게 말했다. 그러나 칠성은 떨리는 그의 음성에 아직도 분기가 묻어 있는 걸 느낄 수 있었다.

마포로 가는 내내 이희인은 말이 없었다. 마포 나루 근처 작은 주막에 겨우 방 하나를 구해 들었다. 이미 늦은 밤이었다. 잠자리에 든 칠성은 저녁나절 내내 말이 없는 이희인의 마음이 아프게 다가와 쉬이 잠을 이룰 수가 없었다. 곧은 품성에 온화한 모습만 보여준 그였다. 자신처럼 기골이 장대했으나 지금껏 오늘처럼 화를 내는 모습은 본 적이 없었다. 실로 유순하던 호랑이가 포효하는 듯한 그 모습에 칠성의 간담이 다 서늘할 지경이었다.

"잠을 못 이루는 게요?"

이희인도 잠을 못 이루는지 뒤척이며 칠성에게 물었다.

"예, 아직입니다."

"성리학을 섬기는 조선의 양반 유생이 다 그렇소. 대의명분을 논하면서도, 정작 백성의 편에는 서지 않는 자들, 반상의 법도를 제 목숨보다 더 중히 여기면서, 결국은 백성의 안위를 돌보지 못하는 무능한 자들이오."

"허나, 접주님도 양반에 유학자가 아닙니까?"

칠성의 질문이 이희인의 가슴을 찔렀다.

"그렇소. 나 또한 양반 유생이오."

"허면, 접주님은 왜 관직에 나가지 않으십니까? 관직에 나가 백성을 위한 청백리가 되시는 것은 생각해 보지 않으셨습니까?"

"관직이라…. 동학을 하기 전엔 몰랐소. 사서삼경을 읽으며 내 한 몸 잘 추스르면 나라가 바로 선다고 생각했소. 물론 수신하지 못했으니 관직에 나설 수 없다고 생각했소. 그러나 기울어지는 나라를 위해 내가 할 일을 찾아갈 엄두가 나지 않았던 것도 사실이오. 대하 같은 흙탕물에 맑은 물 한 종지를 붓는다 한들 달라질 리가 없다고 생각했던 거지요. 그러다가 동학을 공부하면서 알게 되었소. 이 한 몸을 버려서라도, 맑은 물 한 방울을 보태는 것이 서책에 눈을 파묻고 지내거나 고개를 들어 한탄만 하는 것보다는 낫다는 것을. 오늘 내 조경호에게 화를 냈지만, 그것이 어찌 그를 향한 것이겠소. 무기력했던 지난날의 나 자신을 향한 말이었다고 보아야 할 것이오. 이제, 다시는 예전의 나나 조선의 양반들에게 미련을 두지 않을 것이오."

"……."

이희인도 원칠성도 오래도록 잠이 들지 못하였다.

5장/ 싸움에도 정도가 있다

　나졸 둘과 호방이 갑득이네 집에 들이닥친 건 보은 민회가 열리기
한 달 전쯤이었다. 갑득이네는 전날 밤 받은 쌀을 불려 넣고 말려 둔
나물들을 풀어 쑨 죽으로 아침 요기를 했다. 얼마 안 있으면 입춘이
지만, 날은 아직 찼다.

　기력이 쇠한 노모의 끼니를 챙기는 일이 무엇보다 중요한 갑득이
는 직산 조창에서 하역 일을 하였다. 하역은 농사보다 몇 배는 더 힘
들었지만 품삯은 더 박해서 하루 두 끼니에 곡기가 들어가는 날은 호
사하는 날이었다. 안성천은 물길이 좋아 하류의 직산 해창과 상류의
경양포를 따라 영남과 호남에서 올라오는 쌀과 소금을 실어 나르는
배들이 많았다. 그나마 인근 조창보다 품삯이 후한 편이었다.

　하지만 하역 일을 하다가 다치는 경우가 많았다. 무거운 짐을 옮기
는 일은 힘만으로 되는 것이 아니라 요령이 필요했다. 하역 일을 시
작하고 한두 해는 다치는 일이 부지기수였다. 갑득이도 두 해째 허리
를 크게 다쳐 한동안 자리를 보전하고 누워 있다. 노모가 품을 팔아
겨우 끼니를 잇게 되자, 풀죽만 상에 오르는 날이 많았다. 갑득이네

딱한 사정은 마을 사람들도 알고 있었지만, 다들 제 앞가림을 못하는 형편이라 남의 집을 돌아볼 겨를이 없었다. 그나마 칠성이네 접에서 가끔씩 보내는 보리나 좁쌀을 아껴 풀죽에 섞어 먹는 것으로 연명하다시피 했다.

갑득이 노모는 동학을 하지 않았지만, 도인들의 도움에 '하늘같은 사람들'이라며 고마워하곤 했다. 관아에서 들이닥치기 전날 밤에도 칠성이네 접 도인들이 쌀 한 되와 잡곡 한 되를 넣은 자루를 몰래 부엌에 놓고 갔다. 갑득이와 노모도 모르는 사이였다.

새벽녘 부엌에 나간 노모가 자루를 발견했다. 동학 도인이 갖다 놓은 줄은 알았지만, 다른 말은 못하고 '아이고, 아이고.'만 연발했다. 노모는 얼른 주변을 살피고, 부엌문을 닫았다. 조반에 쓸 쌀 두 줌을 덜어 뒷박에 넣고 자루 주둥이를 꽁꽁 묶어 부엌 뒷문으로 나가 쌓아둔 나뭇단 속으로 쑥 찔러 넣었다. 그런데 그날로 관아에서 들이닥친 것이었다.

"뒤져라!"

호방이 소리치자 나졸 둘이 집 안을 샅샅이 뒤지기 시작했다. 장독이 깨지고 옷가지들이 나뒹굴었다.

"왜들 이러십니까? 무슨 일이신지 말을 하십시오."

갑득이가 아픈 몸을 일으켜 마당으로 나서며 호방을 붙잡고 늘어졌다. 노모는 나졸의 바짓가랑이를 붙잡으며 넋두리를 쏟아 냈다.

"몰라서 묻는 겐가?"

"나리, 없어서 못 내는 걸 어찌하여 그러십니까? 제가 허리를 다쳐 며칠째 일을 못 나갔습니다. 늙으신 어머니가 삯일로 겨우 연명하고 있습니다. 집 안에는 먹을 것이라곤 하나도 없습니다."

갑득이의 하소연에도 호방은 눈도 깜짝하지 않았다.

갑득이는 군포를 내지 못했다. 사내로 태어났으니 세금을 내야 하지만, 끼니도 제대로 챙기지 못하는 처지에 제때 군포를 내기는 어려웠다.

그때였다.

"찾았습니다, 나뭇짐 속 숨겨 두고 있었습니다."

나졸이 곡식 자루를 손에 들고 의기양양하게 나타났다.

"뭐라? 먹을 게 없어? 네 이놈! 늙은 어미를 앞세워 거짓을 고하면 어찌 되는 줄 아느냐? 밟아라."

호방의 말 한마디에 나졸들이 달려들어 육모방망이로 갑득이의 등을 사정없이 내리쳐 쓰러뜨리고 밟아 댔다. 갑득이의 곡소리가 곧 숨을 끊어 놓을 것 같았지만 겁에 질린 마을 사람들은 누구하나 나서서 막아서는 자가 없었다. 늙은 노모가 나졸들의 발길질을 겨우 비집고 들어가 막아서지 않았다면 갑득이는 반병신이 됐거나, 죽음을 면치 못했을 거라고 사람들은 수군댔다.

"잘 보아 둬라! 이런 놈을 돕는 날엔 똑같이 해 줄 것이니, 또 이놈을 돕는 자들이 동학 무뢰배인 걸 다 알고 있으니, 내 손에 잡혀 물고를 당하고 싶거든 언제든 나서거라!"

호방의 말이 싸한 겨울바람을 타고 쩌렁쩌렁 울렸다. 마을 사람들은 등을 돌려서는 호방을 향해 욕을 하고 수군거렸지만 아무도 감히 나서서 반항하지는 못했다.

갑득이네 이야기는 하루 사이에 온 마을에 퍼졌다.

다음 날 이야기를 전해 들은 칠성이는 분을 참지 못해 집을 나섰다. 무작정 집을 나섰으나 마땅히 갈 곳도 없었다. 고개를 들어 하늘을 보니, 눈발이 곧 날릴 것처럼 보였다. 솜옷을 겹쳐 입었지만, 찬바람이 자꾸만 파고들었다. 잠시 후 상현이의 집에 당도했다. 마침 서당이 파할 시간이 다 되었다.

사립문을 들어서자, 아이들이 하나둘 나오기 시작했다.

"아이고 춥다! 오줌 참느라 혼났네."

한 아이가 사립문 밖을 나서자마자 구석진 곳을 찾아 고추를 꺼내 시원하게 오줌을 눴다.

이어 사내아이 두 놈이 따라 나왔다.

"야, 그 얘기 들었냐? 갑득이 아저씨네 집에 어제 관원들이 들이닥쳤대."

"그래, 나도 들었다."

"왜, 무슨 말이야?"

오줌을 누던 아이가 끼어들었다.

"관원들이 집뒤짐을 해서 쌀을 가져갔대. 갑득이 아저씨 뱃가죽이 등에 찰싹 달라붙었는데 관원들이 들이닥쳐서 싹 가져가 버렸대. 전날 밤에 누가 쌀을 줬는디, 다음 날 귀신같이 관원들이 들이닥친거래."

"그래, 우리 엄니도 이상한 일이라고 하더라."

"그리고 그 나졸 놈들이, 동학 하는 놈덜이 가져다준 거라고 했대."

"맞어. 우리 엄니도 그리 얘기했어. 큰일 난다고 이 얘기 절대 하지 말라고 했는디…."

"뭐여, 동네 사람 다 아는 것 같은디."

"그라면, 갑득이 아저씨네는 계속 굶어야 하는 거여?"

오줌을 눈 아이의 질문에 아이들은 고개를 갸웃거리다 자신들을 쳐다보는 칠성이를 보자 입을 굳게 닫았다. 비밀을 들킨 표정들이었다. 칠성이도 아이들을 무심히 바라보았다.

"훈장님 동무시잖아. 그렇지요?"

한 아이가 칠성이 눈치를 살피며 물었다.

칠성이는 미소를 띠고 고개를 끄덕거렸다. 아이들은 안심한 듯 다시 재잘대며 서당을 벗어났다.

아이들의 뒷모습에 쓴웃음을 지은 칠성은 상현이네 마당으로 들어섰다.

"아저씨, 언제 오셨어요?"

유선이가 칠성이를 보고 반가워했다. 이제 열일곱. 제법 사내의 기운이 넘쳐 보였다. 코밑은 거무스레했고, 어깨는 다부졌다. 마을에서 장군감이라는 칠성이와도 키가 비슷해 보였다.

"오랜만이구나. 이제 장가를 들어야 할 것 같구나?"

칠성이가 유선이의 어깨를 쓰다듬으며 말했다.

유선이는 쑥스러운 듯 머리를 긁적였다.

"형님 오셨소?"

상현이도 칠성이의 목소리를 듣고 밖으로 나왔다.

"어여 들어갑시다. 날이 춥소."

자리를 잡고 앉아마자, 칠성은 낮은 목소리로 상현이에게 말했다.

"아이들도 갑득이네 이야기를 다 알 정도면, 마을 사람들은 죄다 알고 있겠구만."

"알겠지요. 모를 리가 있습니까. 지독한 놈들. 요즘 살기가 이리 힘든데, 쌀을 주면 누가 줬겠소. 우리 도인들이 모아 주는 거 아니면 땅에서 솟겠소, 하늘에서 떨어지겠소! 그걸 누가 고자질한 것이 틀림이 없소. 굴뚝에 연기가 피어오르는 걸 보고 관아에 발고를 했겠지요. 그 덕에 몇 닢 받았을 거고. 더러운 놈들!"

분한 마음에 상현이 말이 거칠게 나왔다.

"더러운 것도 더러운 거지만, 오죽했으면 그랬겠느냐! 그 몇 닢에 사람을 팔아넘기는 짓거리를 해야 하는 그 사람이 측은하다."

"갑득이 그자가 그리 물고를 당할 때, 아무도 나서지 않았다고 하던데, 그 늙은 어미가 나서지 않았다면 몸이 남아나지 않았을 거라고 합디다. 나는 그게 더 한스럽소."

칠성이가 한숨을 쉬었다.

"… 관아 놈들이 사람들을 이리 대하는 것은, 동학도의 도움을 받으면 이리된다, 그러니 어울리지 마라, 그런 말 아니겠느냐. 동학과 백성들을 갈라놓겠다는 심산인 게지. 감결이 내린 지 얼마 되지 않았으니, 동학도를 직접 토색질하는 대신 이런 방법으로 겁박하겠다는 게다. 나라도 버린 백성들을 동학 도인들이 서로 도와 살아보겠다는데, 참으로 징한 놈들이다!"

칠성이가 쓴웃음을 지으며 혀를 끌끌 찼다.

"세금은 공정해야 하고, 가난한 백성에겐 관대해야 한다고 했소. 갑득이네 사정을 알면서도, 군포를 그리 받아 가려는 놈들이 사람 같아 보이질 않소. 현감이 곡간을 채워 놓으라고 호통을 쳤을 게 뻔하고, 아이고…. 그런 일이 어디 갑득이뿐이겠소. 정말 이놈의 빌어먹을 세상, 해도 해도 너무하오."

상현이의 한숨이 오늘따라 더 깊었다.

두 사내는 답답한 마음에 한동안 말을 하지 않았다.

"임금에게 직접 상소를 올리면 좀 달라지지 않겠소? 충청, 전라 양도의 감사가 대선생 신원과 동학 해금은 자기들 소관이 아니라고 발뺌을 했으니, 이제 한양으로 올라가 호소하면, 뭔가 큰 변화가 있겠지요. 그렇잖소 형님?"

상현이는 침묵을 깨고 입을 열었다. 공주와 삼례에서 잇따라 감사에게 의송을 제출하여, 동학도에 대한 탄압을 금하는 감결을 내렸지만, 일선 관아의 아전이나 관졸들은 그 감결을 시늉으로만 따를 뿐

온갖 명목으로 동학도에 대한 탄압은 오히려 전보다 더 심해져 갔다. 동학 도회소에서는 이번에 한양으로 올라가 경복궁 정문인 광화문 앞에서 임금에게 직접 상소를 올릴 계획이었다. 모두 해월 선생의 최종 결정에 따른 일이었다. 그러나 접주들의 회합에서는 여러 다른 말들이 있었다. 대다수 접주들은 동학을 허하는 것은 갑자년(1864)에 좌도난정의 죄목으로 효수 당한 대선생의 누명을 벗기는 게 유일한 길이라는 점을 강조했다. 그들은 동학 도인들이 세를 이루어 의송 단자를 제출하자 지방 수령들이 그전과 같이 제멋대로 하지는 못하지 않았냐며 상소 또한 중요한 전기가 될 것으로 기대했다.

하지만 그 일을 마뜩찮게 생각하는 접주도 있었다. 조정이 동학을 허한다 한들, 지방관들이 온갖 명목으로 가하는 탄압과 토색이 그칠지는 의문스럽다는 것이다.

결국은 상소를 올리는 쪽으로 정해졌지만, 이번에는 상소문의 내용을 두고 갑론을박이 이어졌다. 결국 해월 선생의 결단이 내려졌다. '싸움은 가장 최후의 방도이다. 대선생의 신원 회복이 이뤄지는 것이 동학 도인들을 살리는 것이다. 동학이 사학이 아님을 강조하고, 수운 대선생의 가르침을 이어서 그 도와 덕을 더욱 밝힌 큰 스승님이라는 점을 강조하는 내용으로 초를 잡으라'는 명이 떨어졌다.

손천민의 집에 의송 도소가 차려지고, 손병희와 서병학, 서인주 등의 대접주를 중심으로 상소를 위한 채비가 일사불란하게 진행되었다.

그러나 몇몇 대접주들은 해월 선생이 정한 운동의 방향과는 결을 달리하는 계획을 세웠고, 목천과 천안 인근의 도인들 중에서도 그들을 따르는 무리가 있었다. 해월 선생의 뜻을 거스르는 일이 벌어질 줄 누구 하나 예상하지 못했다.

"아니다. 조정에선 결코 상소문 따위로 동학에 대한 금압을 절대 풀지 않을 게다. 충청 감사나 전라 감사가 약조를 하였다고는 하지만, 실지로 달라진 건 없지 않느냐? 말뿐이다. 양반 놈들은 말뿐이다. 임금이라고 다르겠느냐. 저런 미관말직들조차 동학을 입에 담으며 하는 작태를 보아라."

칠성이가 나직이 말했다. 평소 힘이 느껴지던 굵직한 목소리와는 사뭇 달랐다. 칠성이는 자신의 말이 이희인 접주의 입에서 먼저 나온 것이라는 얘기를 할까 망설이다 말하지 않았다. 상현이까지 낙담할 필요는 없다고 생각했기 때문이다.

"형님, 그래도 백성들이 목 놓아 호소하면, 금상이나 조정 대신들이 나 몰라라 하겠소? 그리고, 조정에서 계속 동학을 금하면, 어찌 된다는 게요? 동학으로 사람들은 계속 모이는데, 모두 잡아 가둘 수는 없는 노릇 아니겠소?"

상현이는 칠성이의 얘기를 반신반의하면서도, 동학을 계속 탄압하면 어찌해야 할지 정말 답답했다.

칠성이는 며칠 전 이희인과 나눈 이야기가 떠올랐다.

"접주님, 그리하면 종국엔 싸울 수밖에 없는 것 아닙니까? 상소에 대해 조정에서 발끈하고 나선다면, 동학 도인들을 모두 잡아들이라는 명이 떨어지는 것입니까?"

"으음. 원 접장이 정확히 짚었소. 허나, 조정이나 우리 동학 도인들이나 섣부르게 결정을 내리지는 못할 것이오. 조정에서도 동학의 세가 만만치 않다는 걸 짐작은 하고 있을 것이오. 여태껏 무지렁이 농민이나 천민만 있다고 얕잡아 보았지만, 이제는 사대부 출신까지 대규모로 입도한 것을 알고 있소. 그렇다고 동학이 금상을 부정하는 것도 아니잖소. 척왜양(斥倭洋)을 내걸었을 뿐, 반역을 한 것도 아니고. 동학을 찍어 누르기엔 명분이 약한 게지. 허나 우리도 마찬가지요. 한양에서 상소를 하더라도, 조정에서 신원을 해 주지 않으면 어찌할 것인지 그 대책이 보이질 않소. 조정과 싸울 것이오? 동학 도인은 도 닦는 사람이지 싸우는 사람이 아니라며 싸울 준비를 전혀 하지 않고 있으니, 무력을 쓸 수는 없는 것이오. 게다가 이미 조선에 들어와 있는 청국군과 왜군의 숫자가 만만찮은데, 그들이 동학의 봉기를 가만 두고 볼 것인지도 염려스럽고. 해월 선생이 상소를 택할 수밖에 없는 이유인 게지요."

"셈이 복잡합니다."

칠성의 대답에 이희인은 잠시 뜸을 들였다.

"금상이 동학 도인들의 충심을 받아들여 동학도들의 거대한 원력을 바탕으로 이 나라를 새롭게 하고 부강하게 한다면 좋겠지만, 금상이 동학을 택할 가능성은 그리 높아 보이지는 않은 듯하오. 동학을 용납한다는 건, 조선 팔도의 유생들과 등을 돌리겠다는 건데, 금상이 자기 무덤을 파는 일을 하진 못하겠지요. 지금의 조선은 옛것을 죽여야만 비로소 살 수 있다는 걸, 쇠운의 바닥을 밟아야만 성운을 맞이할 수 있다는 걸 이해하려면, 금상이 동학에 입도하여 수도하고 공부하지 않으면 요원한 일이 아니겠소!"

"……."

"양반이나 상놈이나 모두 평등한 세상에 산다는 것을 저들의 소견으로 어찌 용납할 수 있겠소. 지금만 해도 가뜩이나 천대하던 서얼들이 이런저런 이유로 금상 주변에 모여들어 있다고 유림들의 불만이 크지요. 그러니 그들이 금상보다는 대원군의 눈치를 더 살피는 것이고, 그래야 명분도 있어 보일 테니까요. 권세란 것이 그렇소. 꼭 잡고 싶고 놓고 싶지 않은 것. 청이 있으니 왜를 견제할 수 있다고 생각할 것이고, 그리하면 금상은 왜를 택할 수도 있을 것이오. 또, 작금의 금상과 중전 주변엔 왜의 문물을 적극 받아들여야 한다는 대신들이 득실거리니…."

"접주들 회합에서, 앞으로 어찌할 것인가를 두고 말이 많았다 들었습니다. 일부에서 힘으로써 지금의 조정 권신들을 몰아내고, 우리와 뜻을 같이할 사람들로 채워야 한다는 주장을 했다고 합니다. 그것이 가능하겠습니까?"

"원 접장도 들었소?"

원칠성은 대답 대신 가만히 고개를 끄덕였다.

"아직은 때가 아닌 듯하오. 우리가 도성으로 나아가면, 도성 안에 있는 왜놈들과 청, 서양이 자국 군대를 모두 모아 우리와 싸우려 들 것이오. 먹잇감을 향해 돌진하는 짐승들처럼. 그러나 멀리 보면 어차피 그 길밖에 없는 것도 또한 사실이오."

이희인이 여기까지 말하고, 잠시 호흡을 가다듬었다.

"앞날을 내다보면 새로운 기운인 동학이 이길 수밖에 없으나, 당장 그것을 이루기에는 역부족인 게 사실이오. 저들은 싸울 준비를 오래전부터 하였고, 동학은 싸우지 않고 개벽하는 것을 준비해 온 것 아니겠소!"

잠시 뜸을 들이던 칠성이 준비한 이야기를 꺼냈다.

"아시겠지만, 이번에 도인들이 상소를 하는 동안, 한양에서 또 다른 일을 벌이려는 움직임이 있습니다. 그들을 막아야 하지 않겠습니까?"

"큰길을 가다 보면 작은 샛길이 지름길이라 여겨질 때가 있소. 하지만, 그것이 지름길인지 막다른 길인지를 분별할 수 있는 지혜가 필요하오. 그 지혜는 혼자 만드는 것이 결코 아니오. 해월 선생이 그랬듯, 전체의 생각들을 모아 결정하는 것이오. 그들 또한 충정이 있어 그리하는 것이지만, 내가 보기엔 섣부른 행동은 오히려 긁어 부스럼 만드는 일이 되지 않을까 우려되오. 그러나 원 접장은 이번 일들을 잘 지켜만 보시오. 앞으로 이보다 더 험한 일들이 많을 터이니…."

"모르겠다. 종국엔 싸워야겠지. 임금에게 직접 호소를 해도 동학을 용납하지 못하겠다면, 싸우는 수밖에 없지 않겠느냐?"

칠성은 이희인과의 대화를 생각하며 상현에게 말했다.

"허나 지금은 때가 아니다. 해월 선생의 명이니, 우리는 그대로 따라야 한다."

칠성이의 말에 상현이도 입을 닫았다. 어찌해야 하는지 답답했지만 방도가 없었다.

"유선이도 제법 청년이 다 되었어."

칠성이가 말을 돌려 유선이 이야기를 꺼냈다.

"예 제법입니다. 아이들이 참 실하게 크고 있습니다. 요즘 유선이는 도인들에게 언문을 가르치는 데 열심입니다. 글을 가르치는 게 즐겁다고 합니다."

유선이가 자랑스러운 듯 상현이의 입꼬리가 올라갔다.

"아비를 쏙 빼닮았군그래."

칠성이도 미소를 띠며 말했다.

"수련 접장이 말하길, 유선이는 타고난 훈장이라 합니다."

상현이의 자랑이 이어졌다.

"수련 접장이? 음. 혹 다른 말은 없었는가?"

"누가요? 수련 접장 말씀입니까?"

칠성이가 고개를 끄덕이자, 상현이가 고개를 갸웃했다. 얼마 전 수련은 칠성에게 이번 상소의 일을 비난하는 말을 했다. 상소문에 동학이 사교가 아니라는 장황한 설명과 수운 대선생의 신원을 호소하는 말뿐이라고, 칠성이에게 혀를 차며 말했다. 정작 관리들이 백성들을 늑탈하고, 왜상과 청상의 발호에 조선의 상인들과 백성들이 죽어나는 비참한 실상 이야기는 하나도 없다며, 자기는 도성에서 위력을 발휘하여 서양 세력들에게 경고하는 일에 참여하기로 했다고 말했다.

그때 칠성은 수련과 큰 언쟁을 벌였다. 한양에서 복합 상소를 한다는 것은 도소에서 중론을 모아 결정한 것인데 이를 어기는 것은 결국 교문의 질서를 해하는 것이라며, 수련을 몰아세웠다. 더욱이 이번 결정은 대선생의 법통을 이어받은 해월 선생이 최종 재가한 것이니, 결정을 따라야 한다고 목소리를 높였다.

그때 수련은 현수와 영진이, 상범이, 유선이를 과거 보는 선비 행색으로 도성으로 들여보내겠다고 했다. 계사년(1893) 봄, 세자 탄신을 기념하는 과거가 예정돼 있었다. 유생으로 가장해 도성으로 들어가는 것은 어려운 일이 아니었다.

칠성이는 수련이가 분한 마음에 허언을 한 것이라 생각했다. 해월 선생의 명을 어긴다는 것은 생각해 본 적이 없었다. 또 유선이를 보자 수련의 말이 뒤늦게 생각났지만, 한편으론 도성으로 떠난다는 계획을 결행하지 않았다고 생각해 안심한 터였다.

"무슨 말을 하긴 하셨는데, 무슨 뜻인지는 모르겠습니다."

상현이가 칠성이의 표정을 살폈다. 수련 접장이 무슨 일을 벌이고 있는 것 아니냐는 눈빛이다.

"소두(疏頭)로 나서는 박광호는 해월 선생의 신임을 얻고 있으나 과묵하고 담대해 싸움에 앞장설 인물이 아니지. 하기야, 소두로 나서는 것 자체가 목숨을 내놓는 일이기도 하니까. 암, 싸움 같은 건 없을 것이네."

칠성이는 박광호를 알지는 못했지만, 이희인이 전한 박광호의 성품을 되뇌며 그 얘기가 맞을 것이라고 믿었다.

이희인은 해월 선생의 결정에 대해 칠성에게 설명하며 상소를 올리는 유생들의 우두머리인 소두는 참형을 당한 사례가 많았다고 했다. 또 선비들의 입장에선 광화문 상소 자체가 대의명분을 앞세워 목숨을 내건 싸움이라는 말도 덧붙였었다. 그리하여 상소에는 논리가 있을 뿐, 무력은 없다고 말했다.

칠성이가 박광호의 이름을 말하자 상현은 무슨 뜻인지 몰라 미간을 좁혔다.

"몇몇 접주가 뜻을 굽히지 않고 도성에서 무력시위를 계획하고 있다고 하였어. 과거 보는 유생으로 위장해 도성으로 진입한 후에 때를 보아 무력을 행사하겠다는 거지. 유선이와 현수, 영진, 상범이를 데려가려 했네만, 유선이가 있는 걸 보니 수련 접장이 허언을 한 것이지. 허기야 해월 선생의 말씀이고, 접주의 뜻을 어길 수는 없는 것이지. 그렇지, 아니 그런가?"

칠성이가 별 탈 없다는 듯 말했다.

"형님, 이상합니다. 수련 접장이 허언하는 것을 본 적이 없습니다. 마음이 영 편치가 않습니다. 우리 유선이를 데려가려 한 것 같은데,

유선이는 있지만, 다른 아이들은 어떠한지 확인을 해 보아야 할 것 같습니다."

상현이의 목소리엔 근심이 가득했다.

"설마…. 아닐 걸세. 유선이는 집에 있잖는가? 설마 유선이만 놔두고 세 아이만 데리고 갔겠는가?"

"아닙니다, 형님. 기분이 이상합니다. 이럴 때가 아닙니다. 아니 갔으면 다행이지만, 정말 결행을 하였다면 큰일입니다. 어서 일어나십시오."

칠성이도 상현이를 따라나섰다.

상현의 집에서 가까운 김화성 접주는 집에 계시지 않았다.

"어르신은 아니 계십니다."

문간방에서 나온 만득이가 하품을 하며 말했다. 그때 영진의 아버지 김중칠이 나왔다.

"훈장님 아니십니까. 안으로 드시지요."

김화성이 대접주가 되면서 김중칠 삼형제는 옆에서 부친을 돕고 있다. 김중칠 또한 아들 영진이 수련의 계획에 가담했다는 것을 모르고 있었다.

"아니, 어찌 수련 접장은 그런 일을 감행했단 말입니까? 영진은 아침나절에 집을 나섰습니다. 아니 되겠습니다. 제가 찾아 나서야겠습니다. 부지런히 가면 따라잡을 수도 있습니다."

김중칠은 마음이 급해졌다. 자리에서 벌떡 일어났다. 허나 이들이 어느 길로 한양으로 향했는지 모를 일이었다.

"중칠 접장님, 아무래도 접주님께 말씀을 드리고 움직이는 게 좋을 것 같습니다. 혹 이들이 서인주, 서병학 접주와 합세할 수도 있고, 그렇다면 어느 길로 갔는지 지금으로선 찾기 어려울 것입니다."

상현이가 일어서며 차분히 설명했다. 칠성이만 방바닥을 바라보며 앉아 있었다.

그때 사랑채 문이 열리며 김화성 접주가 들어섰다.

"아니, 무슨 일인데 이렇게 장승처럼 서 계십니까?"

사정을 전해 들은 김화성 접주는 대로했다.

"내 신중하라고 그리 당부했거늘…!"

그의 짧은 한마디에 감히 누구도 말을 하지 못했다. 그의 얼굴은 성난 호랑이 같았다. 칠성은 이번 일이 자신의 탓인 것만 같아 좌불안석이 되었다. 하지만 김화성 접주에게 차마 말을 할 수가 없었다. 지난 병천장 벽서 사건도 이번 일과 무관치 않았고, 그 일을 결행할 당시에도 자신은 수련 접장의 계획을 미리 알고 있으면서도 두고만 보았기 때문이다.

"이미 때는 늦었소. 수련 접장과 아이들의 운명은 하늘에 맡기는 수밖에 없을 듯하오. 허나 서병학, 서인주의 계획은 즉시 도소에 알려야겠소."

김화성은 손자를 찾으러 나서는 대신 청주로 출발할 채비를 했다.

"접주님, 제가 함께 가겠습니다. 중칠 접장은 여기서 일을 수습할 방도를 찾는 것이 어떠신지요?"

"아니오. 이런 불협이 있음을 미리 알지 못한 내 불찰이요. 어서 해월 선생께 알리는 것이 먼저인 듯하오. 접주라는 것이 부끄럽소. 지금의 내 모습이 수신하지 못하면서 제가하고 치국하겠다는 것과 무엇이 다르겠소. 어서 채비 하거라."

중칠이 밖으로 나갔다. 칠성은 여전히 가시방석에 앉은 느낌이었다.

'이러다 아이들에게 무슨 변고라도 생기면 어찌한다. 왜 막지 못했을고? 정말 무력시위를 할 것인가? 수련 접장은 도대체 무엇 때문에 이렇게 위험한 길을 선택하는 것인가?'

칠성은 그동안 수련 접장이 했던 말들이 떠올랐다. 그녀의 차가운 말투도 생각났다. 무엇이 그녀를 그렇게 만든 것일까? 수련을 처음 만났던 그날이 떠올랐다. 그러면서 칠성은 그 낡은 초가에서 아이를 낳은 수련이, 아이에게 왜 몹쓸 짓을 하려 했던 것인지 궁금했다. 그동안 굳이 알려고 하지 않았던 그녀의 지난 일들도 묻고 싶었다. 이 모든 일들이 그녀의 과거를 살피지 않아 생긴 일인 것만 같았다.

"자네 왔고만…. 형님, 칠성이가 왔습니다."

곱단 아버지는 어색해 하면서도 칠성에게 반가운 듯 미소를 보였다.

마당엔 칠성이의 아버지 원상옥과 곱단 아버지가 어색하게 서 있었다. 칠성이를 기다린 눈치다. 매서운 찬바람에 얼마나 서 있었는지, 곱단 아버지의 코끝이 빨갛게 얼어 있었다.

"날 추운데, 마당에서 뭘 하십니까? 어서 들어가시지요."

곱단이 떠난 후 말은 안 했지만 서먹서먹한 사이가 되어 두 집은 영 불편해졌다. 곱단 아버지가 칠성이네를 찾은 건 참으로 오랜만이었다. 도인들의 회합에서 얼굴을 건너다볼 뿐 직접 왕래는 눈에 띄게 뜸해졌다.

"의논드릴 게 있어서유."

곱단 아버지가 어색한 듯 원상옥 얼굴과 방바닥을 번갈아 보며 멋쩍게 얘기했다.

"중헌 일인가?"

원상옥이 짧게 대꾸하며 곱단 아버지를 바라보았다.

방에 앉은 곱단 아버지는 코끝이 빨개진 채로 손을 엉덩이 아래로 깔고 앉았다.

"이짝으로 앉으시게. 여기가 제일 뜨뜻하네."

원상옥이 일어서며 곱단 아버지에게 아랫목 자리를 권했다.

"아닙니다, 형님. 괜찮습니다."

곱단 아버지는 과하게 손사래를 쳤다. 그러곤 헛기침을 하더니 품에서 서찰 하나를 꺼냈다. 그리고 허리 전대에서 찰랑거리는 돈뭉치를 꺼내 들었다.

칠성이와 원상옥은 어리둥절했다.

"서찰부터 보십시오. 곱단이 보낸 것입니다."

언문으로 쓴 글은 곱단의 글이 틀림없었다. 어깨 너머로도 칠성은 곱단의 서체임을 단번에 알아차렸다. 10년 가까운 세월이 지났다. 잊었다 싶었지만, 곱단의 이름을 들으니 그녀의 고운 얼굴이 떠올랐다.

서찰에는 동학 교문의 일에 써 달라는 말과 도인들의 안부를 묻는 짤막한 말이 들어 있었다.

"형님, 면목이 없습니다만, 이걸 접주님께 전해 주시면 좋겠습니다. 딸 팔아먹은 놈이 무슨 염치로…."

곱단 아버지가 돈뭉치를 원상옥 앞으로 밀어 놓았다.

"자네가 그리 말하면, 몹쓸 짓은 내가 한 게 되지. 내 자식 살리려고 딸 같은 아이를 팔아먹은 놈이 되네. 그냥 자네가 전하시게."

원상옥은 대번에 거절하며 다시 돈뭉치를 곱단 아버지 쪽으로 밀었다.

"저, 형님…. 사실은 이 맴이 답답했습니다."

곱단 아버지가 한 손으로 가슴팍을 두드렸다.

"왜놈한테 딸 팔아먹고 살았다고 손가락질 당허고…. 지는 이제껏 우리 곱단이 간간히 보내온 거 한 푼도 안 쓰고 모아 뒀습니다. 곱단이를 제물포로 떠나보내고, 부부 연을 맺으려는 자네와 생이별시킨 죄인이네. 형님한테나 자네한테나 얼마나 미안시러운지…. 다 제가 못나서 이런…."

곱단 아버지는 목이 메어 가슴팍을 두어 번 두드리다 그동안의 기억들이 생각나는지, 북받쳐 흘러내리는 눈물을 소매로 닦았다.

"그만허시게. 그 심정 자네나 나나 매한가지지. 내 자식 살리겠다고 곱단일 떠나보낸 내 책임도 크다네. 내가 미안허제. 내가, 자네 심정도 헤아리지 못하고…."

원상옥의 눈에서도 뜨거운 눈물이 흘렀다.

칠성이가 조심스레 자리에서 일어나려는데, 곱단 아버지가 손을 잡았다.

"잠깐 기다리게. 자네에게 주라는 서찰도 있네."

곱단 아버지가 품속에서 서찰을 꺼내 칠성에게 주었다.

일어서려던 칠성이가 다시 앉아 서찰을 조심스레 펼쳤다. 칠성은 곱단의 편지를 읽다 말고, 곱단 아버지에게 물었다.

"하온데, 곱단이 제물포에서 동학을 하고 있었나요?"

칠성이가 궁금해 물었다.

"간간이 회합에 나간다고 들었네. 처음 몇 해는 문밖 출입도 못하다가, 연통이 온 지는 얼마 되지 않았네. 회합에 나간 지도 얼마 안 된 것 같고. 그쪽 도인들이 많이 도와주는 것 같네. 그래도 숨통은 트고 사는 것 같아서 얼마나 다행인지…. 어미도 없이 고생만 하다가 시집가서…."

곱단 아버지는 또 눈물을 훔치다 말고, 새삼스럽게 생각이 난 듯 칠성에게 물었다.

"헌데, 이상한 말을 들었네. 이번에 도인들이 임금님께 상소를 올릴 때, 한양에서 무슨 일이 있을 거 같다고 하는데, 뭐 아는 게 있는 가?"

곱단 아버지가 칠성을 보며 물었다.

"아닙니다. 그런 일은 없을 겁니다. 해월 선생께서 광화문 앞에서 복합하여 상소만 올리라 명하셨고, 그 계획은 변함이 없습니다."

칠성이가 단호하게 얘기했다.

"이상해. 이 서찰을 전해 준 제물포 도인 말로는 광화문에서 상소를 올릴 때 곱단이도 올 거라고 했어. 지 서방이 그때쯤 도성에 데리고 가서 바깥 구경을 시켜주겠다고 하더래. 때마침 상소를 올리는 날과 비슷하기도 해서, 제물포 도인들과 만나기로 했다고 하는데, 자네 말을 들으니, 당최 무슨 말인지 모르겠어."

방금 전까지 눈물을 글썽이던 곱단 아버지가 고개를 갸웃했다.

"그 제물포 도인에게 연통이 될까요?"

칠성이는 일이 어찌 될지 모르는데, 차마 '한양이 위험하다'고 말할 수는 없었다.

"그자는 동학 도인이지만 장사를 하는 자라 연통은 안 될 것이네. 설사 장사를 떠나지 않았다 해도, 수일 내에 광화문에서 상소를 올릴 것이니, 제물포로 가다 길이 엇갈릴 수도 있지. 그런데 왜 그러는가? 무슨 일이라도 있는가?"

곱단 아버지가 조심스럽게 칠성이의 낯빛을 살폈다.

"아닙니다. 저도 답례 서신을 쓸까 하였는데, 아무래도 아니 되겠지요? 허면 말씀 나누시지요. 저는 이만 물러가겠습니다."

칠성은 답례 서신 이야기로 둘러대며 자리를 빠져나왔다.

어느새 밖은 어두워져 있었다. 겨울의 끝자락이라 낮이 짧았다. 칠성은 자기 방으로 들어갔다. 호롱불도 켜지 않고 방 한가운데 우두커니 앉았다. '어찌해야 하는가, 아이들과 수련 접장, 혹 광화문 일로 위험한 일이 벌어질지 모르는 곱단….'

바람 한 자락이 훅 불더니 영창을 흔들었다. 칠성은 한양으로 떠나기로 결심하였다. 도성 안으로 들어갈 일이 걱정이었으나, 생각 끝에, 이희인 어른이 조경호 대감에게 보내는 서찰을 가지고 왔다고 둘러대기로 하였다.

다음 날 새벽 아직은 캄캄할 때, 칠성은 봇짐을 메고 집을 나섰다. 새벽 공기가 옷깃 속으로 파고들었다. 하지만, 시린 바람의 속대궁이에는 희미한 봄기운이 배어 있어 견딜 만했다.

칠성은 직산을 향해 걸었다. 지난번 이희인 접주와 조경호 대감을 만나러 가던 길을 밟을 생각이었다. 무작정 나서긴 했지만, 사실 어찌해야 할지 몰랐다. 한양 땅을 밟고 도성으로 들어가는 건 그리 어려운 일은 아닌 듯 싶었다. 하지만, 수련과 아이들을 어찌 찾는단 말인가? 혹 찾는다 한들, 그들을 데리고 다시 천안으로 되돌아올 수 있을까? 수련이 순순히 나를 따라 줄지도 의문이었다.

'설마, 광화문에서의 상소가 험악한 상황으로 간다 한들, 목숨까지 내놓는 위태로워지는 일은 없겠지?' 칠성은 스스로를 안심시키려 애썼지만, 불안한 마음을 억누를 수가 없었다.

"아무래도 영진 도련님한테 꼭 뭔 일이 생길 것 같단 말이야⋯."

만득이가 반쯤 누워 장죽을 빨아 대는 오가에게 말을 꺼냈다.

"무슨 일? 김화성 그놈 집에 변고라도 생겼어?"

오가가 벌떡 일어나 앉았다.

"아니, 난 잘은 모르겠고, 한양으로 떠난 것 같은디, 필시 무신 일이 있으니께 김화성 어른이 그리 대노하신 것 아니겠어."

만득이가 뭔 생각을 하는 듯 미간을 찌푸리며 말했다.

"아따, 어서 말해 봐. 그런 일이 있으면 재까닥 알릴 것이지, 왜 뜸을 들여. 김화성 그놈이 도성으로 떠났다고? 그놈 손자가 일을 낸 게여?"

오가가 궁금해 얼굴을 바짝 내밀었다.

"모르겄어. 김화성 어른이 한양으로 간 게 아니고, 영진 도련님이 한양으로 간 것 같은디, 나도 거기 까정만 알어."

만득이가 가까이 다가앉은 오가를 피해 몸을 뒤로 빼며 말했다.

"거 참, 돈을 달라는 말이구만⋯."

오가가 허리춤에 찬 전대를 풀어 두 냥을 던져 주었다.

"자네가 이러믄 내가 돈 때문에 그러는 거 같잖여."

만득이는 바닥에 떨어진 돈을 얼른 집으며 말했다.

"동학 하는 사람들허고 영진 도련님이 떠난 것 같어. 나도 자세히는 몰러. 그걸 알고 어르신이 엄청 화를 내셨어. 그렇게 성난 말씀은 처음이었어. 잘못을 안 했는디도, 나가 오금이 다 저리더라니까. 나도 거까지밖에 몰러."

만득이가 오가를 보며 말했다.

"그래, 그럼 김화성 그놈은 어디로 갔는가?"

"큰서방님과 어디를 가긴 혔는디, 어디로 갔는지는 몰러."

만득이가 손사래를 치며 진짜 모른다는 시늉이다.

"알았네. 앞으로 이런 일 생기면 나한테 제일 먼저 말해 줘야 혀. 어물쩡 넘기지 말고…. 내 말 잘 들어 둬. 안 그러면, 자네도 뒤끝이 좋지 못할 줄 알고…."

오가가 만득이에게 눈을 부라리며 말했다.

"아, 왜 이러는가. 알았다고, 알았어…."

만득이가 고개를 숙이며 대답했다.

만득이 돌아가고, 오가는 다시 장죽을 입에 물고 생각에 잠겼다. '김화성의 일을 어찌해야 할까? 어찌 써먹는담? 관아에 고해바칠까? 아니다. 그놈들은 그저 돈이나 받아 낼 궁리나 할 뿐, 어찌 되던지 무심할 것이다. 쥐새끼 같은 놈들! 누가 김화성의 일에 관심을 가질까? 동학을 원수로 여기는 자가 또 누가 있을까? 아니, 좀 더 기다려 보자. 그놈들이 분명 일을 낼 게 뻔한데, 그때까지 잠자코 기다려 봐야지….' 장죽에 불이 꺼지는 줄도 모른 채 오가는 생각에 생각을 거듭하였다.

6장/ 조선 여자 하나쯤은

광화문 일대는 인산인해를 이루고 있었다. 그렇잖아도 발길이 끊이지 않던 넓은 육조 거리엔 한양 장안 사람들이 다 모여든 것처럼 사람들이 운집해 있었다. 수군거리는 사람들 틈을 비집고 앞을 내다보니 하얀 도포 자락을 차가운 땅바닥에 떨군 채 엎드려 있는 한 무리의 사람들이 보였다. 소수 박광호 접주를 비롯한 동학 도인들이었다.

"오늘이 사흘째라던가? 언제까지 저러고 있겠다는 것이여?"

"동학 하는 사람들이 임금님께 상소를 올리느라고 저러고 있다는데, 궐에서 상소를 받아 가지 않는다지 아마."

"하이고, 저 내금위 군사들 좀 보소. 금방이라도 잡아갈 듯이 광화문 앞을 막아서고 있는 것이 조만간, 뭔 사달이 나도 크게 나겠구만."

칠성은 앞사람이 가리키는 쪽으로 고개를 돌렸다. 궐의 위용을 자랑하듯 늠름하게 버티고 있는 해태상 뒤로 광화문 파수군과 내금위 군사들이 위협적으로 서 있었고, 그 뒤로 마침 양복을 입은 서양 사람과 일본인인 듯한 몇몇이 종종걸음으로 문안으로 들어가고 있었다.

"쳇, 이놈의 세상. 세자 탄신 축하 잔치를 한다는데, 우리 같은 백성들은 거렁뱅이처럼 구경이나 하고, 저 양놈들과 권세 있는 양반이나 왜놈들만 득실득실 들어가는구만….."

"저러니 사람들이 동학을 찾는 게지. 저들이 하는 말이 뭐 틀린 게 있는가?"

"입조심하게. 어느 놈 손아귀에 채여 갈지 모르네!"

누군가의 당부에 저마다 한마디씩 내놓던 사람들이 입을 다물었다. 칠성은 다시금 모여 선 사람들 사이를 이리저리 비집고 다니며, 수런 접장과 아이들을 찾았으나, 역시 이곳엔 오지 않은 것이 분명했다.

칠성은 육조 거리를 따라 운종가 쪽으로 내려왔다. 광화문에만 당도하면 도인들을 만날 수 있으리라 막연히 생각했던 자신이 어리석었음을 그제서야 깨달았다. 천안에서 출발하여 아이들을 만나고 수런과 곱단을 만나면 어찌할까만을 고심했던 것이다.

광화문 앞 못지않게 인파가 붐비는 운종가 쪽으로 접어드는 들머리에 사람들이 모였다가 흩어지더니 이내 칠성이 궁금하던 말이 새어 나왔다.

"동학도들이 왜놈과 서양놈들은 모두 보따리 싸서 자기 나라로 돌아가지 않으면 경을 칠 거라는 괘서를 써서 붙였다 하네."

동학도들의 괘서라는 말이 칠성이의 귀를 파고들었다. 모였던 사람들은 누군가로부터 소식을 듣고는 제 갈 길을 가는 사람들인데, 그 자리를 급히 벗어나는 수상쩍은 사내들이 보였다.

칠성은 그들이 소문의 진원지임을 직감하고, 숨을 죽이고 그들을 따랐다. 그들은 사람이 붐비는 운종가 뒷골목을 따라 동쪽으로 한동안 걸음을 옮기더니, 갑자기 왼쪽으로 몸을 틀어 사라졌다. 칠성이 아차 하며 뛰다시피 하여 사내들이 사라진 골목으로 접어들었다. 골목은 집과 집 사이를 구불구불 따라가며 겨우 한두 사람이 지나갈 정도로 좁아지고 있었다. 어느새 인적이 뚝 끊어졌다.

칠성이 허겁지겁 또 하나의 모퉁이를 돌아서는데, 뒤쫓던 두 사내가 장승처럼 버티고 서서 그를 기다리고 있었다.

"뉘시오?"

둘 중 덩치가 큰 사내가 사납게 쏘아보며 물었다.

칠성은 당황스러워 말이 잘 나오지 않았다.

"뉘신데, 아까부터 뒤를 밟은 게요?"

"아, 저는 원가 칠성이라 합니다. 운종가 들머리에서 하신 말씀을 듣고 무작정 따라왔습니다."

공손한 칠성이의 대답에도 두 사내는 의심의 눈초리를 풀지 않고 칠성이의 모습을 위아래로 훑어 내려갔다.

"무엇이오?"

키 큰 사내가 퉁명스럽게 다시 물었다.

"방금 전, 동학 도인들이 괘서를 붙였다 하셨지요? 거기가 어디입니까? 꼭 좀 알아야 할 연유가 있습니다."

칠성이 간곡하게 청했다.

"보아 하니, 동학도인가 본데, 괜한 짓 하지 마시오. 거긴 이미 관군들이 쫙 깔려 있을 게요. 간다 한들 이미 동학도들은 만나지도 못할 게요. 행색을 보니 먼 데서 올라온 듯한데 겁 없이 그런 말을 하다간 재수가 없어 경을 칠 수도 있소. 그 입 조심하시오."

이번엔 덩치 작은 사내가 대답했다.

"이 사람, 도성 분위기를 영 모르는 것 같은데, 광화문 앞에서 읍소하는 동학도들도 얼마 안 있어 잡아들인다는 소문도 있소. 괘서가 왜놈들과 서양놈 공관과 선교사 집 대문에 나붙었으니, 포도청이 가만있겠소? 괜히 얼쩡대다 물고를 당할 판이오. 목숨 귀한 줄 알면 속히 고향으로 돌아가시오."

키 큰 사내도 위협 반 당부 반으로 타일러 말했다.

"허면, 아직까지 누가 잡혀갔다는 이야기는 없소?"

칠성이도 목소리를 낮춰 물었다.

"이 사람이… 우리가 관군도 아니고 어찌 알겠소? 허나 붙잡힌 자가 있다는 이야기는 못 들었소. 우리 말 허투루 듣지 마시오. 곧 체포령이 떨어질 거요. 어서 가시오. 우리도 갈 길이 바쁘니."

두 사내는 서둘러 자리를 떠났다. 칠성은 한동안 그 자리에 우두커니 서 있었다. 무엇을 해야 할지 방책도 없었다. 다행히도 누가 붙잡힌 것 같지는 않다는 그들의 말이 위로가 될 뿐이었다.

칠성은 힘없이 뒤돌아섰다. 이 넓은 한양에서 수련 일행과 곱단을 만나기는 어려워 보였다. 칠성은 하늘을 올려다보았다. 신시쯤 된 듯했다. 도성에서 하루 유숙하고 새벽에 천안으로 떠나야겠다고 생각했다.

칠성이 한양에서 돌아온 지 닷새가 지났다. 광화문 복합상소는 결국 별다른 성과를 거두지 못하였고, 소두 박광호를 비롯하여 복합상소에 참여한 접주들은 조정에 쫓기는 몸이 되어 충청도로 몸을 피신했다는 소식이 전해졌다. 그 사이 수련 접장과 아이들은 다행히 무탈하게 돌아왔다.

그러나 도소에서는 이번 상소 운동 기간 동안 벌어진 뜻밖의 사건을 엄중하게 조사하고 있었다. 해월 선생의 뜻과 대접주들의 명을 어긴 일이었다. 지금껏 이런 일이 없었고, 앞으로도 없어야 할 일이었다. 청주의 의송 도소는 해산되었고, 보은 해월 선생의 법소에서 대책을 위한 회합이 소집되었다.

해월 선생께로 떠나기 전날 밤 천안 인근의 대접주들은 김화성의 사랑채에서 급히 회합을 가졌다. 김용희, 김화성, 김성지, 김은경과 이희인 접주와 칠성이가 자리했다. 접주 회합이라곤 하지만, 사실 이희인과 김은경을 빼면 자신들의 손자들의 일이었다. 접주들이 격한 감정을 억누르고 차분하려 했으나, 쉽지 않은 듯했다.

칠성은 좌불안석이었다. 병천장 벽서 사건도, 이번 도성 괘서 가담도 사실 수수방관한 것이나 다름없었기 때문이다.

"어찌 이런 일이…. 해월 선생의 분명한 명이 있었고 복합상소 계책을 논의하여 내린 결정이었습니다. 해월 선생의 명이 있기 전까지야 이런저런 다른 의견을 말하는 접주들도 많았습니다만, 지금껏 결정된 일을 어기고 따로 행동한 적은 없었습니다. 더구나 보란 듯이 대접주들의 손자들이 가담한 일이니, 황망하기 그지없습니다."

김화성이 먼저 입을 열었다.

"헌데 아이들이 이번에 반기를 든 자들과 어떻게 연이 닿았는지 그걸 알 수가 없습니다. 필시 이전에도 연통이 닿지 않았다면 이 같은 일을 결행하지 못했을 거라 생각합니다. 수련 접장은 어찌하여 지금껏 이것을 숨겨 왔단 말입니까! 그 연유를 파악하지 못한다면 향후에도 이런 일이 없으리라 보장할 수가 없습니다."

김성지였다.

접주들의 대화가 이어지는 동안 칠성은 머릿속이 복잡했다. '어찌하면 좋을까? 모두 고해바쳐야 하는가. 아니다. 기름을 붓는 격이다. 또 그러다간 수련 접장의 과거도 이야기해야 할 것이고….'

"접주님들 말씀 잘 들었습니다. 분명 이번 일은 해월 선생의 명을 어기고 우리 접 내부 분열을 가져온 것이 맞다 생각합니다. 허나 수련 접장의 이야기를 듣지 않고는 상황을 파악하기 어려울 것 같습니다. 어차피 내일 대도소에서 회합을 갖게 되면 벽서 사건의 내막을 소상히 알게 될 것입니다. 어찌하여 해월 선생의 명을 따르지 않았는지, 몇 사람이나 가담했는지 말입니다. 또 조정에선 이번 일을 가만히 두고만 보지 않을 것입니다. 벽서 사건이 중요한 것이 아니라, 기대가 컸던 상소가 무위로 돌아갔으니, 향후 방도를 마련하는 것이 시급하다 생각합니다."

이희인이 차분하게 말했다.

"이 접주 말이 옳다 생각합니다. 허나, 당장 수련 접장과 아이들이 해 왔던 언문 강습은 중단시켜야 합니다. 또 한 가지, 괘서를 도모했던 자들과 접촉할 수 있으니 이 또한 막아야 합니다. 우리가 대도소에서 돌아올 때까지 그 일을 맡아 줄 사람이 필요한데…."

김화성이 말끝을 흐리며 칠성을 돌아보았다.

칠성은 거절할 수가 없었다. 자신이 미리 방비할 수 있었던 일이라 생각하니, 고개를 숙이고 승낙할 수밖에 없었다.

"원 접장, 잘 부탁하겠소!"

회합이 마무리돼 돌아가려 하자 김화성은 또 한 번 칠성이의 어깨를 토닥이며 부탁했다. 칠성이는 자꾸만 자신이 작아지는 듯 했다.

다음 날 새벽 대접주들이 대도소로 향하자 조반을 든 칠성은 유량골로 수련을 찾아갔다. 대접주들의 명 때문에 수련을 찾은 것만은 아니었다. 꼭 만나 묻고 싶었다. 오랜 시간 궁금한 채 담아 두었던 수련의 지난 이야기를 듣고 싶었다. 그녀를 알게 된 지도 벌써 10년이다. 처음 그 낡은 집에서 보았던 섬뜩했던 일 때문에, 지금껏 그녀의 과거를 묻는 것이 칠성에게 금기처럼 여겨졌다. 그녀 또한 단 한 번도 자신의 이야기를 칠성에게 털어놓은 적이 없었다.

칠성은 이번 벽서 사건과 수련의 과거가 분명 연관이 있을 거라 생각했다. 그녀의 과거를 알아야 도울 수 있을 거란 생각은 유량골로 향하면서 더욱 굳어졌다.

"흐음!"

칠성이 짧게 기침을 했다. 태조산 유량골 작은 초가집 사립문 앞에는 노란 민들레가 곱게 피어 있었다. 그러고 보니 봄기운이 제법 이곳까지 올라와 있었다.

인기척에 수련이 방문을 열고 나왔다. 수련은 이레째 집안에 머물고 있었다.

"어쩐 일이신지요?"

수련의 목소리는 언제나처럼 차가웠다.

"서책을 좀 가지고 왔소."

칠성이 작은 보따리를 수련에게 건넸다.

"후후, 접주님들이 주의 깊게 살피라고 한 명 때문은 아니고요?"

보따리를 넘겨 받은 수련이 웃는 듯 얘기했지만, 그녀의 말은 송곳처럼 칠성이의 마음을 찔렀다.

"왜 그리 당신은 항상 칼날 같소? 그게 당신의 진심인 것이오?"

칠성이 부아가 치밀어 올라 쏘아붙였다. 수련을 돕겠단 생각으로 한양까지 다녀온 그다. 그런 사실을 알면서도, 매섭게 대하는 수련이

야속하기만 했다.

"진심, 진심이라고요? 당신은 방관만 하는 사내 아니었습니까! 병천 벽서 때도, 이번 한양 도성 일도 분명 알고 있었지요? 저 무능한 금상에게 상소를 올린다고 동학을 대하는 태도가 달라질 것 같습니까? 싸움을 준비해야 한다고 분명 이야기한 듯합니다만…. 허나 원 접장은 아무것도 하지 않았습니다. 지금껏 무엇을 하였습니까?"

수련의 말에 칠성은 뒤통수를 심하게 얻어맞은 듯 기운이 빠졌다. 온몸에서 힘이 빠져나가는 것만 같았다.

"원 접장을 탓할 생각은 없소. 저는 저대로 길을 찾고 있습니다. 접주님들께서 처분한 것에 대해 원망 같은 것은 없습니다. 그분들과 길이 다르다 생각할 뿐입니다. 이 서책들은 고맙게 받겠습니다. 마음 써 주시어 고맙습니다."

수련은 짧게 고개를 숙였다.

칠성도 엉겁결에 고개를 숙였다가 뒤돌아 들어가는 수련의 뒷모습을 무심히 바라보았다.

'아무것도 하지 않았다!' 유랑골에서 돌아오는 내내 칠성은 자신에게 질문을 던졌다. 아무리 부정하려 해도 수련의 말이 옳았다.

"난 아무것도 하지 않았고, 그녀는 결행했다!"

칠성이 중얼거렸다.

'아!' 칠성의 한숨을 쉬며 하늘을 올려다보다 이내 고개를 숙였다. 한낮의 태양은 칠성의 그림자를 더욱 작게 만들었다. '딱 저것이 나인가?' 칠성은 그림자의 크기가 마치 자신의 처지인 것 같아 슬며시 눈을 감았다.

"이것이 무엇이오? 무슨 말이오? 당최 알아먹을 수가 있어야지! 난 까막눈이어서 아무것도 모르오!"

곱단 아버지가 종이 한 장을 손에 들고는 바들바들 떨었다. 작은 눈은 금방이라도 눈알이 튀어나올 것처럼 동그랬다.

"말을 제대로 혀야. 우리 곱단이 뭐 어떻게 되었다고요?"

곱단 아버지가 이번엔 사내의 멱살을 잡고 흔들어 댔다. 사내는 입도 눈도 굳게 닫은 채 우두커니 서 있었다. 그는 제물포 곱단이네 집에서 종살이하는 사내였다. 종이에는 'あなたの娘が亡くなりました (당신의 딸이 세상을 떠났습니다)'라고 씌어 있었다.

"아버지, 아버지!"

곱단 동생들도 아비의 표정을 보며 믿을 수 없는 소식에 울기 시작했다. 사내의 멱살을 흔들어 대던 아비는 힘없이 털썩 주저앉았다. 딸의 죽음이 더 이상 되돌릴 수 없는 현실임을 인식한 듯했다.

"아이고, 곱단아! 곱단아!"

곱단 아버지는 통곡하며 딸의 이름을 서럽게 불러 댔다.

이웃 사람들이 하나둘 곱단이네 집으로 몰려들었다. 곱게 단장한 채 부잣집 첩실로 떠난 곱단의 이야기가 사람들 입으로 오르내렸다.

얼마나 시간이 흘렀을까, 사람들 사이에서 칠성이가 모습을 드러냈다.

곱단 아버지를 일으켜 세워 툇마루로 부축을 했다. 칠성이의 눈에서도 눈물이 그렁그렁 맺히긴 마찬가지였다.

"왜놈에게 딸 팔아먹고 살더니, 죽는 자리인 줄 모르고 보냈구나, 이 아비가 무덤 구덩인 줄 모르고 딸을 보냈어!"

곱단 아버지가 칠성이의 팔뚝을 잡고 통곡했다. 칠성이 아버지도 언제 왔는지 곱단 아버지의 곁에서 눈물을 흘렸다.

칠성은 제물포에서 온 그 사내를 데리고 집 밖으로 나와 집 뒤를 돌아 야트막한 언덕의 큰 소나무 아래에 도착했다. 칠성은 소매로 눈물을 닦아 냈다.

"곱단이 어찌하여 그리되었소?"

칠성이의 물음에 사내는 머뭇머뭇 말을 하지 못하였다.

"어찌하여 죽었느냐 말이오?"

칠성이가 마음을 잡으며 다시 물었다.

"저, 저, 사실은 달포가 조금 안 되어 작은마님이 한양에 다녀온 적이 있었습니다. 작은마님은 오랜만에 하는 나들이 길이라 무척이나 기대를 하였습니다. 주인어른이 하루를 유숙해도 된다고 허락하여 작은마님은 그리하였습지요. 헌데 도성에 다녀온 후부터 주인어른이 작은마님을 닦달하곤 했습니다. 그 이유는 저도 모르겠습니다. 그러다 작은마님 방에서 부적이 하나 발견되었습니다. 그것이 무엇이냐고 막 따져 묻다가 동학도들이 하는 부적이라는 것을 알게 되었고,

그러다 그만….”

사내는 칠성의 눈치를 살피며 말을 잇지 못했다.

“그리하여 어찌 되었다는 게요?”

칠성이가 가쁜 숨을 겨우 참으며 물었다.

“나흘 전, 아침부터 작은마님을 멍석말이하기 시작했습니다. 점심나절이 다 되어 멍석을 풀었고 작은마님이 물을 찾았는데, 물을 몇 모금 들이키더니 그만 숨이 끊어졌습니다.”

사내는 말을 마치고 한숨을 쉬며 고개를 숙였다.

“멍석말이해 때려 죽였다는 것인가!”

칠성이가 울부짖듯 물었다.

고개 숙인 사내가 말없이 고개를 끄덕였다. 칠성은 울분을 견디지 못해 “악.”하고 외마디 소리를 질렀다.

“어찌, 사람을 때려죽인단 말인가! 그 왜놈의 새끼! 개백정보다 못한 놈!”

칠성이가 하늘을 보고 이를 갈며 울부짖었다.

곱단이 죽었다는 소식은 얼마 안 있어 삼거리 곳곳에 파다하게 퍼졌다. 오가의 귀에도 곧 소식이 들어갔다. 만득이도 이야기를 듣자 오가의 집으로 향했다. 곱단이 첩살이로 시집갈 때, 오가가 중매를 섰다는 이야기를 들은 터였다.

“어쩐 일인가?”

오가가 떨떠름한 얼굴로 만득이를 맞았다.

"야기 들었는가? 자네 맴도 편치는 않겠구만."

만득이가 오가 눈치를 보며 입을 열었다.

"무슨 일로 그러는가?"

오가가 속으로 짐작을 하면서도 시치미를 뚝 떼고 되물었다.

"자네 못 들었는가? 그 왜놈한테 첩살이 시집간 곱단이 말이여. 자네가 중매를 섰던…. 글씨, 그 처자가 죽었다고 허네. 무슨 연유로 그리됐는지…. 쯧쯧쯧 안됐어, 아직 젊은 나이에…."

만득이가 안타까워하며 혀를 찼다.

"뭐 좋은 소식이라고, 남의 첩년 죽은 소리를 여기까지 와서 전하는 거여. 그런 얘기 할라면 돌아가게."

오가가 역정을 내며 휙 돌아앉았다.

"아따, 뭐 그리 노하는가? 중매는 잘하면 술이 석 잔이고 못하면 뺨이 세 대라 안 하던가. 자네 뺨 맞지 않게 처신 잘하라고 일러 주러 온 것이네."

만득이가 섭섭하다는 듯 냉큼 일어서며 한마디 했다.

오가도 속내는 편치만은 않았다. 돈 때문에 왜놈들에게 곱단을 팔아넘긴 거나 마찬가지였다. 그때, 그 왜놈에게 받은 돈이 만만치 않았다. 게다가 곱단이 칠성이와 혼인을 언약한 것을 알고 있었다. 그들을 생이별시킨 것이 뒤늦게 마음에 걸렸다.

"이러다 칠성이 놈이 나를 죽이겠다고 들이닥치기라도 하면 어쩌나?"

오가는 생각이 거기까지 미치자 미간을 찌푸리며 안절부절못했다.

"죽긴 왜 죽어서 일을 만드누! 에이 재수 없어!"

오가는 답답한 마음에 장죽을 빨아 대기 시작했다. 그러면서도 곱단의 죽음과 칠성이가 내내 걸렸다.

수련은 탁발승처럼 봇짐을 메고 집을 나섰다. 광화문 벽서 일로 동학도 회합에도 나가지 않고 한동안 집 근처를 벗어난 적이 없었다. 그런 그녀에게도 곱단의 죽음 소식이 들려왔다. 유랑골에서 삼거리는 지척이었다.

수련도 며칠을 고심했다. 주제넘게 나서는 건 아닌지, 하필 얼마 전 자신을 위해 책을 가져다준 따뜻한 마음에 또 냉기 어린 말을 퍼부은 것도 마음이 쓰였다.

수련은 삼거리 서당으로 먼저 발길을 옮겼다. 칠성이를 불러 달라고 부탁할 작정이었다. 젊은 아낙이 남정네 집을 함부로 찾기가 부담스러웠다. 훈장의 아내와는 언문을 함께 가르치는 사이라 눈치를 보지 않아도 될 것 같았다.

"성님, 어쩐 일로 우리 집엘 다 오셨습니까?"

마침 상현의 아내가 마당에 나와 있다가 수련을 맞았다. 수련은 연유는 말하지 않은 채 옆에 선 상현이에게 칠성이를 불러 달라고 부탁하였다.

"그렇잖아도 저도 형님을 뵈러 가려 하던 길인데, 잠시 기다리시면 제가 모시고 오겠습니다."

하지만 얼마 뒤 돌아온 상현이는 혼자였다.

"형님이 집에 아니 계십니다. 말도 없이 새벽녘에 집을 나선 것 같다는데…."

상현이도 걱정이 되는 듯 표정이 무거웠다.

수련은 다시 유량골로 발길을 돌렸다. 유량골로 들어서는데, 얼핏 머릿속에 짚이는 데가 있었다. '태조봉, 그래 거기를 가 보자.' 수련은 유량골을 포근히 감싸고 있는 태조산으로 걸음을 재촉했다. 심난한 일이 있을 때는 태조봉을 찾곤 했다는 이야기를 들었던 기억이 있었다. 그리 높지 않았지만, 봇짐을 지고 한 걸음 한 걸음 오를 때마다 숨이 차올랐다. 봄이 태조산에도 찾아왔는지 바람결에 실려 오는 온갖 향기가 무한한 생명의 숨결을 머금고 있었다.

얼마를 올랐을까. 아래쪽으로 삼거리가 훤히 내려다보이기 시작했다. 그 너머로 목천의 모습도 시원스레 한눈에 들어오는 곳이 태조산 정상이었다. 정상에 조금 못 미쳐 키 작은 나무들 사이로 한 사내가 고개를 떨군 채 웅크려 앉아 있었다. 칠성이었다.

수련은 천천히 걸음을 옮기며 숨을 골랐다. 송글송글 이마에 맺힌 땀도 훔쳐 냈다. '어떻게 말을 꺼내야 하나?' 건장한 사내의 움츠린 뒷모습이 낯설었다. 날개를 다쳐 땅바닥에서 파닥거리다가 기운이 빠져 웅크리고 있는 새처럼 구슬퍼 보였다.

수련의 치맛자락이 사각거리는 소리를 들었는지, 칠성이 고개를 들어 돌아보았다. 퀭한 눈이 힘겨웠던 시간을 오롯이 전해 주었다. 칠성이도 말이 없었고, 수련도 말없이 다가갔다. 수련이 칠성이 옆으로 다가앉았다.

수련의 자줏빛 치맛자락이 칠성의 손끝에 닿았다.

"한심하지요. 아무것도 하지 못하는 내가?"

칠성이 넋두리하듯 말했다. 수련은 고개를 저었다.

"할 수 없을 때가 있지요."

수련이 어렵게 말문을 열었다.

"그 사람은 나의 정인이었소. 혼인을 언약한. 오래전에도 지켜 주지 못했고, 그렇게 떠난 보낸 후에도 난 지켜 주지 못했소. 당신의 말처럼 난 아무것도 하지 않았소."

칠성이 체념하듯 자책했다.

짧은 침묵이 이어졌다.

"전 오래전 난을 일으켰던 반역의 손입니다. 늘 도망 다니는 신세였지요. 정확히 기억나진 않지만, 여덟 살 때쯤, 언젠가 말했던 영해난을 멀리서 지켜보았지요. 그때 혈육처럼 돌봐주시던 분도 돌아가시고, 열네 살까지 남장을 하고 살았지요."

수련이 자신의 이야기를 처음으로 꺼내 놓기 시작했다.

"그러다 제 밑바닥을 보셨지요. 그날 밤."

수련이 말을 잠시 멈추자 한쪽 뺨에 눈물이 흘렀다.

"몹쓸 놈들을 여럿 만났습니다. 그 사내들은 그저 여자라는 것만을 탐하는 더러운 종자들이었습니다. 그러다 덜컥 아이를 갖게 되었지요. 세상이 싫었습니다. 뱃속에 있는 아이가 그놈들이라 생각하니, 더러워서 견딜 수가 없었습니다. 뱃속 아이를 떠나 보내려고도 했었습니다. 그날 원 접장을 만나지 않았다면, 아마 그 집에서 아이를 죽이고 난 얼어 죽었거나 굶어 죽었을 것입니다. 헌데 목숨이 질긴 것인지, 생명이 소중한 것인지 그날 원 접장을 만나 이리 숨이 붙어 살고 있네요."

수련이 촉촉해진 눈으로 칠성을 바라보았다. 칠성이의 눈가도 젖어 있었다.

"왜놈에게 맞아 죽었다 합니다. 멍석말이를 당해서요. 동학의 부적을 발견하고 그리 발광하며 몹쓸 짓을 했답니다. 헌데 그 왜놈이 한양 복합상소 때 도성을 다녀갔다고 합니다. 곱단이도 그때 왔었다는데, 도성에 다녀온 다음 패악이 심해졌답니다."

칠성의 말에 수련이 뭔가 생각난 듯 고개를 끄덕였다.

"혹시 말입니다. 괘서 때문일 수도 있습니다. 왜놈 공관에 붙인 괘서. 그놈들이 몹시 두려워했거든요. 확실치는 않으나 그 곱단이라는 분도 도성에 왔었다니 같은 무리라고 생각을 했을 수도 있습니다."

수련이 조심스레 말했다.

"저도 그리 생각을 해 보았습니다. 허나, 괘서, 동학…. 그 때문이 아닙니다. 조선 사람 하나쯤은, 조선 여자 하나쯤은 언제든 죽일 수 있다는 생각에 그 일이 벌어진 것입니다. 양반들이 상전으로 모시는 왜놈들이니 오죽하겠습니까! 놀랐겠지요. 자기가 놀란 일을 두고 곱단이에게 분풀이를 한 셈입니다. 그놈들의 마음 바탕에 조선 사람들이 사람으로 보이지 않았다는 게 문제입니다."

칠성의 입술이 부르르 떨렸다.

"헌데, 그런 왜놈에게 곱단을 보냈다는 것이, 이 몸뚱이 살자고 그리하였다는 것이 참을 수가 없습니다."

칠성이 태조봉과 이어진 금북정맥 산줄기를 바라보았다. 수련도 하염없이 눈길을 주다가 자리를 잡고 앉았다.

제물포라 하셨지요? 저쪽이 제물포 쪽입니다."

칠성도 수련이 향하고 앉은 제물포 쪽을 향해 자리를 잡았다. 칠성이 파도처럼 눈물을 흘렸고 수련도 흐느껴 울었다.

수련이 나직이 "심고!" 하고 되뇌었다.

7장/ 종잡을 수 없는 마음

　광화문 앞에서 임금에게 상소한 이후, 다시 보은에서 대규모 민회가 열렸다. 보은 민회의 분위기는 그 전까지와는 사뭇 달랐다. 그동안 뒤로 밀려 있던 척왜양의 구호가 전면에 부각된 것이다. 장내리에 설치된 집회장에는 수만의 동학 도인들이 모여 들어 수십 일간 농성을 계속하였다. 한양에서 내려온 선무사 어윤중과의 담판 끝에 해월 선생은 또 다시 해산을 명하였다. 그러나 그로부터 1년이 지나는 동안 조정의 태도는 조금도 나아지지 않았다.

　한편에서는 동학 도인들이 한양에서 임금에게 직접 상소를 올린 데 이어 보은과 원평 등지에서는 도인들 수만 명이 웅거하여 대대적인 시위를 전개한 일로 민심이 급속히 동학으로 쏠리고 있었다. 백성들은 동학에서 새로운 희망의 씨앗을 찾고 있었다.

　"어찌할 것입니까? 조정이 청국군을 불러들인다 하고 일본 군대마저 자기 국민들을 보호한다며 대규모 병력을 파병하는 바람에 전주화약을 맺어 놓고 청국군과 일본군의 철수를 요청하였지만, 저놈들은 요지부동이고 이제 곧 전쟁이 일어날 거란 소문이 파다합니다. 그 전쟁은 이 조선 땅에서 벌어질 게 뻔한 일이고, 동학군들에게도 어떤 식으로든 화가 미칠 것입니다. 우리는 그러기 전에 선수를 쳐야 합니다. 제발 대도소에서 때를 놓치지 말아야 할 텐데 말입니다."

목천접의 집강 김형식이 서둘러 도인들을 재조직하고 무장을 새롭게 정비해야 한다고 목에 핏대를 세우며 말했다. 방 안은 긴장감으로 팽팽했다. 이희인의 사랑채에는 목천과 천안, 직산, 전의의 접주들이 대거 모여들었다. 줄잡아 20명이 넘었다. 보은 대도소에 은거하고 있는 해월 선생의 기포령이 내리면 일제히 일어나 관군, 나아가 청국군, 일본군과도 전쟁을 벌여야 한다. 지난 봄철의 대대적인 기포 때도 이미 크고 작은 싸움에 참여했던 도인들도 몇몇 있었기에 재기포에 대한 두려움과 부담감이 팽배했다.

한동안 침묵이 흘렀다. 원칠성이 침묵을 깨며 입을 열었다.

"지도 같은 생각입니다. 올 봄 싸움을 생각해 보십시오. 고부 봉기 이후에 관의 조처를 믿고 도인들이 흩어지자 이용태 놈이 나타나 백성들을 도륙하였습니다. 또한 무장 기포 이후 전봉준 대장이 이끄는 부대는 물론이고, 호남과 호서를 막론하고 동학군들이 앞서서 들이친 곳은 연전연승을 거두었지요. 그러나 전주성에 들어앉아 홍계훈의 관군을 맞아 싸웠을 때는 고전을 면치 못하였습니다. 절대로 마냥 기다려서는 안 됩니다. 이런 기회가 다시는 오지 않을 수 있습니다. 그동안 우리가 수운 대선생의 무고함을 밝히고, 동학을 용인해 줄 것을 요구한 지가 몇 해째입니까! 그 사이 왜는 조선의 숨통을 더 조이고 있고, 청은 조선을 보호한다는 미명하에 조정을 더욱 압박하고 있습니다. 우리가 왜 척양척왜를 외치겠습니까! 도인들이 아닌 백성들도 우리 동학으로 구름 떼처럼 모여들었습니다. 이제 우리는 더 이상 기다릴 것도, 뒤로 물러설 곳도 없습니다. 물러설 곳이 있어야 기다리는 것입니다. 준비해야 합니다."

원칠성의 목소리는 떨리고 있었다. 모인 사람들 중에 덩치가 가장 커 보이는 그가 거침없이 열변을 토하자 방 안에 있던 사람들은 모두 칠성을 쳐다보았다. 가슴에 떨림이 일었다. 지금껏 이런 모습은 처음이었다. 듣는 것에만 익숙하던 그였다. 덩치는 장군감이었으나 앞으로 나서거나 큰 소리를 낸 적이 없던 그였다.

이회인이 가만히 고개를 끄덕였다. 이때 수련이 나섰다.

"조금만 더 말씀 드리겠습니다. 저들이 전주 화약을 맺은 이유가 우리 동학군의 위력에 놀라서만이 아닙니다. 청국군과 일본군이 이 땅에 들어올 명분을 없애자는 것이었습니다. 그런데, 일본군은 조선 조정의 철병 요청도 무시하고 경복궁을 점령한 채 청국에게 조선의 내정을 개혁하자고 나섰습니다. 전쟁을 걸 명분을 찾는 게지요. 그만큼 자신이 있다는 것이고요. 관군들도 전열을 정비한 마당에 일본군마저 우리에게 총부리를 돌린다면, 이번 싸움은 봄과는 완전히 달라질 것입니다. 이 점을 유념하지 않으면 안 됩니다."

수련의 말에 접주들의 표정이 더욱 무거워졌다. 누구 하나 반론을 제기하는 이가 없었다. 동학군이 정부군과 맞서는 것만으로도 힘겹다는 걸 접주들은 너무나 잘 알고 있었다. 거기에 왜와 청까지 상대해야 한다는 생각을 하니 가슴이 무겁기만 했다.

"휴우!"

누군가 긴 한숨을 내뱉었다. 다시 한동안 침묵이 흘렀다.

"접주님들의 말씀 잘 들었습니다. 아무튼 해월 선생이 결정을 내리면 즉각 움직일 수 있도록 준비에 만전을 기하도록 합시다. 원칠성 접장과 수련 접장의 말을 내 꼭 대도소에 전하리다. 오늘 회합은 이만 마무리하겠습니다. 그리고 한 가지 당부드리겠습니다. 아무리 이곳이 동학의 세가 강하다 하나 보안에 특히 유념해 주십시오. 우리 도인들이 오가작통법을 역이용한다고는 하지만, 화는 항상 작은 것에서 시작된다는 것을 잊어선 아니 됩니다. 목천 현감 이수영이 그리 호락호락해 보이지는 않습니다. 허나, 당부드렸다시피 절대 먼저 움직여선 아니 된다는 걸 명심, 또 명심하셔야 합니다."

김복용이 접주들을 살피며 다시 한 번 다짐을 받았다.

회합이 끝났지만 사랑채에 모인 접주들은 쉽게 일어서지 못했다. 해월 선생이 기포령을 내린다면, 이번에야말로 죽음을 각오해야 하는 일이다. 내 한 몸 죽는 건 두렵지 않지만, 남은 식솔들은 어찌해야 하는지 그게 더 두려울 뿐이다.

한 식경 즈음 지나자 접주들은 하나둘 빠져나가기 시작했다. 그 어느 때보다 무거운 발걸음이다. 초아흐레 달밤은 고요하기만 했다. 관원들의 눈을 피하기 위해 하나둘씩 움직여야 했다. 바스락거리는 소리에도 심장이 움츠러드는 듯했다.

조정에서는 유독 목천에 대한 감시가 삼엄했다. 계미년(1883)에 동경대전이 간행된 이후 양반과 상민, 천민 구분 없이 동학에 입도하는 자들이 유독 많았기 때문이다. 다시 동학삼로가 을유년(1885)에 동경대전 1백 권을 더 간행하자, 관원들이 득달같이 달려와 집뒤짐을 했었다. 다행히 목판은 그 직전에 직산으로 옮겨졌지만, 이천여의 집에 있던 몇몇 목판은 관군에게 발각돼 모두 압수되어 불태워졌다.

조정에서는 목천에서 반골의 피가 흐른다고 말했다. 지관 중에는 물이 북에서 남으로 흐르는 것이 보편적인데 목천은 남에서 북으로 흐르는 형상이라며 반골의 지세라고 말했다. 목천과 공주가 그런 반골의 지세가 강해 도인들이 넘쳐 난다고 관원들이 부임하는 현감에게 고하기도 했다.

목천현 관원들은 봄부터 다섯 집을 하나로 묶어 감시하는 오가작통을 하겠다고 엄포를 놓고 갔다. 다섯 집이 서로를 감시하고 이상한 기미를 발고하지 않을 경우 다섯 집 전체에 대해 벌하겠다는 것이다. 사람들은 관원들 앞에서만 굽신거렸다. 하지만 이미 목천의 백성은 동학 도인들이 다수를 차지하였다. 오가작통을 한다 한들 도인들은 오히려 이를 역이용해 관원들에게 거짓을 고하기도 했다. 달도 보이지 않는 칠흑 같은 어둠을 뚫고 도인들은 이희인의 집에서 하나둘 빠져나갔다.

목천과 천안의 도인들만 남았다.

"이희인 접주님, 계책이 있으신지요?"

칠성이가 물었다.

"수련 접장의 말이 걸리오. 청의 대군을 두려워하지 않고 먼저 싸움을 걸어 오는 실력을 짐작조차 못하고 있는데, 그들이 이 조선을 집어삼키는 데 걸림돌이 될 우리 동학을 발본하려 든다면, 그 끝이 어찌 될지는 역시 참으로 아득할 뿐이오."

이희인이 한숨을 쉬며 고개를 끄덕였다.

"이 접주, 내 한마디 하리다."

말없이 회합에 참석했던 김화성이 입을 열었다. 무관 출신의 김화성은 뭔가를 작정했다는 듯 눈을 잠시 감더니 입을 열었다.

"확실한 것 하나는 조정은 우리 동학 도인들을 버릴 거라는 점이오. 우리는 조선의 관군과도 싸워야 하고, 신식 무기로 무장한 일본군과도 싸워야 할 거요. 우리도 이젠 싸울 준비를 해야 하오. 무엇보다…. 호남의 동학군들이 다시 집결한다면, 이번엔 남쪽이 아니라 전주보다는 훨씬 북쪽 아마도 삼례쯤이 되지 않을까 싶소. 전주 이남은 이미 동학군들이 접수하다시피 했으니, 그곳에서부터 길을 만들며 오기보다는 삼례에 집결한다면 불필요한 싸움을 피할 수 있겠지요. 그렇다면, 큰 싸움은 공주, 어쩌면 우리 천안-목천 지역에서 벌어질 수도 있소. 어느 쪽이 되든 우리 역할이 지대할 거란 말이오. 이 점을 유념하여 준비해야 할 게요."

김화성의 말에 이희인과 칠성, 수련의 표정이 더욱 어두워졌다.

"접주님들께 감히 한 말씀 올리겠습니다."

묵묵히 있던 칠성이 입을 열었다.

"말씀을 듣고 보니, 참으로 어깨가 무거워집니다. 보은에서 2차 기포령이 떨어지는 게 시간문제라 한다면 무엇을 주저하겠습니까? 김화성 접주님이 무관에 계셨으니 이제부터 저희들을 지휘해 힘을 써 주셨으면 합니다. 죽창만으로 무작정 관원들과 싸울 수는 없습니다. 우리의 약점을 가리고, 저들을 곤경에 빠뜨릴 수 있는 전략이 필요할 듯합니다. 지시를 내려 주시면 제가 젊은 도인들을 중심으로 준비해 보겠습니다."

칠성이 수련의 표정을 살피며 말했다.

김화성이 고개를 끄덕였다.

"원 접장이 그리해 준다면 내 바랄 게 없소. 내 아들들과 사위 모두 원 접장의 수하에 넣도록 하겠소. 내 무기와 전술도 방비해 보리다. 단, 이것은 이 자리에 있는 우리만 아는 비밀이오. 다른 도인들이 알기는 이르오. 아직 농번기인데다 무장해야 한다는 얘기들이 이미 퍼져 나가고 있는데 이 이야기까지 발설되면 도인들이 크게 술렁거릴 것이오. 또 젊은 도인들이 기백에 못 이겨 혹시 모를 일을 저지를 지도 모르니 말이오. 내 마무리되는 대로 칠성 도인에게 연통을 넣겠소."

김화성의 얼굴이 밝아졌다.

"청군이 대패해 공주 쪽으로 이동한다 합니다."

칠성이 김복용과 이희인, 김화성에게 전했다.

"전투는 어찌 되었다 하는가?"

김화성이 물었다.

"청군이 해전에서 패한 데 이어, 육전에서도 성환에서 크게 패했다고 합니다. 일본군 숫자가 워낙 많은데다가 양동작전에 휘말린 청국군은 반나절도 되지 않아 진지를 버리고 패주하여 공주 쪽으로 쫓겨갔다고 합니다. 풍도 앞바다에서 그토록 철저히 당해 놓고 육지에서도 그렇게 힘없이 주저앉다니…. 청나라놈들이 오합지졸인지 왜놈군대가 강군인 건지…. 왜놈들은 장교 여섯과 병사 80명 가까이 죽거나 부상당했지만, 청군은 5백 명이 넘는 사상자를 냈다고 합니다. 왜놈 대장은 오시마 요시마사(大島義昌)라고 합니다."

칠성이가 직산과 성환 도인들에게 전해 들은 대로 소상히 전했다.

"성환에 주력을 배치하고 직산에 방어진지 공사를 한다고 그 난리를 치더니…. 애꿎은 조선 사람들만 끌려다니며 곡식에 군수물자 대랴, 노역하랴 고생이 말이 아니었는데…."

칠성이가 말없이 듣고 있는 김화성에게 분한 듯 말을 이었다.

"직산 도인들이 말하길 청과 왜가 전투를 벌인 소사벌은 과거 정유년에도 대전투가 벌어졌던 곳이라 합니다."

칠성이 직산 도인들에게 들은 이야기를 전했다.

"소사벌은 피를 먹고 자란 곳이오. 정유년 대전투 이전에도 고려 때에는 삼남 지방을 호령하며 조정을 벌벌 떨게 했던 망이 · 망소이의 마지막 전투가 벌어진 곳이기도 하지요. 또 그 이전에는 백제가 멸망하게 되자 백제 부흥을 지원하기 위해 건너온 왜군이 당나라와 큰 전투를 벌이기도 했었지요."

이희인의 옛 이야기에 김화성과 김복용, 칠성이 고개를 끄덕였다.

"그나저나 아산에서 싸우다 패한다면, 청국군은 월봉산으로 퇴각할 수밖에 없겠습니다. 풍도는 정유년에 왜군이 청에 대패했던 곳이라는데, 이희인 접주님 말씀대로 어찌 그곳에선 사람이 그리도 죽어 나간답니까. 바다에서나 육지에서나 죽은 시체들이 넘쳐날 텐데요."

김화성이 무인 출신답게 전세를 자세히 설명해 주었다.

"죽은 왜군 중에 장교와 함께 열대여섯쯤 돼 보이는 북 치기 소년이 있었는데, 새벽녘이라 물의 깊이를 가늠하지 못했는지 빠져 죽었다 합니다. 그런데 어찌된 영문인지, 죽어 가면서까지 북을 쳤다고 합니다."

칠성이 의아한 듯 말했다.

"왜놈들이 전쟁에 나이 어린 소년들까지 동원했구만. 어찌 훈련을 시켰길래 죽으면서까지 그리한단 말인가."

김화성이 안타까워했다.

"그보다도, 청나라놈들과 왜놈들이 우리 조선 여인네들에게 몹쓸 짓을 했다는 소문이 파다합니다. 그런데도 관아에선 귀를 막고, 입을 막고 들은 체도 하지 않는답니다."

칠성이의 낮은 목소리엔 분노가 가득했다. 그때, 밖에서 만득이가 김화성 접주를 찾는 목소리가 들렸다.

"어르신!"

"무슨 일인가?"

"직산에서 전갈을 보내왔습니다."

"들어오시게."

김화성이 만득이가 전해 준 서찰을 받아들었다.

"직산에서 보내온 것입니다."

직산의 황성도 접주가 보낸 서찰은 직산 현감 이봉녕과 성환 찰방 이정선이 파직돼 내쫓겼다는 내용이었다. 청과 왜가 싸움을 벌였는데 즉각 보고하지 않았다는 이유에서다. 모두들 서찰에 신경을 쓰는 사이 만득이는 방 안을 유심히 살피고 있었다.

"그런데 이상하지 않습니까? 조정에서 동학을 구실로 청에 원군을 요청하자마자 왜가 인천항으로 구천의 군사를 보냈습니다. 그리고 전주 화약이 맺어졌는데, 청과 왜는 철군하지 않고, 왜는 기다렸다는 듯 도성을 점령하고, 이틀 뒤 풍도에서 전투가 벌어졌습니다. 그리고 성환 전투까지 실로 눈 깜짝할 사이에 벌어진 일들입니다."

칠성이가 답답하다는 듯 말했다.

"왜놈들의 계략이지. 수천의 군사들이 왜에서 조선으로 넘어오는 것이 하루 이틀 걸릴 일인가? 다 계획돼 있었다는 것이지. 이제 왜놈들의 세상이 돼 버렸구나!"

이희인의 한마디에 방 안엔 잠시 침묵이 흘렀다.

김화성은 그때까지 방 안에 있던 만득이를 발견하고 헛기침을 했다.

"이제 되었구나. 나가 보게."

"아, 예. 어르신."

만득이가 그제서야 사랑채에서 물러났다.

"내 식솔이오만, 중요한 얘기는 삼가야 할 듯하오."

김화성이 만득이가 나간 걸 확인한 후 나직이 말했다.

"아, 네. 제가 실수를 한 듯합니다."

칠성이가 먼저 눈치를 챈 듯 말했다.

"아니오. 식솔인데도 제대로 거두지 못한 내 불찰이오. 하던 얘기 계속합시다."

김화성의 말에 다시 이야기가 이어졌다.

"원 접장의 생각도 이 모든 게 계획되었다는 말이오?"

이희인이 물었다.

"정확한 증좌는 없으나 일련의 흐름이 그렇지 않사옵니까? 이제 조선의 평양 이남에는 왜군만 남았습니다. 외국의 공관과 수비병이 약간 있긴 하나 그들은 이 싸움에 결코 관여하지 않을 것입니다. 그야말로 왜놈들 천하입니다."

칠성이 격분한 듯 목소리가 커졌다.

"원 접장, 잠시 기다리시오."

김화성이 갑자기 일어서 창문을 발칵 열었다.

"누구냐? 게 누구냐?"

하지만 문 밖에는 아무도 없었다.

"분명 누가 있는 듯했는데…. 미안하오. 하던 얘기를 계속해 보시오."

그날 밤 늦게 만득이는 오가네 집으로 향했다. 오가는 고깃국에 하얀 쌀밥을 한상 가득 차려 내왔다.

"하아, 잘 먹었다."

만득이는 흡족한 표정으로 슬며시 오르는 취기를 즐기며 배를 쓰다듬었다.

"허허, 자네 그리 좋은가? 한 사발 더 하려나?"

오가가 인심을 쓰듯 웃으며 말했다.

"그런데, 내가 이래도 되는 건지 모르겠네, 참말로 어르신한테 해가 가는 건 아니겠지? 오늘 낮에도 간이 쪼그라들어 식은땀을 한 바가지는 흘렸어. 그래도 종살이허면서 어르신만큼 좋은 분은 없으셨는디…."

만득이가 표정을 바꾸며 물었다.

"내가 한 입 갖고 두말 허겠는가? 그냥 자넨 내가 주는 뜨신 밥 먹고, 돈도 벌고, 월매나 좋은가! 내가 언제 김화성 그자한테 나쁜 짓 허는 것 봤는가?"

오가는 계속 웃으며 말했다.

"그래, 서찰엔 뭐라고 쓰여 있다던가?"

"내가 일자무식 아닌가! 누가 보낸 건지 모르겠지만, 직산의 동학대장이 황머시기여. 알아 두라고. 성환에서 얼마 전에 청국과 왜국군대 사이에 큰 싸움이 있었잖는가? 근디 그걸 위쪽 어르신들한테 제때 보고허지 않아서 현감하고 그 아랫것이 쫓겨났다는구만. 아이고, 내가 살다 살다, 나랏밥 먹는 놈덜도 요절이 났다는 얘기를 다 듣네. 그 얘기 듣고 얼매나 꼬셨는디. 시상이 바뀌긴 바뀐 듯허이. 그런 거 보문 동학서 허는 말이 다 맞기는 맞는 말 같어. 안 그런가?"

만득이가 웃으며 그날 들었던 얘기와 창문 아래서 엿들은 얘기들을 전했다. 오가는 흐뭇한 미소로 만득이의 얘기를 들었다.

"그들이 또 무슨 말을 혔는가?"

오가가 눈을 반짝이며 또 물었다.

"그 삼거리 아들, 칠성이 있잖어? 그놈이 말하길 이제 시상이 다 왜놈덜 차지가 될 거라더만. 맞는 거 같기도 하고, 그래도 대국이 있는디, 그게 그리될까?"

오가의 입꼬리가 넌지시 올라갔다. 속으로 '암, 이 무식한 종놈아. 그걸 이제야 알았느냐! 그러니까 네놈은 평생 종살이를 면치 못하는 게여. 그저 뜨신 밥에 고깃국, 몇 푼 쥐여 주면 지를 거둬 준 주인도 몰라보는 이 무식한 종놈아!'라며 만득이를 쳐다보았다. 만득이가 돌아가고 나서도 오가의 입가에서는 미소가 가시지 않았다.

"허허. 내가 줄은 참말 잘 섰지. 암 그렇고말고. 지 아무리 권세 있어도 돈이 최고지. 이제 왜놈들이 청국까지 몰아내고 이 나라 상전이 되게 되었으니, 금광 개발쯤은 식은 죽 먹기지. 이제 내 앞길은 나라님 부럽지 않게 될 게야. 암, 세상이 바뀌었지. 동학도들이 제 아무리 지들 세상인 양 날뛰어도 돈 앞에 장사 없다, 이놈들아! 돈이나 몇 푼 쥐어 주면 네놈들의 일거수일투족은 부처님 손바닥 보듯 훤히 보인다. 하하하, 김화성 이놈, 이제 네 명도 얼마 남지 않았다. "

오가는 혼자 중얼거리며 신이 났다.

"그동안의 준비 상황을 보고 하겠습니다. 우선 무기에 대해 천안 김화성 접주님이 말씀을 허시겠습니다. "

김화성의 아들 중칠이 말했다.

"먼저 한 말씀 드리겠습니다. 동학 도인들은 피를 흘리는 싸움을 하지 않으려 합니다. 관군 또한 우리와 같은 조선 백성, 같은 백성끼리 죽이는 일은 되도록 피하는 전술을 구사할 것입니다. 그러기 위해 도인들을 많이 결집시켜 함성으로 저들에게 우리의 요구를 전달할 것입니다. 허나, 부득이 창을 들어야 할 상황도 올 것입니다. 두 달 전부터 인근 대장장이들을 모아 검과 창, 활촉 제작에 나섰지만 부족한 것도 많아 인근 관청의 무기창을 습격할 것입니다. 거기서 부족한 것들을 충당할 것입니다. "

김화성이 기포령을 대비해 방책을 설명했다.

"그럼 군량미는 어찌 되어 가는지요?"

누군가 큰 소리로 묻자, 접주들의 시선이 한치삼에게 모아졌다.

"먼저, 여기 계신 접주님들이 모두 큰 정성을 모아 주셨습니다. 이희인 접주, 북면의 정인석 접주, 김화성 접주, 황성도 접주님 모두모두 곳간을 열어 주셨습니다. 특히 정인석 접주와 이희인 접주님은 장기전에 대비해 여러 가지 비책들을 준비해 주셨습니다."

한치삼이 조근조근 얘기했다.

"이제 진지 구축도 같이 얘기하면 좋을 것 같소. 몇몇 접주님들과 의견을 나눠 보았소만, 작성산과 세성산으로 얘기가 되었소. 두 곳에 진지를 구축하는 이유는 청주 병영이 우리를 공격할 것을 대비해서요. 세성산은 공주성에서 올라오는 기세를 몰아 도성으로 올라가는 길목이 되는 곳이오. 그러기 위해선 주변의 공격을 미리 차단해야 하오. 삼남대로, 우리는 여기를 반드시 방어해야 하오. 지난 1차 봉기 때처럼 도성에서 군을 파견할 경우 삼남대로를 따라 올 것이오. 반드시 목천, 천안을 지나가게 돼 있소. 그 길목을 사수해야 우리가 공주성을 함락하고 도성으로 진격할 수 있소. 그 대로와 접해 있는 작성산과 세성산에 우리 진지를 구축할 것이오."

이희인의 설명에 접주들은 고개를 끄덕였다.

"이제 얼마 후면 바쁜 농사철이 오니, 그 전에 장기전에 대비해 구들장도 놓고, 해야 할 일이 많을 것 같소. 올 겨울은 아마 거기서 나야 할 듯하오."

목천 집강 김형식이 말했다.

그때였다. 한 사내아이가 숨이 넘어갈 듯 뛰어와 말했다.

"큰일 났습니다. 지금 천안 도인들이 관아에 붙잡혀 갔습니다."

상현의 양아들 유선이었다.

"그게 무슨 일이냐! 왜 관아에 붙잡혀 갔다더냐? 소상히 말해 보아라."

유선이는 숨을 두어 차례 고르더니 입을 열었다.

"천안 남산다리 공사장에서 왜인들이 나타나 공사장에서 일하던 사람들과 싸움이 붙었답니다. 거기서 사람들이 돌로 왜놈 셋을 죽였고, 나머지 왜놈 셋이 성환으로 도주했는데 도인 여럿이 쫓아가 왜인들을 죽였다 하옵니다. 그래서 아버지와 원칠성 삼촌이 관아로 쫓아갔고, 저에게 이 사실을 연통하라고 하셨습니다."

유선은 여전히 헉헉댔다.

"아니 대체 이게 무슨 말이오?"

"요즘 왜놈들이 설쳐 대더니, 사달이 난 것 같습니다. 이제 며칠 후면 중추절인데, 또 관아에서 물만 주고 공사에 동원시킨 게지요. 왜놈들이 청국군을 이긴 이후로 더욱 기고만장합니다. 요즘 왜놈들이 천안 일대를 지들 세상인 양 설치고 다닌다는 말이 파다했습니다. 천안에서 일이 터질 거란 말이 돌더니, 정말 이렇게 될 줄은 몰랐습니다. 혹 싸움이 어찌 시작되었단 말은 듣지 못했느냐?"

김형식이 유선에게 물었다.

"자세히는 모르겠으나 왜인들이 공사장에 와서 무슨 말을 했는데,

잘 알아듣지 못한다며 사람들에게 칼을 휘둘렀답니다. 그래서 몸을 상한 이가 여럿 되었고, 사람들이 왜인들에게 돌팔매질을 하며 싸움이 커졌다고 들었습니다."

유선이가 숨을 겨우 고르며 설명했다.

"나쁜 놈들, 여기가 조선 땅이지, 왜놈들 땅인가! 이젠 무고한 이들에게까지 칼을 휘두르다니!"

천안의 홍승업이 분을 삭이지 못해 목청을 높였다.

"그럼, 그들을 어찌 해야 한단 말이오?"

"우선 김화성 접주와 원칠성 접장이 관아에 가셨다니 지켜봅시다."

그날 밤 김화성의 집으로 접주들이 모여들었다.

"방면은 어려울 것 같습니다. 천안 군수가 동학에 호의적인 인물입니다. 허나 사람을 죽인 것이라 방면은 어렵다고 합니다."

김화성이 말했다.

"제가 곰곰이 생각해 보았습니다. 이미 왜놈들은 여기 조선이 자기들 세상인 양 행세하고 있습니다. 게다가 이런 일이 벌어졌으니 조정에선 분명 천안 관아와 목천 관아 현감들에게 책임을 물어 파직을 시킬지도 모르고, 아니면 동학 도인들을 더 엄히 다스리라는 명을 내릴 것이라 생각합니다. 그 전에 관아 몇 군데를 습격해 무기를 확보해야 합니다. 대도소에서도 머지않아 기포령을 내릴 것입니다. 그 이후에는 저들과의 싸움이 불가피합니다. 지금 무기를 탈취하면 저들은 그때까지 무기들을 다시 보급받지 못할 것입니다. 무기창을 모두 접수해야 싸움에 승산이 있습니다."

칠성이의 말에 접주들도 동의했다. 더 이상 늦어져선 안 될 일이다.

사흘 뒤 칠성은 천안과 목천, 직산, 전의의 젊은 도인 스무 명을 불러 모았다. 인근에서 담이 크고, 힘깨나 쓰는 장정들이다. 아직은 몸에 익숙지 않았으나 얼마 전부터 김화성으로부터 군사 훈련도 받아온 터였다.

전의현의 나졸 김도룡이 번을 서는 밤이었다. 김도룡은 동학 도인이었다. 무기창의 문고리는 약속대로 허술하게 채워 놓았다. 김도룡은 번을 서면서 바깥의 기색보다 내부의 기찰 움직임을 파악하는 데 주력하였다. 별다른 기미가 보이지 않자 김도룡이 신호를 보냈다. 관아 담벼락에 거미줄처럼 달라붙어 있던 젊은이들이 칠성이를 따라 관아의 쪽문을 열고 들어갔다. 넷은 망을 보고, 나머지 열 명은 신속하게 무기창의 무기들을 옮기기 시작했다. 수십 자루의 창과 검, 그 밖의 몇몇 무기들을 옮기는 데는 그다지 많은 시간이 필요치 않았다.

원칠성이 떠난 지 한참 만에야 김도룡이 외치기 시작했다.

"비적들이다. 비적들이 무기창을 털었다!"

관아에 소동이 일고 곧 비적들의 종적을 뒤쫓았지만 흔적조차 없었다.

원칠성 무리는 인근에 준비해 둔 수레에 무기들을 싣고 광덕산 자락으로 숨어들었다. 거기에 매복해 있던 도인들이 나타나 무기들을 나눠 옮기기 시작했다. 최종 목적지는 세성산 정상 부근에 마련하고 있는 동학군의 진지였다.

전의현 무기창에서 가지고 온 무기들을 모두 옮기고 나서도 장정들은 아무 말도 않고 서로의 눈을 멀뚱멀뚱 쳐다보며 눈치만 살폈다. 모두 처음 하는 일이었다. 담이 큰 장정들이었지만, 관아를 터는 것은 보통의 담력으론 감당할 수 없는 일이었다.

"모두 애쓰셨소."

수련이 준비해 둔 탁주를 나눠 주었다. 장정들은 탁주를 벌컥벌컥 마신 뒤에야 한숨을 내쉬기 시작했다. 사내들의 웅성거림이 밤공기를 타고 퍼져 나갔다. 무기고를 무사히 털었다는 승리감이 술기운과 함께 온몸 구석구석에 뻗어 나갔다.

"이만하면 아주 큰 수확이오. 이제 전의현의 무기고가 털렸다는 소식이 곧 사방팔방 알려질 것이오. 잠잠해질 때까지 한동안은 움직이지 않을 것이오. 다음 회합 때까지 다시 한 번 말하겠지만, 저들은 분명 우리 동학 도인의 소행이라고 판단할 것이오. 기포령이 떨어질 때까지는 부모 형제라 해도 오늘 일을 발설해서는 안 될 것이오. 명심해주시오."

세성산 진지에 있던 김화성이 젊은 도인들에게 말했다. 옆에 따르던 상현이 작은 종이에 탈취해 온 무기 목록을 정리하여 올렸다. 칠성이는 전의현 도인들에게 다시 한 번 행동 요령을 일러 주고 해산

명령을 내렸다.

"원칠성 접장은 타고난 장수요."

김화성이 칠성이를 치켜세웠다.

"접주님은 농도 잘하십니다."

칠성이가 긴장이 풀렸는지 웃음을 띠었다.

"첫 거사라 지켜보면서도 걱정이 많았소. 하지만 아주 훌륭히 잘해 내시었소. 원 접장과 함께한다면 꼭 승리할 거라고 믿소."

김화성이 칠성이의 어깨에 손을 얹고 말했다. 세성산에서 돌아오며 김화성은 칠성이의 여러 면모를 생각했다.

진지 구축에 대한 접주 회합이 끝난 후였다.

"김화성 접주님, 저는 아무래도 세성산 한곳에 구축해야 될 것 같습니다."

칠성이가 조심스레 말했다. 회합에서는 작성산과 세성산 두 곳에 진지를 구축키로 결정한 터였다.

"제 짧은 소견으론, 힘은 하나로 모아야 더 커지는 법 아니겠습니까? 작성산과 세성산 두 곳으로 나뉘면 힘이 분산됩니다. 지휘하기도 힘들고요. 앞으로 관아에서 가져올 무기들도 두 곳에 보관하기 보다는 그것도 동선이 짧은 세성산이 제격이지요. 아무리 봐도 세성산입니다. 이곳에 진을 치고 후방 지원을 하면서 공주성에 있는 관군을 위협하면 남쪽에서 올라오는 본대가 공주성을 함락하는 것은 어렵지 않을 것입니다. 그다음은 우리가 앞장서서 도성까지 직향입니다."

김화성도 칠성이와 생각이 같았으나 접주들이 갑론을박 끝에 두 곳에 진지를 구축키로 결정한 터였다. 김화성은 그 일과 오늘 성공한 거사를 생각하자 칠성이에 대한 믿음이 더욱 깊어졌다.

김화성은 앞서는 이들을 살펴보았다. 칠성이의 다부진 체격이 한눈에 들어왔다. 함께 따르는 수련. 사내로 태어났다면, 분명 뛰어난 지략가로 세상을 쥐락펴락했을 것이다. 이희인 접주에게 들은 바로는 수련은 명석하기 그지없었다. 이번 전의현 무기고 탈취 계략도 수련의 머리에서 나온 것이었다.

탁주를 넣었던 독을 지고 가는 김상현까지, 셋을 보니 10여 년 전 복구정에서 김용희와 김성지와 함께 결의를 다졌던 그날이 떠올랐다.

"오늘 우리는 스스로를 동학삼로라 칭하고 동학의 넓은 뜻을 천하에 알려 백성들이 하늘의 뜻처럼 귀하게 살아갈 수 있도록 힘을 모을 것이다. 학문은 백성을 위한 것이고, 백성이 곧 하늘이니 올곧은 선비 정신은 백성을 따르는 것이라. 선비의 정신을 이어 가기 위해 목숨을 다해 어지러운 세상을 바로잡고 탐관오리를 배격하고 동학의 뜻을 펼치리라!"

셋은 그렇게 맹약했다. 그로부터 10여 년 사이 동학 하는 이들이 무섭게 늘어나자 조정의 탄압도 거세졌다. 더 이상은 살기 힘들다며 동학으로 살아 보겠다는 백성을 '죽여 달라'고 청나라에 군대를 요청하고, 그런 청국을 제치고 이 땅에 들어온 왜는 조선을 집어삼키려

하고 있다.

그런데도 어리석은 관리들은 오늘도 제 배를 채우려 온갖 명목의 세금을 거둬들이고 있다. 그 떡고물은 한양의 모모한 대가 댁을 거쳐 궁궐에까지 고스란히 전해지고 있음을 조선 사람 중 모르는 이가 없었다. '그들의 눈엔 이 바람 앞에 등불인 조선이 보이지 않는 것인가!'

김화성이 긴 한숨을 내쉴 즈음 무리는 삼거리에 도착했다. 세성산을 출발하면서부터 하나씩 둘씩 표 나지 않게 흩어진 뒤라 어느덧 주위에는 아무도 남아 있지 않았다.

다음 날 수련은 목천 양곡골 김호경 대감의 집을 향해 길을 나섰다. 김호경은 홍선대원군의 외척이다. 수련은 그의 아내인 이씨 부인을 찾아가는 길이다.

"좋은 차가 있어 준비했소. 드시지요."

이씨 부인은 수련을 매우 아끼며 곁에 두고 싶어 했다. 몇 해 전 수련이 처음 이씨 부인을 만났을 때였다. 지체 높은 대가 댁의 부인인지라 사뭇 긴장하고 있었다. 이씨 부인은 온화한 얼굴로 차 한 잔을 권했다. 수련은 이씨 부인의 그 얼굴에서 가슴 깊은 곳에서부터 묘한 포근함을 느꼈었다.

수련이 이씨 부인을 만나게 된 건 이희인 접주의 부인 김씨를 통해서다. 김씨 부인은 주로 양반 댁 부녀자들을 상대로 포덕을 해 왔다. 이씨 부인은 혼인 후 적적한 나날을 보내고 있었다. 혼인 직후부터 주변에 몰려드는 사람들은 모두 줄을 대서 벼슬을 얻고자 하는 사람이었다. 천성이 정직한 이씨 부인은 그런 사람들을 일절 얼씬 못하게 단속하였다. 그러다 보니 자연 사람들의 발길이 뜸해지고 말았다. 그러다 알게 된 사람이 이희인의 부인 김씨였다. 다른 이들처럼 자리를 청탁하는 것도 아니요, 옛 성현의 말씀이나 자손들의 공부 이야기를 나누다 가는 것이 전부였다. 그러던 어느 날 김씨 부인이 하는 말의 연원을 쫓다가 〈동경대전〉과 〈용담유사〉를 알게 되었다. 무뢰배들이 작당하여 몰려다니는 것이 동학이라고 알던 이씨 부인은 깜짝 놀랐다. 그 겨언에는 새로운 이치가, 새로운 세상에 대한 꿈이 담겨 있었다. 그때부터 이씨 부인은 김씨 부인과 함께 경전을 읽고 마음을 닦고 주문을 외며 수양에 매진했다.

"'지기금지 원위대강 시천주 조화정 영세불망 만사지'는 나를 알고, 나를 위하고, 이 세상을 향한 주문입니다. 내가 편안해야 세상이 평안해지고, 세상이 평안해야 나 또한 편안한 삶을 살 수 있습니다. 또한 이 세상은 사람들만의 세상이 아니라 만물이 더불어 살아가는 집입니다. 집안을 다스리는 것은 부인입니다. 이 세상을 어지럽힌 것은 남성들이지만, 세상을 바르게 다스려 태평성대를 가져올 수 있는 것은 부인입니다. 그러자면 주문을 무시로 외워서 내 마음이 한울의 마음과 하나가 되도록 해야 합니다."

김씨 부인은 이씨 부인에게 동학의 뜻을 진심을 다해 전했다. 권세가, 특히 종친부의 인척이라 해도 그녀 또한 조선의 백성이요, 청과 왜가 조선을 집어삼키려 한다는 것을 모를 리 없었다. 문 밖 출입이 없다 한들 백성들의 고단한 삶을 외면하긴 어려웠다.

"부인, 난 죄를 짓는 듯하오. 도인이면서 회합 한 번 나가지 않고, 이렇게 방구석에 앉아 경전이나 읽고 있으니 말이오. 참 어렵고 어렵소."

이씨 부인이 김씨 부인에게 하소연했다. 전날 이희인 접주가 김호경을 만나 대노한 일을 두고 하는 말이다.

이 접주는 김 대감을 만나 백성들의 고혈을 짜내는 지방 수령들을 일벌백계하여 민심을 안정시키고, 청과 왜에게 줄을 대어 국부를 유출하는 자들을 솎아 내어 나라의 창고를 채우고, 왕실의 사치와 낭비를 줄여 국방을 튼튼히 해야 한다는 상소를 올려야 한다고 말했다. 또한 백성들이 몸과 마음을 기대는 동학에 대한 탄압을 하루속히 거두어들이고 조정과 백성들이 일심 협력하지 않으면 종묘사직을 보전키 어렵다는 점을 상소해 달라고 간청하다시피 했다. 하지만 김 대감은 일언지하에 이를 거절했고 이 접주는 기어이 언성을 높이고 말았다.

"김 대감, 이리 분별이 없으니 이 나라의 앞날이 암울한 것이오. 나라가 망하는 날에 가장 먼저 화를 입게 될 것은 지금 권세를 누리면서도 제 할 노릇을 다하지 못한 대감 같은 분이 될 것이오. 내 말 잊지 마시오."

불의를 참지 못하는 것이 이희인이다. 얼마 전 조경호 대감을 찾아

가서도 소득이 없자, 방문을 부수어 버린 이희인이다.

김호경은 묵묵부답이었다. 이희인의 말이 틀린 게 없었지만, 어찌할 방도가 없었다. 자신의 아내 또한 동학 도인이며 목천 사람 열 명 중에 일고여덟이 동학 도인이라는 걸 알고 있었다. 또한 이들의 주장이 헛된 바가 없었다. 허나 조정에서는 이미 대원군과 중전을 각각 등에 업은 세력 간 힘겨루기가 끝없이 이어지고 있었다. 직언을 한다한들 받아들일 수 있는 상황이 아니었다. 김호경 또한 답답했지만 방도를 찾을 수 없기는 매한가지였다.

다음 날 이씨 부인은 서둘러 김씨 부인을 불러들였다.

김씨 부인은 불안한 심정을 감추지 못하였다.

"마님, 혹 어제 일로 심기가 불편하셨다면 용서하십시오."

"아니오. 외려 내가 할 말이 없소. 이 접주님의 말씀이 옳지 않은 게 없었소. 접주님께서 생각하시어 찾은 발길이었을 것인데, 실망감이 크실 것이오. 내 마음을 헤아려 주셨으면 하오. 내가 우리 도인들에게 큰 폐를 끼치는 것 같아 마음이 아프오."

"아닙니다. 마님이 동학에 들어온 것만으로도 우리 도인들에겐 큰 힘이 됩니다."

이 일로 김씨 부인과 이씨 부인의 사이는 더욱 돈독해졌고 수련은 그 인연으로 이씨 부인과 대면했다. 수련이 이씨 부인과 교류한 지 이제 두 해가 더 지났다. 수련은 세상 돌아가는 얘기와 함께 조정의 정보를 알려 줄 이도 여럿 알게 되었다. 이씨 부인은 수련의 영특함에 자주 놀라곤 했다.

"자네는 재갈공명이 현생한 듯하이. 어찌 그리 세상 돌아가는 걸 질 꿰고 있는가? 사내로 태어났다면 큰일을 했을 것을….."

이씨 부인은 수련의 영특한 재주가 아깝다고 자주 말했다.

수련이 이날 김호경 대감 집을 찾은 건, 전에 부인이 알려 준 도성의 상황을 전해 줄 만한 이들을 만나기 위해서다. 그러려면 부인의 허락이 필요했다. 이씨 부인은 서찰과 함께 도성 출입에 용이한 작은 징표도 주었다.

수련은 한달음에 천안으로 돌아왔다. 칠성이를 만나 도성에 다녀온다는 기별을 해야 했다.

"어디를 가려고 채비를 하시는 게요?"

칠성이가 수련의 얼굴 표정을 보곤 물었다.

"한양에 다녀오려 하오. 근자에 조정의 복잡한 상황을 도통 가늠할 수가 없어 다녀오려 하오. 사나흘은 족히 걸릴 것이오."

수련이 칠성에게 말했다.

"아니, 요즘처럼 뒤숭숭한 판에 혼자 다니는 것은 위험하오!"

칠성이가 답답하다는 듯 말했다.

"나 또한 두렵지만, 꼭 필요한 일이오. 분명 승세는 왜놈들이 쥐고 있는데 어찌 돌아가는지 가늠할 수가 없소. 대도소를 통해 듣는 정보도 있지만, 이러다간 기포령이 내리기 전에 왜놈들한테 우리가 당하는 건 아닌가 하는 걱정도 되고 불안하오. 방비를 하려면 어찌 돌아가는지 상황을 알아보아야 하지 않겠소."

수련이 똑부러지게 얘기했다. 칠성은 한숨을 쉬었다. 명석한 수련
이다. 그걸 모르는 바 아니다. 하지만 칠성이에게 수련은 명민하나
한편으로는 연약한 여인이었다. 아무리 남장을 해도 칠성이에게 수
련은 여인이었다.

"다른 이를 보내면 아니 되는 것이오?"

칠성이가 물었다.

"지금 판세를 알아보는 것이 그리 쉬운 일이었다면, 내가 움직이지
도 않았을 것이오. 답답하지 않소! 언제 기포령이 떨어질지 모르는
데, 언제 우리가 죽을지도 모르는데 아직도 왜놈들의 힘을 가늠치 못
하는 것이! 성환 전투 이야기도 듣지 않았소. 왜놈들의 신식 무기가
얼마나 강한지. 몇 개 무기고를 털었다고 하지만 전투를 하기엔 턱없
이 부족하오. 어떤 접주들은 아직도 이 마당에 '양반입네' 하는 마음
을 떨치지 못하고 있소. 화승총이, 화살이 양반을 피해 날아오는 것
도 아닌데 말이오. 아무래도 다녀와야 할 듯하오."

냉정을 잃지 않던 수련이지만 칠성이와 대화를 할 때면 감정이 앞
선다. 태조봉에서 칠성이와 마음을 나눈 후 부쩍 가까워졌지만 자신
을 자꾸 연약한 여인으로 보는 것 같아 불편했다.

"그럼 날랜 장정을 붙여 주겠소. 함께 가시오."

칠성이가 달래듯 얘기했다.

"내가 유람을 떠나는 것도 아니고, 그건 아니 될 말이오."

수련이 단호히 거절했다. 마침 칠성이를 만나러 온 상현이가 이 상황을 지켜보았다.

"아, 말씀 중이신가요?"

"아, 아니오, 훈장님. 내 일어서려던 참이오. 칠성 접장님, 그럼 그리 아시고, 말씀 나누시지요."

수련이 자리를 떴다. 칠성이는 수련을 물끄러미 바라보았다.

"형님, 잠깐 저 좀 보시지요."

상현이가 칠성을 끌고 삼거리 주막 앞 연못가로 나왔다.

"연모하시오?"

상현이가 대뜸 물었다.

"무슨 말이냐?"

칠성이가 상현이를 쏘아보았다.

"연모가 아니면 무엇이오? 형님은 이미 혼인한 몸이고, 아이들까지 있소. 내 오래 지켜보다 하는 말입니다만, 형님의 마음씀씀이가 도를 지나친 것 같소. 수련 접장과 뜻이 통하는 것은 이미 알고 있지만, 허나 거기까지요. 형님이나 나나, 거기까지여야 하오. 더 말하면 아니 될 것 같아 여기까지만 하리다."

상현이가 자리를 떠났다. 덩그러니 혼자 남은 칠성은 머리를 한 대 얻어맞은 것처럼 멍했다.

"내가 수련을 연모한다고? 아니다. 이건 연모가 아니다."

혼자 중얼거렸다. 하지만 한쪽에서 피어오르는 마음은 예사스럽지가 않았다. 아내를 대할 때와는 또 다른 마음이었다. 처음엔 명석한 수련의 말투가 되바라져 보였다. 아무리 동학에서 남녀의 차별이 없다고 했지만, 여인이 너무 나서서 판을 좌우하는 게 못마땅했다. 하지만 그녀는 매사에 맺고 끊음이 정확했다. 앞을 내다보는 것도 정확했다. 지난번 전의현 무기고를 습격할 때에도 수련의 도움이 컸다. 이젠 무언가를 결정할 때 그녀와 의논하지 않으면 불안하기까지 하다. 접주들의 회합에서도 수련의 의견을 묻기도 했다.

상현이의 말대로, 여인으로 생각한다면 수련을 안고 싶고, 만지고 싶고 그럴 것이지만 그런 마음과는 또 달랐다. 칠성은 자신의 마음을 알 수 없어 답답했다.

다음 날 새벽 수련은 한양으로 출발했다. 마중을 나온 칠성은 말없이 그녀의 뒷모습을 바라보았다. 봇짐 하나 달랑 멘 그녀가 불안해 보였다.

8장/ 만인을 잡아먹는 산

"세성산으로 집결합니다. 집결지는 세성산입니다."

김복용이 결단을 내렸다. 주저할 시간이 없었다. 8월 25일에 김개남 접주가 남원에서 재기포했고 9월 10일 전봉준 접주가 삼례에서 재기포했다. 그리고 8일 뒤 '조선 땅에 있는 동학 도인들은 모두 일어나 일본과 싸우라.'는 해월 선생의 총기포령이 떨어졌다.

천안과 목천, 전의 3개 관아의 무기창을 털어 이제 무기도 충분해졌다. 군량도 충분했다. 기포령이 떨어지자마자 목천접의 동학 도인들은 기다렸다는 듯 전투 태세를 갖춰 나갔다.

세성산.

사자 형상을 해 사람 만인을 잡아먹을 것이라는 전설이 내려오는 산이다. 삼한 때부터 전해져 오는 오래된 성터를 기반으로 동학군들은 이미 전투 준비를 갖추어 놓았다. 낮은 평야 지대에 우뚝 솟은 세성산은 그리 높지 않았지만 정상에 오르면 주변이 한눈에 들어온다. 북벽은 절벽이요, 남서쪽은 완만한 경사를 이루고 있고 중요한 교통로까지 접해 있어 천혜의 자연 요새였다.

동학군은 사람이 오를 수 없는 북벽을 등지고 남쪽의 내성 앞으로 외성을 쌓았고 석루도 만들어 놓았다. 마을과 성 중간 지점엔 무기 생산지를 만들어 방비했다. 식량 저장소와 공터에는 훈련장을, 북벽 맞은편에 흐르는 병천천에는 극기 훈련장도 만들었다. 한양에서 가장 가까운 동학군의 진지답게, 모여든 동학군의 결기 또한 하늘을 찌를 듯 했다.

목천과 천안, 직산, 전의의 도인들은 물론이고 평택과 안성에서도 도인들이 몰려왔다. 태안에서 오는 사람도 있었다. 천안 삼거리와 목천 관아, 직산 관아, 전의 관아 부근에서는 날마다 동학군들의 시위가 이어졌다. 크고 작은 민원들이 동학군 진영으로 밀려들었다. 억울한 사연을 가진 백성들의 원성이 봇물처럼 터져 나왔다.

형형색색의 깃발 아래 모여 선 수천 명의 함성이 한꺼번에 울려 퍼지면서 생전 처음 보는 장관이 펼쳐졌다. 공주, 삼례의 집회, 광화문 앞에서의 복합 상소, 보은 민회를 경험한 이들은 함성의 힘을 알고 있었다. 열이 백이 되고 천이 되면 대오를 이루고 힘이 생긴다. 가슴에 억눌렸던 울분을 세상을 향해 토해 낼 수 있다는 것만으로도 가슴 깊숙이 맺혔던 한이 풀린다는 사람도 있었다.

이제 천이 이천이 되고 삼천이 넘어 수를 헤아릴 수 없게 되면서 세성산은 사람의 성이 되었다. 수천의 함성은 세성산을 뒤흔들었다. 도인들이 "와!" 하는 함성에 관아의 수령들은 떨었고, 눌려 있던 백성들의 가슴은 열렸다.

김복용과 이희인은 몰려드는 동학군들을 세 패로 나누었다. 전투를 할 수 있는 남성과 후방에서 전투를 지원할 여인들과 노인, 아이들, 특기가 있는 이들을 각 부대로 편제했다. 세성산에는 주로 전투를 할 만한 사람들이 주둔하게 하면서, 그중 일부는 훈련을 시키고, 또 일부는 관아와 장이 열리는 곳을 찾아 동학군 기포의 정당성을 알리는 일들을 맡겼다. 수확이 마무리되면서 동학군에 합세하는 사람들이 늘어났고 그 기세는 더욱 드높았다. 이미 목천과 천안은 동학 도인들의 세상인 듯 보였다.

"동학에 들어오려는 사람은 양반과 상놈을 따지지 말아야 합니다. 양반입네 할 사람, 부자입네 할 사람, 나는 유생입네 할 사람은 들어오지 않는 게 좋습니다. … 나라의 주인은 백성입니다. 백성이 굶지 않아야 나라가 온전합니다. … 백성들은 피골이 상접한데, 죽은 사람, 태어나지도 않은 자식의 세금까지 내라고 합니다. 동학은 이것을 바로잡는 것입니다. … 나라가 도탄에 빠졌습니다. 왜놈들이 경복궁을 점령했는데도 조정 대신이란 자들은 재물 타령만 하고 있습니다. 동학은 이것을 바로잡는 것입니다."

수련의 연설이 끝나자 사람들은 우레와 같은 박수를 보냈다.

"거참, 말 잘하네."

"동학을 하면, 양반과 상놈은 물론이고 남자나 여자가 차별 없이 서로를 하늘처럼 섬긴답니다."

"이미 지난번 폐정 개혁 때 과부 재가를 허락하라는 조문이 들어 있다 하지 않습니까?"

"동학이 나라를 살리고 백성을 살리네!"

"동학 만셉니다, 동학 만세!!"

사람들이 몰릴 만한 장터에는 어김없이 동학군들이 나타났고, 그
주변으로 장꾼들이 구름처럼 몰려들었다. 관원들이 달려오면 도인
들은 사람들 사이로 삽시간에 흩어져 누가 누군지 분간할 수가 없었
다. 듣고 있던 사람들은 관원들의 앞을 일부러 막아서기도 했고, 어
떤 이는 넘어지는 체하며 관원들의 행보를 방해했다. 관원들이 허둥
대는 사이 멀리서 동학 도인들이 나타났다는 함성이 들리면 사람들
은 또 그쪽을 향해 우르르 몰려갔다. 관원들은 사람들 발길에 섞여
허둥대기 바빴다.

늦은 밤 세성산 동학군 도소에 접주들이 모였다. 하얀색 바탕에 검
은색 글씨로 쓰인 창의소 깃발이 바람에 힘차게 펄럭였다.

"다른 지역의 기포 상황을 전해 주시오."

좌장으로 앉은 이는 김복용이었다.

"청주에서 손천민 이용구 접주가 기병했고, 김연국 황하일 권병덕
접주가 보은에서, 정원준 강채서 접주는 옥천에서, 박인호 접주는 서
산에서, 김경삼 접주는 신창에서, 박용태 김현구 접주는 당진에서,
김덕배 접주는 덕산에서, 김동두 접주는 태안에서, 김두열 한규하 접
주는 홍주에서, 박희인 접주는 면천에서, 주병도 접주는 안면도에서,

추용성 접주는 남포에서, 김지택 배성천 접주는 공주에서 각각 기포했습니다."

원칠성이 기포 상황을 읽어 내려갔다.

"아이고, 우리도 빨리 해야겠고만. 이제 진짜 전투여, 전투!"

"청주와 보은에서 기포했으문, 이제 다 일어서는 것 아닌가?"

"그라문, 왜놈덜하고도 싸우는 것인가?"

웅성거리던 접주들이 왜놈이라는 말에 일순간에 조용해졌다. 이미 성환 전투 소식을 인근에서 모르는 자가 없었다. 청국군이 왜군에게 힘 한 번 제대로 못 쓰고 도주했다는 소식이 충청 지역에 파다하게 퍼졌다.

누군가 답을 해야 했지만 김복용, 이희인 둘 다 말이 없었다.

"왜군 얘기는 잠시 뒤에 하고 조정에서 동학도들을 진압하기 위해 출병했다고 하는데 먼저 상황 보고부터 들어보시지요?"

이희인이 말했다.

"친군경리청병 700명과 친군장위영군 850명, 친군통위영 400, 교도대 320명 등 모두 2,200명이 넘는 관군이 출병했습니다. 이두황과 이규태라는 자가 각각 친군장위영과 교도대와 통위영군을 맡는다고 합니다. 이두황 부대는 도성에서 지난달 스무날 출병해 죽산을 거쳐 청주로 진군하고 있고, 이규태 부대는 이달 초열흘에 수원을 거쳐 이쪽 천안 방면으로 내려오고 있다고 합니다."

수련이 말했다. 이제 수련은 접주 회합에서 도성의 상황을 소상히 알려 주는 정보 전담자였다.

"덧붙여 고한다면, 이미 군의 지휘권은 일본에게 있고 이두황과 이규태는 일본군의 명령에 따르고 있다 합니다. 지난달 18일 김홍집이 일본에게 동학군의 진압을 요청해서 일본에서 별도로 후비보병과 병참부 수비병 등을 동원했습니다. 그들의 작전은…"

"되었네, 우선 거기까지 하게."

이희인이 수련의 말을 가로막았다.

접주들이 웅성거리기 시작했다.

"방금 들은 일본군의 소식은 명확하게 확인되는 대로 접주 회합에서 다시 말씀을 올리겠습니다."

이희인이 다시 설명을 했다.

9월, 세성산의 밤공기는 차디찼다. 이제 막 수확을 끝낸 시기라 동학군들은 뜨뜻한 아랫목 생각이 났다. 세성산에 진지를 구축하면서 구들장도 만들었지만, 수천 명의 동학군들을 감당하기엔 턱없이 부족했다.

청주 병영을 의식해 목천은 두 개의 진지를 구축했다. 장기전에 돌입하기 위해서다. 공주를 지나 한양으로 진격하려면 이곳 목천이 중요한 거점이다. 그러기 위해선 작성산과 이곳 세성산 두 곳에 진지를 구축해야 했다. 청주 병영에서 선수를 쳐 공격할 경우도 방비해야 했기 때문이다. 그러나 얼마 전 청주 병영을 습격해 대승한 후 작성산의 병력은 모두 세성산으로 이동한 상태다. 한양의 경군과 일본군이 동학군 진압을 위하여 출진했다는 소식을 듣고 병력을 분산시키는 것은 옳지 않다는 판단에서다. 작성산 부대까지 합쳐지자 세성산의 사기는 더욱 높아졌다. 숫자로만 보면 세성산의 동학군만으로도 전체 관군을 대적하고도 남았다. 사람들이 늘어나자 두려움이 사라졌다.

그러나 문제가 없지 않았다. 예상보다 많은 사람들이 모여들자, 세성산 진지가 너무 좁았다. 대부분의 동학군들은 곳곳에 만들어 놓은 움막에서 사나흘에 한 번씩 몸을 펴고 잘 뿐, 상당수가 거적때기를 깔고 겨우 맨땅의 찬 이슬을 피하는 정도였다. 그래도 서로의 체온을 의지하며 동학군들은 세성산을 지켰다.

외성과 내성엔 군기 수백 개가 산바람에 춤추고 있었다. '척양척왜' '보국안민' '개벽세상' '폐정개혁' '권귀진멸' '시천주 조화정' 같은 글귀가 쓰여진 깃발이 깃발의 성을 만들어 내고 있었다.

"자넨 어디서 왔나?"

파수를 서고 있는 키 작은 사내가 물었다.

"해미에서 왔네. 자넨 어디서 왔나?"

눈썹이 진한 사내가 말했다.

"난 여기 천안이 집이네. 이름은 뭐라 하는가? 난 만득이라 하네."

김화성의 식솔 만득이다.

"난 장두석이라 하네. 반가우이."

두 사내는 통성명을 하고 이야기를 나누었다.

"그래 어쩌자고, 해미서 여기까지 왔는가?"

만득이가 물었다.

"어디서부터 야기를 해야 할지 모르겠네만, 고향이 해미이지 이곳 저곳 많이 다녔네. 내 부모가 천주학을 했지. 솔직히 내가 젖먹이 아이여서 천주학을 했었는지는 잘 모르고 그랬다는 이야기를 나중에 들었지. 근데, 병인년에 부모님이 모두 죽어 부렀네. 내가 세 살도 안 되었을 때지. 난 내 부모가 정확히 어디서 돌아가셨는지도 몰러. 어떤 이는 해미 바닷가에서 죽었다 하고, 어떤 이는 해미천에서 죽었다 고도 하고…. 난 부모님이 어디서 돌아가셨는지도 모르는 불효자 중에 상불효자네."

장두석은 긴 한숨을 쉬었다. 만득이는 측은한 마음으로 장두석을 보았다.

"조실부모해 살다가 내 부모가 국사범으로 잡혀 들어가 죽었다는 디, 알고 보니 하늘님을 믿어서 그랬다는구만. '그래 나도 하늘님 믿고 내 부모처럼 해보자.' 천주학 하늘님이나 동학의 하늘님이나 다 같은 하늘님 아닌가! 사실 나도 처음엔, 내 부모 원수를 갚아야겠다 생각하고 천주님을 모셨었지. 이 가슴에다가. 그란디, 억울한 거여. 내 부모가 억울하게 죽었는디, 시상이 바뀌지 않으면 억울한 부모 원 수를 갚지를 못 하잖여. 그래서 동학에 입교한 거지. 그란디 동학서 도 사람은 다 존귀하다고, 사람 목숨 중요하다고 하지. 그란디, 남의 가슴에 대못 박고 그런 놈덜 목숨까정 존귀허지는 않은 것 같다 이 말이여. 그라고 이 더러운 세상을 바꾸지 않으면 아무것도 안 되는 것이지. 안 그런가? 난 내 부모처럼 억울하게 당하고만은 있지 않겠다 이것이지. 그런 맴으로 여길 온 것이여. 어차피 동학 한다고 앉아서 죽을 순 없는 노릇 아녀!"

장두석이 입술을 꽉 깨물었다.

"그라, 그랬구만. 그럼 자네는 처자식은 없는가?"

"왜 없겠는가! 저 산 아래 부녀자들과 아이들이 밥하고 빨래해 주는 디서 일하고 있재. 거기 놓고 왔네. 설마 처자식까지 나라서 죽이진 않겠지."

장두석은 만득이도 같은 생각이길 바라는 듯 물었다. 만득이는 장두석의 말을 들으며 캄캄한 산 앞을 내다보았다.

"자네덜끼리만 야기허는가?"

눈이 크고 콧날이 오똑한 사내가 장두석과 만득이를 향해 웃으며 말했다.

"자네는 어디서 왔는가?"

만득이가 먼저 물었다.

"성환서 온 이팔석이네."

"아따, 자네는 곱상허게 생긴 것이, 여기가 아니라 계집 많은 곳에 있어야 하는 거 아닌가?"

장두석이 농을 했다.

"헤헤. 그런 야기 하도 많이 들어서 이젠 암시랑토 않네. 허기사 내 아랫도리가 물건이긴 허지. 내 마누라가 좋아서 죽어."

이팔석이 밤일 시늉을 하며 사타구니를 흔들어 대자 셋은 웃어 댔다.

"난 이 나라가 망해 부렀으면 혀. 왜놈들 되놈들 욕해도 조선놈도 똑같어. 지금까지 살면서 나라에서 우리한티 해 준 게 뭐라도 있는가! 차라리 이렇게 망해서 새로 시작하는 것이지, 개벽 시상이 되어서 다시 허는 거여. 양반이고 쌍놈이고 구분 안 하고 말이여. 개백정 개백정 허는디, 어디 그 사람덜이 개백정으로 태어나고 싶어서 그런 건가! 되놈덜은 일만 잘허문 양반 상놈 안 따진다고 허던디, 그란디 그놈덜 징허게 더러운 놈덜이여. 지난번 성환에서 왜놈덜하고 되놈덜하고 전쟁이 있었잖는가. 그때 왜놈덜한티 쫓기면서까지 여자덜 덥칠라고 눈이 뒤집혀졌었어. 그때 집집마다 여자덜 숨겨 놓는다고 난리였지. 왜놈덜도 그렇고. 이놈덜이 조선 여자들만 보면 달려들어. 개자식들!"

이팔석이 그때가 생각났는지 온몸을 부르르 떨었다.

"그래, 그때 자네 마누라는 잘 숨겨 됐는가?"

장두석이 물었다.

"그럼. 쌀뒤주에 숨었다가 장작더미 속에 숨었다가 겨우 살았지. 그때만 생각허문 복장이 터질 지경이여. 되놈이 들이닥쳐서 뺏기고, 왜놈덜 와서 뜯기고, 관아놈덜은 뒷짐만 지고 있고…. 그뿐이야? 그때 우리 마을에서 그놈덜 뒷감당한다고 관아놈덜이 쌀 가져가고 장작 가져가고 다 털어 갔어. 이게 나라여? 이런 게 나라냐고?"

이팔석이 크게 숨을 내쉬고는 고개를 왼쪽으로 돌리더니 갑자기 목소리를 낮췄다.

"저 짝에 저기 키 큰 장정 보이는가? 이건 나도 들은 야기네만, 저 젊은 사람 마누라가 왜놈덜한테 한꺼번에 당해서 목매달아 죽었다는고만. 혼인한 지 석 달 되았는디, 그 난리통에 왜놈 셋이서 달려들었다고. 그래서 동학군에 들어왔다는디, 아직도 맺힌 게 많은지, 말을 안 한다드만. 말을 안 하는 건지, 못허는 건지. 아이고. 젊은 나이에…."

이팔석의 얘기에 모두들 한숨을 쉬었다.

"더러운 놈들, 임진왜란 때도 여자들 겁탈하고, 잡아가고 그랬다는디, 지놈덜 나라엔 여자가 없나. 조선 여자들만 보면 눈이 뒤집혀 가지고…!"

장두석이 분통이 터지는 듯 가슴을 쳤다.

"목소리 낮춰, 이 사람아. 그러다 젊은이 듣겠어."

이팔석이 장두석의 옆구리를 툭 쳤다.

"그나저나 전투는 언제 시작되는가. 왜놈덜도 온다고 하고…."

만득이가 침묵을 깨고 물었다.

"왜놈덜 오면 우린 다 죽어. 성환에서 되놈들하고 싸우는 걸 내가 봤잖는가! 어차피, 여기서 죽던가, 동학 했다고 죽던가, 다 죽게 돼 있어. 우리가 죽은 다음이 개벽 세상인디, 죽지 않고 개벽이 되면 좋겠지만, 그라긴 힘들겠지….”

이팔석이 웃음기 가신 얼굴로 말했다.

만득이는 이팔석과 장두석의 말을 들으며 가슴이 쿵쾅거렸다. ‘나도 여기서 죽게 되는 거 아니여? 오가 놈이 이번 일 잘하면 양반 부럽지 않게 해 준다고 했는디, 그러기 전에 콱 죽어 버리면 무슨 소용이람?’

“수련 접장, 잠시만 보세.”

접주 회합이 끝나자 이희인이 수련을 불러 세웠다.

“앞으로 정보 상황을 전할 때는 반드시 가려 했으면 좋겠소. 동학군들이 관군들과 싸우는 것만도 두려움이 앞서는 상황이요. 더구나 며칠 전, 직산의 농민군 2명이 붙잡혀 죽임을 당하고 황성도 접주가 수원으로 끌려간 걸 모르시오? 아무리 접주 회합이라고 하나, 정보를 많이 안다고 해서 반드시 좋은 것은 아니오. 두려움이 과하면 패인이되는 것이오. 싸움엔 무기와 병력도 중요하지만, 마음이 더 중요하오. 앞으로 중요한 정보는 김복용 접주와 나에게 따로 보고하는 것이좋을 듯하오.”

수련은 고개를 숙이며 알겠다고 말했다.

“그리고 농민군 중에 삼삼오오 모여서 경전을 공부하는 무리가 많으니, 하루 일과를 나누어 경전 공부와 파수 보기, 훈련 등으로 숙영

지 일과를 정리해서 따를 수 있도록 도와주었으면 하오."

그때 웅우우우 나팔 소리가 들렸다. 밤참 시간이다. 야간 파수를 서는 이들을 위한 약간의 식사였다.

"저기, 황소 한 마리가 또 오는구만!"

석루에 앉아 있던 파수병들이 식량 저장고가 있는 외성 동쪽을 향해 보았다. 깜깜한 밤이라 잘 보이진 않았지만 소 울음소리가 산바람을 타고 들렸다.

"정인석 접주가 또 보내신 겐가? 하여튼 대단한 양반이여. 닷새마다 한 마리씩, 이게 벌써 몇 번째여? 정인석 접주 덕에 고기도 실컷 먹어 보는구만."

"세성산 동학군은 기름진 고기를 많이 먹어서 귀신이 되어도 때깔은 비단결처럼 고울 것이여."

파수병들이 한바탕 웃어 댔다.

북면 매송리의 정인석 접주는 농민군에게 각별한 지원을 아끼지 않았다. 그가 가진 드넓은 땅에서 수확한 쌀은 물론 같은 마을 사람들에게도 십시일반 모아 동학군의 식량을 충당하는 데 앞장서고 있었다. 닷새마다 소 한 마리를 동학군에게 가져갔다. 동학군들의 수가 수천을 헤아려 모두가 배부르게 먹을 수 있는 건 아니었지만, 동학군들은 그의 마음 씀씀이를 헤아리며 포식한 것보다 더 흡족해했다. 양곡과 함께 볏단을 옮겨 동학군들이 초막을 짓는 데도 큰 도움을 주었다. 겨울을 나려면 구들장과 함께 볏단이 중요했기 때문이다.

정인석 접주는 농민군의 전투가 해를 넘길 것이라고 내다봤다. 인근에서 행세깨나 하는 양반이지만, 동학에 입도한 다음부터는 집안의 재산을 동학에 다 쏟아부어 주변 사람들을 구제하고, 동학을 펴는데 애썼다고 해도 과언이 아닐 만큼 정성이 대단했다.

하루는 그가 황소 한 마리와 쌀 두 섬을 가지고 세성산을 찾았을때, 한 나이 든 동학군이 물었다.

"접주님, 자꾸 이라시면 집안 재산이 다 거덜 나는 거 아닌가요?"

정인석 접주의 답은 이러했다.

"개벽 세상이 오는데, 거덜 나문 어떻습니까? 부자 재산이 거덜 나야 개벽 세상이지요. 부족하지만, 많이 드십시오. 잘 먹어야 잘 싸우고, 세상을 바꿀 수 있습니다."

그 소문이 농민군 사이에서 널리 알려졌다. 정진석 접주 이야기는 시간이 지날수록 부풀려져 그만큼 농민군들의 사기가 높아졌다.

"아따, 관군은 왜 이리 늦어? 저 세성산을 확 포위해서 김화성이도 죽이고 다 죽여 버리면 될 것을!"

오가가 세성산 쪽을 향해 악다구니를 퍼부었다. 병천 송정리 정지완의 집에 관군을 끌고 온 이두황을 본 지가 며칠이 지났기 때문이다. 하지만 전투 소식이 들리지 않자 답답했다.

오가는 그날 아침 일찍부터 이두황을 보기 위해 병천으로 찾아갔다. '동학군 때려잡는 사냥꾼'으로 소문난 이두황의 얼굴이 몹시도 궁금해서다. 장졸들이 보이고 뒤이어 관군의 행렬이 나타났다. 관아에서 보았던 지방 관군들과 경군들은 신식 군복을 입은 신식 군대의 위엄이 쩡쩡하여 감히 접근하기가 어려울 정도였다. 또한 무기도 칼이나 화살이 아닌 것은 물론 구식 화승총이 아닌 신식 소총이었다. 군수물자를 싣고 온 소와 말이 60마리가 넘었다.

오가는 신식 군대 행렬을 처음 보았다. 갑자기 행렬 가운데가 빗질한 머리처럼 두 갈래로 나눠지더니 말 탄 군관이 나타났다. 군대 행렬을 처음 보는 오가의 눈에도 그자가 대장임이 한눈에 느껴졌다. 두 눈과 입은 약간 튀어나왔고 턱은 약간 뾰족했다. 두 귀는 크고 콧대가 솟고 콧구멍이 유달리 커 보였다. 무표정한 그의 눈빛에선 왠지 모를 살기가 느껴졌다.

이두황은 거들먹거리며 말에서 내려 수하 장교를 불러 손짓을 했다. 그는 몇몇 병사를 동원하여 운집한 사람들을 해산시켰다. 오가는 그곳에서 안면이 있는 천안 관아의 최 이방을 만났다.

"저자가 동학군들을 무지막지하게 죽인다는 이두황이네. 초근목피로 연명하던 평민 집안에서 태어나서 10여 년 전에 당당히 무과에 급제한 뒤 승승장구해서 이만한 자리에까지 왔으니, 옛날 같으면 꿈도 못 꿀 일이지, 부사라니. 동학도들이 미쳐 날뛰는 덕에 저 자리까지 간 게지. 그런 걸 보면 세상이 변하긴 변했지 뭔가."

최 이방은 누가 들을까 봐 오가의 귀에 입을 바싹 대고 소곤댔다.

"목천 현감과 천안 군수가 얘기하는 걸 들었는데, 이두황이가 저

자리에 오른 이유는 따로 있었다네. 동학군을 잔인하게 효수하는 건 말할 것도 없고, 얼마 전 성환에서 왜와 청이 전투를 벌였잖는가? 그 후에 저자가 일본군 노즈(野津) 중장이라는 자를 찾아갔다지 뭔가. 뭘 했겠나? 그 왜놈 발밑에 엎드려 참전시켜 달라 애원했다고 하네. 그래서 일본군과 같이 평양까지 갔다지. 왜놈 말도 알고 있어 왜놈들에겐 안성맞춤인 게지. 평양서 통역과 정탐을 담당하라고 했는데, 청군 병사 시체 매장까지 자원해서 그 왜놈들 눈에 쏙 들었다고 하네. 아무리 출세가 좋기로서니, 쯧쯧쯧….”

오가는 이두황의 얼굴을 보며 낯을 찌푸렸다. 자신도 왜놈 덕에 재물을 만지게 되었지만, 최 이방의 얘기를 듣고 나니 이두황의 얼굴이 무서워 보였다.

이두황 부대는 다음 날 정지완 집을 출발해 세성산을 코앞에 둔 장산리 장명마을 홍승지 집으로 길을 잡았다. 목천 현감 이수영이 길 안내를 받았다. 이미 목천은 동학군들에게 무기창과 쌀 창고까지 다 털려 이두황 부대를 지원할 수 없는 형편이었다. 이수영 현감은 이두황 부대가 관아로 갈 경우 무기창과 곡간이 털린 사실이 알려져 책잡힐까 전전긍긍하다 고육지책으로 당대 세도가로 남양 홍 승지를 지낸 홍가유의 집으로 안내한 것이다.

홍가유는 아무리 재물이 많다곤 하나 동학군을 때려잡는 이두황 부대가 달갑지 않았다. 홍가유는 이두황 부대를 적당히 대접하고는 연춘 역원 방향으로 안내했다.

"허헉, 왔어! 왔어! 이제 곧 전쟁이네!"

대문을 발칵 열고 들어온 건 만득이다. 숨을 제대로 쉬지도 못하는 걸 보면 이 캄캄한 어둠을 뚫고 한달음에 달려온 것이 분명했다.

"싸움이 시작됐나? 소상히 말해 보게."

오가는 애가 달았다. 만득이의 홑바지가 이슬에 젖고 몇 번 넘어졌는지 무릎과 엉덩이에 흙이 잔뜩 묻어 있었다.

"아직 시작한 건 아니고 관군이 병천천 쪽에 당도했네. 전의와 화성리 마을 사이에도 부대가 포진했고. 이제 곧 싸움이 시작될 것 같네."

만득이의 표정에는 두려움이 가득했다.

"아직 싸움이 시작도 되지 않았는데 이리로 오면 어떡하나? 김화성 그자는 어찌하고 있나?"

오가는 못마땅한 얼굴로 물었다.

"전투가 시작되면 내가 죽을지도 모르는데, 나보고 거기에 계속 있으라는 건가? 자네, 농인 게지? 김화성 어른은 지금 동학군들과 전투 준비를 하고 계시네. 방금 전 내 눈으로 똑똑히 보고 왔는데, 아들과 사위, 사돈들까지 모여 무슨 말씀들을 하는 것 같았어. 화포대장 원전옥과도 얘기하는 걸 보았고⋯."

김화성은 아들 중칠을 팔도 도대정에 사위 홍치인을 교장에 임명해 동학 포덕과 세성산 전투 준비를 해 왔다. 장인인 나일해와 이일선도 초도관에 임명했다. 무관 출신답게 직접 창과 화포 제작에도 많은 정성을 기울여 온 김화성이었다.

　오가는 동학 도인들의 함성을 생각했다. 동학군이 세성산에 집결하면서 장터와 관아 등지에서 내지른 함성을 듣고 '이러다 정말 동학 세상이 와 버리면 어쩌나' 하는 걱정이 없지 않았다. 발 딛고 서 있는 땅까지 흔들리는 듯한 크고 우렁찬 동학군들의 함성은 수십리 밖에서도 들릴 것만 같았다. 관군이 하루빨리 당도하길 얼마나 기다렸던가!

　오가는 갑자기 김화성의 강직한 얼굴이 생각났다. 그의 아들 중칠의 얼굴도 떠올랐다. 매사에 공평하고 신중한 자였다. 사위 홍치인도 인근에선 신망이 두텁고 진실된 자로 정평이 나 있다. 오가는 기분이 이상해졌다. 얼마 후면 자신이 알고 있는 이들이 모두 죽어 나갈 것이란 생각에서다. 그들의 얼굴이 하나씩 떠올랐다.

　"아니야, 내가 아니어도 타고나길 여기서 죽을 팔자여! 내 마누라를 죽게 한 놈이야!"

　오가는 머리를 흔들었다. 김화성이 죽기를 그렇게 바라 왔지만, 막상 전투가 시작된다니 마음이 흔들렸다.

　"자네, 나와 약조한 대로 해야 하네. 김화성의 시신이 발견돼야 돈을 받을 수 있어. 시신이 확인되지 않으면 아무것도 줄 수 없어, 알겠나?"

　오가가 만득이를 보며 다짐을 받으려 했다.

　"그럼, 나보고 그 사지로 가라는 겐가! 난 못 가네. 내가 살아야 재물도 있는 것이지, 죽으면 재물이 다 무슨 소용인가!"

만득이가 고개를 절레절레 흔들었다.

"자네가 아니 간다고? 그럼 할 수 없지. 하지만 전투가 끝나면 동학군에게 내 소상히 말할 걸세. 자네가 김화성 접주와 다른 접주들의 일거수일투족을 관군에게 고해바쳤다고. 나한테 얘기한 거나 관아에 고한 것이나 매한가지이니. 동학군들이 자네를 어찌할 것 같은가? 알아서 하게."

오가가 만득이를 흘겨보며 말했다.

"아니, 자네, 자네가 어찌 이러는가?"

만득이의 숨이 턱 막혔다.

"그동안 자네가 내 집에서 얻어먹은 쌀밥에 고깃국에 술, 게다가 받아 간 돈까지…. 기억이 나질 않는가?"

"아니, 그, 그거야…."

만득이는 사색이 되어 어쩔 줄을 몰라 했다. 오가가 잠시, 뜸을 들였다가 말을 이었다.

"꼭 전장에 가라는 건 아니네. 김화성이 어찌 되었는지만 알려 주면 되네. 그러면 자네는 큰돈을 만질 수 있네."

만득이는 고개를 숙인 채 오가의 집을 빠져나왔다. 오가가 만든 덫에 걸려들었다는 걸 깨달았지만 이제 와 어찌 할 방도가 없었다. 죽지 않으려면 오가의 말을 듣는 수밖에 없었다. 만득이는 다시 세성산으로 발길을 돌렸다.

"체, 지놈이 전투도 모르면서, 에잇….”

이두황이 충청 감사의 전갈을 땅바닥에 던져 버렸다.

"읽기 싫다. 네놈이 대신 읽어 보아라!”

이두황이 부장에게 명했다. 부장은 바닥에 떨어진 서찰을 주워 읽어 내려갔다. 당초 공주로 직행하기로 했던 이두황 부대가 청주 병영의 지시로 세성산에 간 것을 비난하는 한편 군령을 어긴 청주 병사를 파직해야 한다는 충청 감사의 진노가 서찰에 가득했다.

공주 병영은 다급한 상황이었다. 전봉준 부대가 삼례를 출발하여 논산에 당도하고, 청산을 출발한 손병희 휘하의 갑 부대 또한 옥천과 영동을 거쳐 논산에 집결하였다. 이들 대부대가 연합하여 공주를 공격하려는 것이다. 또한 손병희 휘하의 을 부대는 회덕을 거쳐 공주의 금강 북쪽에서 배후를 노리고 있었다. 10월 11일 즈음이었다.

손병희 부대와 전봉준 부대가 논산을 출발하여 공주로 향하자, 공주 감영은 사방으로 고립된 것은 물론이고, 동학군에게 완전히 포위된 상태나 진배없었다.

그러나 이두황이 충청 감사의 지원 요청을 무시한 데는 10월 3일 청주 병영이 기습 공격을 받아 사상자가 크게 발생했기 때문이다. 동학군의 공격으로 무려 73명의 장졸들이 전사해 전력이 상실되고 사기가 크게 꺾여 있었다. 청주 병영은 장위영군인 이두황에게 공주로 가기 전에 목천 세성산에 웅거한 동학군을 치지 않으면 청주가 크게 위협받을 것이라고 다급하게 전갈을 보냈다. 또 세성산을 남겨 두면 향후 공주 전투에서도 승리를 장담할 수 없다고 전했다.

청주 병영 공격은 그때까지 작성산에 분산 배치되었던 목천, 천안 지역 동학군들이 청주의 동학군들과 합세하여 기습 작전을 편 것으로 청주 병영에 큰 타격을 준 승전이었다.

이두황은 세성산의 동학군 진영이 최북단의 근거지이고, 청주와 공주 사이에서 세성산의 동학군들이 공격해 온다면 공주 전투가 어려워진다고 판단했다. 무기는 경군이 앞서지만, 병력 수로만 본다면 동학군에 크게 밀리기 때문에 전선이 길어질수록 불리하다는 걸 알고 있었다.

더구나 이규태 부대보다 자신이 전공을 세우려면 부대의 동선과 일의 순서를 잘 짜야 했다. 그까짓 충청 감사의 명령 따위는 안중에도 없었다. 농민군을 빨리 섬멸하는 것이 중요했다.

이두황은 양호순무영과 충청 감영의 사전 허락도 없이 청주 병영의 지시에 따라 연기에 주둔해 있다가 목천으로 방향을 틀어 버렸다.

"무지한 것들!"

이두황은 고개를 설레설레 흔들었다.

"이 세성산이 도성에서 가장 가까운 놈들의 은거지인데, 공주로 오라니…. 뭘 몰라도 한참을 모르는 양반이군. 내 발등의 불만 볼 줄 알지 전체 전황을 모른 채 덤비면 헛고생에 개죽음밖에 돌아오지 않는다는 걸 왜 몰라!"

이두황은 거만한 자세로 비껴 앉아 목천 현감에게서 받은 지도를 펼쳐 보았다. 한쪽 입꼬리가 올라가 마치 누군가를 비웃거나 조롱하는 표정이었다. 그는 지도와 산의 형세를 번갈아 보았다. 삼면이 절벽이다. 특히 북쪽 절벽은 매우 가팔랐다. 동학군들은 수백 개의 깃발을 요소요소에 꽂아 놓고 있었다.

산 정상에서 동학군들이 이두황 부대 쪽을 향해 총을 쏘며 시위를 했다. 하지만 화승총의 사정거리는 관군을 상대하기엔 너무 짧았다. 이두황의 얼굴에 웃음이 번졌다.

"접주님은 어찌 생각하십니까?"

이희인이 김복용에게 물었다.

산 아래 경군이 진을 친 모습이 훤히 보였다. 총대장에 임명된 김복용은 이희인의 말에 아무 말도 하지 않았다. 아니, 할 수 없었다. 사실 동학군이 승리할 가능성은 희박했다. 그 사실을 이희인과 자신은 잘 알고 있는 터였다. 산 아래 경군의 진지는 규모가 크지 않았지만, 화승총으로는 그들을 당해 낼 재주가 없음을 알고 있었다.

"접주님, 여기 세성산이 만인을 잡아먹을 사자의 형상이라고 하셨지요?"

김복용이 이희인에게 말했다.

"그렇다고 하더이다. 옛 어른들이 그리 말했다고 하지요. 만인의 피가 산을 뒤덮을 형상이라고요."

이희인 역시 산 아래 경군의 진지를 보며 말했다. 잠시 침묵이 흘렀다. 수천 생명의 운명을 결정해야 할 두 사람이다. 지금껏 상대해 온 지방의 관군들이 아니었다. 군사 훈련을 제대로 받은 경군을 상대로 한 싸움이다. 함성을 질러 상대를 제압하는 것과는 또 다른 차원이다. 자꾸만 만인을 잡아먹을 지세라는 얘기가 두 사람의 귓가를 맴돌았다.

"이 접주님이 말씀하셨던 곽 스승님이란 분은 어떤 분이신가요?"

뜬금없이 김복용이 곽 할배 얘기를 물었다.

"스승님이요? 글쎄요. 어찌 말씀을 드려야 할지….'

이희인은 잠시 뜸을 들이다 이야기를 시작했다.

"저에겐 해월 선생 같은 분이십니다. 스승님은 강진 민란을 주도했던 분이지요. 제 부친과 인연도 있으시고. 허나 제 부친은 스승님을 그리 좋아하진 않으셨어요. 선비는 선비다워야 한다고요. 저잣거리 백성들과 무리 지어 다니는 것이 못마땅하셨던 게지요. 그런데 정작 민란이 실패하고 위기에 처한 스승님을 살린 것은 부친입니다. 천안에 오신 뒤 서당을 여셨어요. 학문의 깊이야 말할 수 없을 만큼 깊으셨는데, 다른 분들과 다르다는 걸 느꼈지요. 양반의 허세, 그 허세가 없으셨지요. 저에겐 충격이었습니다. 아이들에게는 한없이 자상하고, 스스로에겐 한없이 엄격한 분이셨지요. 무슨 일이 있어도 서책을 읽지 않은 날이 없으셨지요. 또 학문은 백성을 위한 것이어야 한다는 걸 깨우쳐 주셨고, 의복도 소박하였고, 식사도 반찬이 세 가지를 넘지 않으셨습니다. 손수 농사일도 하셨고요."

이희인이 웃으며 말했다.

"반상의 법도를 허물고 사신 건가요?"

김복용이 물었다.

"그렇지요. 사람은, 무릇 생명은 모두 중하다고 하셨지요. 천주학도 공부하셔서 저에게 서학을 공부하라고 하셨는데, 제가 게을리하였습니다. 학문에는 경계가 없다며 엄하게 말씀도 하셨는데…. 반상의 법도가 조선을 망치고 있다고도 하셨지요. 그러나 무엇보다 고통스러웠던 건 스승님이 편찮으신 걸 몰랐다는 거지요. 스승님께서 운명하실 때 오랫동안 앵속으로 고통을 견디고 계셨다는 걸 뒤늦게 들었지요. 못난 제자지요. 어찌 스승님을 가까이서 모시면서도, 편찮으신 것도 모르고 살았는지…."

이희인이 지난날을 떠올리며 한숨을 내쉬었다.

"스승님이 그렇게 떠나시고 한두 해는 허송세월을 하였습니다. 그렇게 허망하게 가시니, 아무 일도 하지 못하고 살았지요. 제가 스승님의 가르침을 가슴으로 느끼지 않은 것이지요. 아니, 거기까지가 제 깊이였던 게지요."

이희인의 말에 김복용이 고개를 저었다.

"아닙니다. 이 접주님의 학문의 깊이를 누가 가늠하겠습니까! 보은 집회 때, 양호선무사 어윤중을 설득한 문장을 이 접주님이 도맡아 쓰셨다는 걸 알고 있습니다."

김복용의 말에 이희인이 다시 입을 열었다.

"부끄럽습니다. 제 스승님은 선견지명이 있으셨지요. 다시 민란의 시대가 올 것이라며 항시 준비하고, 사람을 모아야 한다고 하셨는데, 지나고 보니 그 참뜻을 몰랐던 게지요. 해월 선생을 뵈었을 때, 사실 스승님이 살아 오신 건 아닌가 하는 생각이 들 정도였습니다. 해월 선생의 말씀을 듣고 스승님 가르침의 참뜻을 깨달은 거지요. 스승님이 제 첫 은인이라면 동학과 해월 선생은 제 두 번째 은인이지요. 껍데기로 살아온 저를 깨우쳐 주신 거지요."

말을 마치고, 이희인이 먼 산을 쳐다보았다.

"이 접주님, 곧 전투가 벌어질 것 같습니다. 놈들의 움직임이 빨라진 듯합니다. 만약 전투에서 우리가 패하더라도 접주님은 꼭 살아남아 동학을 지키셔야 합니다. 또 해월 선생의 가르침대로 여기서 패하더라도 다시 길을 만들어야 하고요. 그것이 돌아가신 스승님의 뜻 아니었겠습니까!"

김복용이 이희인의 어깨에 손을 얹었다.

"살아남아야 하지요. 살아남아 개벽 세상을 이뤄야 하지요. 어떻게든 이뤄야 합니다."

이희인도 김복용의 어깨에 손을 얹었다.

"접주님, 아무래도 저들의 움직임이 심상치 않습니다."

칠성이가 이희인과 김복용에게 다가와 말했다. 사실 방금 전부터 칠성이는 두 사람 근처에서 이야기가 마무리되길 기다리고 있었다. 이희인이 곽 스승의 얘기를 꺼내지 않았다면 칠성이는 벌써 얘기했을 것이다. 허나 곽 스승이 돌아가시기 전 앵속을 했다는 얘기를 듣고 주저했다. 칠성이도 곽 스승이 몸이 아팠을 때, 하얀 명주천을 벌려 열매 씨앗 같은 것을 드시는 걸 본 적이 있었다. '앵속이었다니, 얼마나 고통스러웠길래, 스승님….' 칠성이가 눈물을 꼭 참았다.

이희인이 가고 김복용과 칠성이 둘만 남았다.

둘은 산 아래 상황을 뚫어지게 보았다. 칠성이는 김복용 접주의 지근에서 일을 돕고 있었다. 김화성이 천거했다.

정찰을 나갔던 동학군 두 명이 김복용 접주에게 관군의 소총 사정거리가 예상보다 매우 멀다는 보고를 올렸다.

"이 보고는 접주들에게 발설치 마시오."

김복용이 정찰을 나갔던 도인에게 명했다.

김복용이 아무 말 없이 관군의 막사를 쳐다보았다. 곧 전투가 벌어질 것이란 걸 직감하고 있었다.

"저놈들이 언제 공격해 올까요?"

칠성이가 김복용에게 물었다.

"동북쪽과 동남쪽에 부대를 배치했으니, 마냥 기다리지는 않겠지."

김복용이 산 아래를 보며 말했다. 이두황 부대가 인근에 병력을 배치한 지 사흘째다.

"북쪽은 절벽이라 공격해 오지 못할 것이고, 동남쪽은 내성과 외성이 있으니 쉽지 않을 듯하고, 동북쪽으로 주로 몰려올 듯싶습니다."

칠성이가 조심스레 말했다.

"자네 말이 맞을 듯하이. 하지만 항상 방비는 해 둬야지."

그때 김복용과 칠성이의 얘기를 유심히 듣는 자가 있었다. 만득이었다. 세성산 지리를 훤히 꿰뚫고 있는 만득이는 오가의 독촉에 다시 세성산으로 숨어들었던 것이다.

만득이는 '이래 죽으나 저래 죽으나 매한가지라면, 재물이라도 만져 보아야지.' 생각하고 산으로 들어왔다. 하지만 막상 세성산에 들어와 보니 사태는 심각하였다. 상쾌하기만 했던 산 공기가 숨을 조이는 것만 같았고, 동학군들의 얼굴에선 공포심과 긴장감이 팽팽했다. 만득이의 맘은 또다시 흔들렸다. '관군이 온 게 오늘이 며칠째여? 이틀인가? 사흘인가?'

산 아래를 내려다보았다. 관군은 남동쪽과 남서쪽에 진을 치고 있었다. '여기 있다간 꼼짝없이 죽을 텐디….' 머릿속에선 오가 놈이 주기로 한 돈이 왔다 갔다 했다. '돈만 있으면 혼인도 하고 아이도 낳고 살 수 있을 텐디, 평생 종살이로 살 순 없는겨.' 이런 생각을 하다가도 산 아래 관군을 보니 또 겁이 났다. '아니여. 이 목숨이 살아야 돈도 귀하고, 혼인도 하는 것이지.' '하지만 산 아래로 내려가면 오가 놈이 동학군들한테 발고한다고 했는디….' 만득이는 이러지도 저러지도 못하는 자신의 신세가 서러워 눈물이 났다.

만득이는 주변을 돌아보았다. 줄을 맞춰 앉아 주문을 외우는 사람들이 있는가 하면, 삼삼오오 모여 얘기하는 사람들도 보였다. 나지막이 노랫소리도 들렸다.

"아랫녘 새야 웃녘 새야

전주 고부 녹두새야

녹두밭에 안지 마라

두류박 딱딱우여."

얼굴은 보이지 않지만 한 사내의 굵은 목소리가 들려왔다.

"내가 전주성에서 싸울 적에 사람덜이 부르더라고. 어뗘? 들을 만헌가?"

그러자 다른 이도 노래 한 자락을 했다.

"지기금지 원위대강 시천주 조화정 영세불망 만사지

수심경천 보국안민 태평성대 만화귀일

아아아아아 아아아 이이이이 이이이 아아아아아 에에에

시호 때로다 때여 오만년지 개벽일세

때를 맞아 때를 쓰니 용시용활 아닐런가

아아아아아 아아 이이이이이 이이이이이 에에에

내 안에 한울님 안에 한울 사인여천 아닐런가

잊지 마세 잊지 마세 천덕사은 잊지 마세

아아아아아 아아아 이이이이이 이이이 아아아아아 에에에

시호 때로다 때여 오만년지 개벽일세

오늘날의 빈천자는 내일날의 부귀잘세"

아아아아아 아아 이이이이이 이이이이이 에에에

한 사내가 노래를 부르자, 노래는 무리지어 울려 퍼졌다. 대여섯 차례 돌고 나서야 노래는 멈추었다.

만득이는 무슨 노래인지는 모르지만 왠지 구슬펐다. 곧 죽을 사람들이 부르는 노래라는 생각이 들었다.

"이럴 때가 아니여, 정신을 차려야 혀!"

만득이는 머리를 흔들었다. 세성산에 있는 동학군들은 주문을 외우며 마음을 다스리고 있지만, 만득이는 주문도 떠오르질 않았다. '빨리, 빨리 결정해야 해! 이러다간 꼼짝없이 죽고 말지.'

서쪽 하늘에 끝끝내 둘려 있던 노을이 검은빛으로 바뀌자마자, 이내 어둠이 몰려왔다. 달도 없는 그믐밤에, 그나마 별빛만이 은은한 빛 그림자를 드리우고 있었다. 산 아래 동남쪽에 진을 친 관군들의 불빛이 오늘 밤은 더 크게 느껴졌다.

"나가 무슨 귀신이 씌어 여기까정 또 왔는가. 미쳤지, 미쳤어. 여기 아니면 살 곳이 없는 것도 아니고, 나가 죽기는 왜 죽어."

만득이는 다시 생각이 바뀌었다. 산 아래로 향하는 좁은 길을 택해 산을 내려가기 시작했다. 김화성이 죽든 살든, 그냥 목천을 뜨면 그만이라는 생각에서다. 부양할 식솔도 없다. 어둠을 틈 타 조심조심 아래로 내려갔다. 북쪽은 경사가 심해 관군이 없을 거라 생각하고 북쪽 절벽으로 네 발로 기다시피 하며 걸음을 재촉했다. 나뭇가지들이 얼굴이며 손등은 물론이고 온몸을 사정없이 휘갈겼지만, 살아야 한다는 일념뿐이었다. 손바닥이 벗겨져 쓰라리고 아팠지만, 신경 쓸 겨를이 없었다.

길 없는 길을 헤치며 기어 내려오다가 산 어귀쯤에 당도했을 때 온몸은 땀범벅이었다. 몸을 일으켜 산을 빠져나오는데 다리가 후들거려 휘청거렸다. 그때였다.

"웬 놈이냐?"

"아이쿠야!"

만득이는 귀신이라도 만난 양 그 자리에서 풀썩 주저앉아 머리를 땅바닥에 처박았다. 매복해 있던 경군이었다. 순식간에 대여섯 명의 관군이 그를 에워쌌다.

"살려 주십쇼. 살려 주십쇼. 지는 아무것도 몰라요."

눈물과 콧물이 흙과 범벅이 되었다. 만득이는 자기도 모르게 오줌을 지렸다.

"끌고 가라!"

관군 셋이 만득이를 끌고 이두황이 있는 본부로 데려갔다.

"이놈이냐?"

이두황이 만득이를 보았다.

"살려 주십쇼. 살려만 주시면 다 고해바치겠습니다."

"그래! 이름이 무엇이더냐? 뭘 고할 게 있던고?"

이두황이 의미심장하게 웃으며 물었다.

"마, 만득이라고 하옵니다. 김화성 접주의 노비이옵니다. 도, 도, 동북쪽이라고 했습니다요. 도, 동북쪽을 주로 지킬 것이라고 했습니다요."

만득이는 방금 전 김복용과 칠성이가 나눈 이야기가 떠올라 엉겁결에 말했다.

"그래, 동북쪽. 알았다."

이두황이 웃으며 눈짓하자 관군 몇이 만득이를 끌고 나갔다. 잠시 후 외마디 비명이 들려왔다.

이두황이 참모들을 불러모았다.

"내일 새벽 묘시(5-7시)에 공격한다. 동남쪽에서 먼저 공격하여 저 놈들을 그쪽으로 끌어들인다. 그런 다음 동북쪽에서 치고 올라간다. 아무래도 아래에서 위쪽으로 올라가려면 그 길이 최선이다."

다음 날 새벽 어둠이 짙게 깔린 시간 세성산 동남쪽에 진을 쳤던 이두황의 부대가 움직이기 시작했다. 어둠을 틈 타 동남쪽 외성 바로 아래까지 접근했지만 동학군은 눈치채지 못했다.

"공격하라!"

이두황 부대의 기습 공격이 시작됐다. 10월 21일이다.

"쾅!"

경군의 총성 한 방이 밤공기를 뚫고 세성산을 진동시켰다. 연이어 터져 나오는 소총 소리는 세성산을 한꺼번에 삼켜 버릴 듯이 요란하였다.

"기습이다!"

동학군들은 허둥지둥 제 위치를 잡으려 했지만 빗발치는 총알이 허공을 가르는 소리에 오금이 저려 발이 움직이지 않았다. 바위틈에 머리를 처박은 사람이 헤아릴 수가 없고, 제풀에 언덕 위에서 굴러떨어져 널브러지는 이들도 한둘이 아니었다. 한 달여 훈련을 받았지만 잠이 덜 깬 채 공격받은 이들은 칠흑 같은 어둠에서 동서남북이 어딘지조차 분간이 안 돼 우왕좌왕하고 있었다.

"접주들은 들으시오! 방비한 대로 동학군들이 자리를 잡을 수 있도록 하시오."

김복용의 우렁찬 목소리가 들렸다.

접주들은 그제서야 정신을 차리고 각자 자기가 맡았던 위치로 가 자리를 잡았다. 징을 쳐 세성산을 깨우고 꽹과리로 세성산의 가슴을 흔들고 북을 치며 동학군의 심장을 흔들었다.

"와!"

농민군의 함성이 우렁차게 산을 흔들었다. 빗발치는 총알 세례에도 아랑곳없이 수천의 함성은 메아리쳐 다시 세성산을 휘감았다. 누가 얼마나 큰 소리로 외쳐 댔는지도 모를 만큼 세성산은 함성으로 가득 찼다.

함성에 놀란 경군이 주춤거리기 시작했다.

"이때다! 활을 쏘아라!"

김복용의 지시에 화살 부대는 동남쪽 하늘을 향해 일제히 활을 쏘아 올렸다. 동이 터 오는 새벽, 화살이 어디를 향하는지는 모르지만, 어둠을 가르는 팽팽한 활시위는 농민군의 가슴처럼 결연했다.

"화승총 부대 앞으로!"

김복용의 명이 또 올랐다.

화승총 부대는 내성과 외성에서 동남쪽을 향해 총부리를 겨누었다. 하지만 심지에 불이 잘 붙지 않았다. 화승총 대신 징과 꽹가리, 북의 소리가 더 요란하게 울려 퍼졌다.

원전옥 대장의 지휘 아래 화포 부대도 발사 준비를 마치고 대기하고 있었다. 하지만 김복용은 어둠 속에서 포를 쏘지 말라고 지시했다. 정확도가 떨어져 포탄만 낭비할 뿐더러, 오히려 아군의 피해가 커질 수 있기 때문이다.

경군이 동남쪽에서 주춤하는 사이 동북쪽에 포진했던 소대가 다시 세성산을 치고 올라오기 시작했다. 까마득하여 경군들은 보이지도 않는데, 불빛이 반짝이고 총소리가 울릴 때마다 동학군은 여기저기서 픽픽 쓰러졌다. 나뒹굴며 허우적 대다가 맥을 놓는 사람도 부지기수였고, 비명을 지르며 고통을 호소하는 사람은 헤아릴 수 없을 만큼 많았다.

하염없이 쓰러지는 동료들을 바라보며, 악에 받친 동학군들은 두려움보다 더한 안타까움에 발을 동동 굴렀다.

"이 나라가 지 백성을 죽이는구나!"

이팔석이 가슴에 총을 맞고 외쳤다. 눈을 뜬 채 하늘을 향한 그의 입은 뭔가를 더 얘기하는 듯싶더니 벌린 채 움직이지 않았다.

"이팔석이! 이팔석! 이보게, 정신 차려!"

옆에 있던 장두석이 쓰러진 이팔석을 흔들어 댔다.

"야, 이런 개 같은 놈들아!"

장두석이 일어서자 어디서 날아왔는지, 총알이 그의 오른쪽 귀를 관통했다.

"악!"

장두석은 비명을 지르며 쓰러졌다. 그때 주춤하던 경군이 동남쪽과 동북쪽 양쪽에서 협공했다. 어둠이 사라진 사이 어느새 동북쪽에서 공격해 오던 경군의 전열이 동학군 진영으로 다가들고 있었다.

이때를 기다렸던 원전옥 부대의 화포가 위력을 뿜어내기 시작했다. 경군이 썰물 지듯 물러가기 시작했다.

겨우 경군의 첫 공세를 막아 냈지만, 세성산 일대는 이미 아수라장에 울음바다, 비명 천지가 되어 있었다. 살아남은 동학군들은 여명에 옆에서 싸우던 도인들이 널브러진 모습을 두 눈으로 확인할 수밖에 없었다. 아비규환이 따로 없었다. 머리에 총상을 입은 자, 팔이나 다리에 총알이 맞거나 빗거나 하얀 옷은 선혈이 낭자했다. 눈을 뜬 채 하늘을 쳐다보고 죽은 이들이 많았다. 다쳐 움직일 수 없는 도인들은 겨우 떨어지는 입을 달싹이며 주문을 외고 있었다. 겁에 질린 도인들도 주문을 외며 온몸을 떨고 있었다. 온통 피로 물든 세성산에서 할 수 있는 건 오로지 주문 외는 것뿐이었다.

"시천주 조화정 영세불망 만사지, 시천주 조화정 영세불망 만사지…."

'개벽 세상 만세'를 외치며 북쪽 절벽을 향해 몸을 던지는 자도 있었다.

잠시 주춤하던 경군의 공격이 또다시 시작됐다. 포까지 가세했다. 동학군의 저항도 격렬해졌다. 활을 쏘고 화승총을 잡은 이들이 많아졌다. 하지만 사거리는 짧고, 명중률은 형편이 없었다. 경군들이 사거리까지 육박해 오면 동학군들도 기를 쓰고 반격하기를 되풀이했다.

경군의 공격이 밀어닥칠 때마다, 동학군들은 눈에 띄게 줄어들었다. 죽거나 다쳐서도 그러했고, 사지를 뚫고 흩어지는 사람들이 많아서도 그러했다. 분을 못 이긴 몇몇 동학군 한 무리는 화승총 든 사람들을 앞세워 정면으로 경군 쪽으로 다가들다가 몰살되기도 했다.

마침내 김복용은 퇴각 명령을 내렸다. 하지만 이미 북쪽 절벽엔 경군이 요소요소에 몸을 숨기고 조준 사격을 하고 있었고, 동북쪽과 동남쪽의 경군은 계속 정상을 향해 돌격해 오고 있었다. 동학군들은 오직 맨몸뚱이로 사지를 뚫고 산지사방으로 흩어져 갔다. 불과 반나절 전투 끝에 동학군들은 4천 군사의 거지반이 죽거나 다치고, 나머지는 포로가 되거나 겨우 도망쳐 추격을 피했다.

유시가 다 될 무렵 총탄 소리가 완전히 잦아들었다. 막사에서 전투를 지켜보던 이두황이 세성산을 향해 천천히 걸어 올라갔다. 가도 가도 동학군들의 시체들이 끊임없이 나타나자 이내 낯을 찌푸렸다.

"버러지 같은 놈들!"

정상 부근의 동학군 도소에 도착한 이두황은 마침내 승리를 선언하였다. 그때, 어디선가 중얼거리는 소리가 들렸다. 혼잣말인 듯하면서도, 알아들을 수 없이 빠른 말로 중얼거리는 것이 귀에 거슬렸다.

"무엇이냐?"

도소에서 산 아래쪽으로 향한 바위틈에 동학군 하나가 피 칠갑이되어 앉아, 두 눈을 감고 주문을 외고 있었다. 이두황이 가까이 다가가 사내의 어깨를 툭 쳤다. 하지만 사내는 아랑곳없이 계속 중얼거리고 있었다. 이두황이 사내의 뺨을 사정없이 후려갈겼다. 그제서야 사내가 게슴츠레 풀린 눈을 힘겹게 들어 이두황을 올려다보았다.

"뭘 하고 있었느냐?"

이두황이 허리를 펴고 일어서며 물었다. 하지만 사내는 입만 벌린채 아무 말도 못했다.

"이것이 무엇이냐?"

이두황이 사내의 가슴팍에서 서책을 발견해 꺼내 들었다. 사내는 서책을 뺏기지 않으려 손을 버둥거렸지만, 서책은 이미 이두황의 손에 넘어간 뒤였다.

책 거죽은 피로 붉게 물들어 있었다.

"동경대전?"

이두황은 천천히 허리를 펴고 일어서더니 서책을 몇 장 훑어보다 바닥에 내던지고 발로 밟기 시작했다. 그러자 사내는 필사적으로 책을 보호하기 위해 납작 엎드렸다. 사내의 배 밑에는 동경대전이 깔리고 이두황의 발길은 사내의 등짝을 사정없이 내리찍었다. 사내는 고통스러운 듯 신음 소리를 냈지만, 이두황의 발길질은 멈추지 않았다. 한참을 발길질하던 이두황이 지쳤는지 이마에 땀을 닦아 냈다.

"치워라!"

이두황의 명령에 수하 둘이 널브러진 사내의 양팔을 잡고 어디론가 질질 끌어갔다.

"남은 놈들을 선별해라. 지위에 따라 처리하겠다. 도적놈들이 사방으로 흩어졌으니 한 놈도 놓치지 말고 모두 찾아내도록 하여라. 도주하는 놈들은 사살해도 좋다. 또한 수괴 김복용을 생포했다. 남은 이희인을 잡는 병사에겐 큰 상을 내리겠다!"

세성산 정상에 서 있는 이두황의 목소리가 쩌렁쩌렁 울려 퍼졌다.

"고작 하루도 못 버틸 놈들이 개벽 세상을 부르짓다니, 가소롭구나!"

이두황이 시신들을 수습하는 수하들의 모습을 지켜보며 중얼거리는 사이 세성산 자락에도 붉은 노을이 지기 시작했다.

9장/ 살아남은 자의 길

"동비놈들이 숨어들어 왔는지 모른다. 샅샅이 뒤져라! 이희인을 잡는 자에겐 큰 상을 내릴 것이다!"

이두황이 목천 개목이마을 입구에서 명령했다. 관군들이 횃불을 들고 아무 집이나 들이닥쳐 집뒤짐을 했다. 몇몇 초가집은 관군들이 아무렇게나 휘두른 횃불이 지붕에 옮겨붙어 불길이 치솟고 있었다. 곧 개목이마을은 불길과 연기에 휩싸이고 말았다.

남정네들은 동학군으로 떠나고 마을엔 부녀자들과 노인, 아이들만 남아 있었다. 세성산 전투를 목격한 마을 사람들은 산으로 도주했다. 남편이, 아들이 동학군으로 갔거나 아니면 친척들 중에 동학군과 연결되지 않은 집은 거의 없었다.

관군에 맞선 이들의 최후가 어떠했는지, 그들과 혈육이나 작은 연줄이라도 남아 있는 이들에게 어떤 보복이 뒤따르는지는 몸으로 체득한 민초들이다. 그나마 몇 남아 있는 마을 사람들은 경군들의 서슬 퍼런 분탕질에 떨며 문고리를 걸어 잠갔다.

"이희인, 제깟 놈이 도망가 봐야 얼마나 가겠느냐. 반드시 네놈을 잡고야 말겠다."

이두황이 혼잣말을 하며 불타는 집들을 흐뭇하게 쳐다보았다. 그의 옆에는 관군 십여 명이 명령을 기다리고 있었다. 그중 서너 명은 횃불을 들고 있었다.

"시작해라!"

이두황의 명령이 떨어지기 무섭게 경군 셋이 이희인의 집으로 들이닥쳤다. 이미 텅 빈 집 안에서 그들이 찾는 것은 돈이 될 만한 물건이었다. 한참을 집뒤짐하던 경군이 별다른 성과 없이 상황을 보고하자, 이두황은 고개를 까딱거렸다. 기다렸다는 듯이 횃불을 든 경군들이 집안 이곳저곳을 다니며 불을 놓았다. 이희인의 집 안팎은 순식간에 불길에 휩싸였다.

이두황은 부대 유진소가 있는 연춘역원으로 향했다. 말발굽은 경쾌했지만 이두황의 머릿속은 내내 복잡했다. 이희인을 생포하는 데 주력할 것인가 아니면 수괴 김복용 등을 먼저 처단할 것인가를 결정해야 했다. 동학 도당 졸개를 몇 놈 더 사살했다고 공이 돌아올 것 같지는 않았다. 우두머리를 빨리 처리하고 동비를 분쇄하였다는 보고를 속히 올리는 것이 최선이다. 그의 심중에는 동학군 토벌의 임무를 함께 받은 양호초토사 홍계훈이 들어 있었다.

한성을 떠나오면서 이두황은 '홍계훈을 넘어서야 한다. 그러려면 동학 도당 토벌에 월등히 앞서야 한다.'고 다짐했다. 중전의 신임이 두터운 홍계훈이다. 통위영을 이끄는 이규태나 경리청 성하영도 넘어서야 한다고 다짐했다. 그러자면, 없는 전과라도 만들어서 보고를 올려야 할 판이었다.

아둔한 자들은 조정이 썩었다고 난리를 펴 대지만, 이두황은 지금의 조선이 좋았다. 영웅은 난세에 난다고 했다. 지금 같은 때가 아니면, 어찌 이만한 자리를 꿈꿀 수 있었겠가. 이두황은 기필코 이 기회를 놓치지 않으리라 다짐하며 입술을 짓씹었다.

단연, 걸림돌이 되는 것이 홍계훈이다. 임오년 구식 군대가 난을 일으켰을 때, 중전을 살린 자가 홍계훈이다. 중전이라는 뒷배를 넘고 일어서는 것은 쉽지 않은 일이다. 뒷배가 든든한 것도 문제지만, 전투 경험에서도 단연 앞서는 홍계훈이다. '그를 눌러야 내가 일어선다.' 이두황은 온통 그 생각뿐이었다.

이두황은 지난날, 기댈 만한 가문도 없고, 끼니를 걱정하는 처지였다. 누군가를 밟아서라도 올라갈 수만 있다면, 이 지긋지긋한 가난을 벗어날 수만 있다면 무엇이든 할 수 있다고 생각했다. 매관매직하는 세상이라 하지만, 그것도 돈이 있어야 가능한 일이다. 그런 그에게 동비 토벌은 하늘이 준 기회로만 여겨졌다.

이두황이 목천의 연춘역원에 유진소를 설치한 후 알게 된 것이 하나 있었다. 인근에 한명회의 묘가 있다는 사실이다. 가난한 집에 태어난 것도, 관직 중에서도 미관말직인 경덕궁 문지기를 했던 것도 말단 무관직으로 시작한 자신과 같았다. 한명회는 세조라는 당대의 영웅이 알아본 덕분에 입신양명한 것이라면, 자신은 새로운 대국이 될 일본이 알아보아 줄 것이라 생각했다. 그러면서도 단 하나는, 분명 다를 거라 생각했다.

"난 절대로 죽어서 부관참시당해 목이 달아나지는 않을 게다."

이두황은 중얼거리며 말고삐를 바짝 쥐었다. '힘없는 작은 나라 조선은 언제나 대국에게 무릎을 꿇어야 살 수 있었다. 동비놈들이 내 손에 죽어나는 것도 다 무능한 조선의 백성으로 태어난 업보 아닌가!'

이두황이 생각에 생각을 거듭하는 사이 연춘역원에 도착했다. 용화사와 접해 있는 연춘역원은 일하는 관속만 10여 명에 이를 만큼 규모가 컸다. 말에서 내린 이두황은 서둘러 집무실로 들어가 지필묵을 꺼냈다.

더듬이처럼 생긴 큰 귀로 한참 생각을 정리하는 듯하더니 편지를 적어 내려갔다. 조희연에게 보내는 것이었다. 성환에서 벌어진 청과 일본의 전투를 보고, 평양 전투에 반드시 참전하고자 애가 달아 여기 저기 쑤시고 다니던 이두황이었다. 그때 자신을 장위영 참령관으로 임명하여 일본군 파병을 주선해 준 이가 바로 당시 한성부판윤 조희연이었다.

그가 아니었더라면, 지금의 자신은 있지도 않았을 것이다. 평양 전투 참전 하루 전날, 조희연은 이두황에게 "잘 보고 오게, 일본이 얼마나 강력한 나라인지를. 이미 이 시대를 누가 이끄는지 또한 잘 보고 오게."라고 말했다. 이두황은 조희연의 혜안에 감탄했다. 그의 말대로 청나라는 오합지졸로 전투다운 전투를 하지도 못한 채 숱한 사상자를 남기고 쫓겨났다. 평양 전투 현장에서 이두황은 일본군의 신식 무기의 위력을 실감했다. 말로만 듣던 일본군의 무력과 엄정한 전투력을 직접 눈으로 확인해 보니 심장이 벌렁거렸다. 자신을 평양 전투에 참전시켜 준 조희연이 얼마나 고마웠는지 모른다.

지난 5월 조정에서 동비들의 기세에 눌려 청에 원병을 요청하려 할 때 극구 반대한 것이 조희연이었다. 그때 조희연은 청나라 군사가 들어오면 일본과 러시아 등이 개입하여 조선이 서양 제국의 아귀다툼의 현장이 된다는 이유를 내세웠다.

하지만 조희연이 어떤 인물인가! 갑오년 7월 23일(음) 일본이 경복궁을 무력으로 점령할 때 일본 특명전권대사 오도리 케이스케 공사가 대원군을 강권으로 입궐시키면서 가장 먼저 찾았던 이가 조희연 아니었던가! 그와 함께 입궐한 자들은 김가진, 안경수, 유길준 등 10여 명이었다.

이날 대원군이 입궐을 하지 않으려 하자, 일본 공사관 스기무라 후카시 서기관이 대원군에게 보낸 이가 바로 조희연이었고 그의 손엔 비밀 칙서가 들려 있었다. 또 경복궁이 일본에게 점령당하고 난 후 일본 공사관에서 발급한 출입증이 없으면 궐 출입을 못하게 막아 일본에게 결정적 도움을 준 장본인이 조희연이란 사실도 알고 있었다.

그 공로로 조희연은 김홍집이 실권을 장악한 후 장위사로 임명되었다가 사흘 뒤엔 좌변포도대장으로 승승장구하여 서울과 경기의 병

권을 쥐게 되었다. 이 모든 것을 곁에서 지켜본 이두황이었다. 조희연은 평양 전투에서 일본이 승리했다는 소식이 전해지자마자 일본 공사 오도리에게 축전을 보내기도 했다.

그런 조희연을 어디까지 믿어야 할지 이두황도 계산을 해 봐야 했다. 이두황이 조희연을 형님처럼 생각하면서도 의심을 하는 건, 사실 그의 겉과 속이 다른 행보가 어디까지인지 가늠하기가 어려웠기 때문이다.

"조희연, 조희연…."

그의 이름을 뇌까렸다.

이두황은 조희연과 홍종우의 인연을 뒤늦게 알게 되었다. 홍종우가 암살한 김옥균의 시신과 홍종우를 태운 기선이 상해를 출발해 인천에 도착할 때, 마중한 것이 조희연이었다. 금상은 홍종우가 한때 조희연의 식객이었음을 알고 명을 내린 것이었다.

'청인가 일본인가? 아니면 청에서 일본으로 갈아탄 것인가?' 이두황은 조희연에 대해 쉽게 단정 짓지 못하고 있었다. 조희연에 대한 생각도 그렇지만, 언제 어떤 방식으로 미나미 소좌라는 밧줄을 붙잡고 일본 쪽에 몸을 완전히 기대야 할지도 고민거리였다.

이두황은 곧 또 다른 서찰 하나를 썼다. 일본군 19대대 앞으로 보내는 것이다. 이미 금상은 조선의 모든 관아에 일본군에게 식량과 의복, 무기를 제공하라는 명을 내린 상태다. 그렇다면 자신이 이번 작전에 대해 미나미 소좌에게 보고한 사실이 추후에 알려지더라도 전혀 문제가 될 것이 없을 거란 확신이 생겼다.

19대대는 순전히 동비들을 소탕하기 위해 일본에서 특별히 파병된 후비보병으로 편성된 부대로, 미나미 고시로(南小四郎) 소좌가 대대장이다. 미나미 소좌는 일본 내에서 구 막부파와 메이지 정부 사이의 무진전쟁(戊辰戰爭, 1868-1869)에서 발군의 전과를 올린 후, 막부 세력을 토벌하는 데 큰 공을 세웠다. 1894년 조선의 인천병참감이었던 이토 히로요시가 동학당 토벌의 적임자라며 그를 후비보병 19대대 대대장에 임명, 조선에 파견되었다. 30년 넘게 일본의 전장을 누비며, 구식 군인들을 숱하게 토벌해 온 자였다. 그의 19대대 또한 일본에서 수많은 전투를 경험한 백전노장들이었다.

사실 지난 평양전투는 이두황에게 앞으로 어떻게 처신해야 하는지를 결정하게 해 준 사건이었다. 장위영 참령관으로 일본군에 파견된 그에게는 정찰 수행과 정보 제공의 임무만 주어졌다. 허나 그는 성환 전투에서 쫓겨나는 청군과 여유 있게 승리한 일본군을 이미 목격한 후였다.

평양 전투 참전의 기회를 잡은 이상 빈손으로 돌아갈 수는 없었다. 청군의 시신이 평양 곳곳에 즐비했다. 이두황은 계획에도 없던 일을 수행했다. 평양 주민들을 강제로 동원해 청군 시신을 깨끗이 뒤처리했다. 그 일이 계기가 되어 일본 1군 5사단의 노즈 미치즈라, 3사단 가쓰라 다로를 알게 되었고, 이후 5사단의 지휘를 인계받은 오쿠 야스카타 중위에게 눈도장을 확실히 찍어 두었다.

그러나 평양 전투에서 얻은 가장 큰 수확은 일본군의 계획을 알게 된 것이었다. 조선 정부의 요청이 있기도 전에 일본은 이미 동비들을 섬멸하려는 계획을 가지고 있었다는 것을 알게 되었다.

  평양의 지리를 설명하기 위해 일본군의 작전 회의에 잠시 참석할 기회가 있었다. 문밖에서 대기 중이던 이두황의 귀에 분명하게 들린 말이 있었다.

  "동학당이 강원도와 함경도 방면으로 진출해 러시아 국경 쪽으로 도주하는 사태를 막아야 하오. 만일 그러지 못하면 러시아가 개입할 여지를 주게 되어, 일본이 심대한 곤란에 처할 수 있다는 것이 대본영의 판단이오. 따라서 동학당은 한강 이북으로는 발붙이지 못하도록 한반도의 서남해안으로 몰아붙여 전원 살육하라는 것이 대본영 최종 명령이오."

  누구의 말인지는 알 수 없었지만, 이두황은 동비들을 남쪽으로 몰아 섬멸하려는 그들의 계획을 똑똑히 기억하고 있었다. 이두황이 동비 토벌의 명을 받고 출병한 뒤 일본군 19대대가 인천에서 한성과 경기, 충청으로 이어져 전라도 쪽으로 방향을 잡았다는 사실을 알고 치밀한 그들의 작전에 진저리를 쳤던 이유도 그것이었다. 19대대는 인천에 상륙한 후 서로군, 중로군, 동로군으로 3개 중대로 나눠 서남진하면서 동비들을 압박했다. 또한 강원도 쪽과 부산포에도 18대대 등이 동학군 여당을 훑어서 전라도 남서쪽으로 몰아붙이고 있었다. 역시 그들이 그리는 큰 그림 속에서 치밀하게 움직이고 있음을 알 수 있었다.

더욱이 동비 토벌을 전담하는 19대대가 정예군으로 별도로 편성되고 미나미 고시로(南小四郞)라는 노련한 장수가 파견된 것은 일본에서 동비 토벌에 얼마나 신경을 쓰는지를 알 수 있는 조처였다. 이두황은 자신이 일본 말을 배워 둔 것도, 동비 토벌에 나서게 된 것도 모두 '천운'이라고 생각했다.

이두황의 눈빛이 반짝였다. '서둘러야 한다. 한 시가 급하다.' 이두황은 생각했다. 부관에게 전황 보고를 앞당기라고 지시했다.

"무기고에 비축해 뒀던 무기와…"

이두황이 바로 앉아 오른손을 들더니 부관의 말을 가로막았다.

"동비들의 상황을 먼저 보고하라!"

이두황의 목소리는 단호했다.

"세성산 일대에서 적 시체는 350여 구를 파악하였고, 또한 인근 10리 내에서 추격하여 포살한 자들은 수백 명이 넘사옵고, 부상당한 채 쫓기는 자들은 그보다 훨씬 많을 것으로 봅니다. 진중에 수괴 김복용을 비롯한 생포자 17명을 구금해 두었습니다. 이들을 어찌 처결해야 할지 명을 기다리고 있습니다. 노획한 물자는 장부를 작성 중입니다."

이두황이 입가에 희미한 미소를 베어 물었다.

"김복용, 김복용…. 그자를 어찌 처결한다?"

이두황이 혼잣말을 했다.

"이희인은 아직인가?"

이두황이 혹 이희인에 대한 단서라도 있는지 물었다.

"네, 아직 종적을 찾지 못했습니다."

"그래? 그렇다면 김복용과 포로들을 끌고 오너라! 아니지, 아니지. 그리로 가자…."

이두황이 일어서서 동학군 포로가 있는 곳으로 걸음을 옮겼다. 막사 옆에는 동비들로부터 노획한 화승총, 검과 창을 비롯한 갖가지 병장기와 탄환, 수백 섬은 족히 되어 보이는 식량과 깃발을 비롯한 물품들이 산더미처럼 쌓여 있었다.

"음!"

이두황의 입에서 얕은 신음이 배어 나왔다. 수천의 군사와 이만한 물자를 갖추고 대적해 오던 놈들을, 하루 만에 제압한 것은 스스로 생각해도 대견한 일이었다. 노획 물자를 돌아보던 이두황은 눈에 익은 책자 하나를 발견하고 집어 들었다. '동경대전!' 산상 진지에서 보았던 그 책이었다.

"댕-!"

멀리 용화사에서 예불 시간을 알리는 종소리가 들려왔다. 이두황이 용화사 쪽으로 고개를 돌려 한참을 쳐다보다 이내 걸음을 재촉했다.

동비들은 머리가 산발된 채 뒤로 손이 묶여 앉아 있었다. 이두황은 흡사 굴비를 엮어 놓은 것 같다는 생각을 하였다.

"저자들인가? 농사나 짓던 자들이 무얼 안다고 설치다가 이리 험한 꼴을 당하는고? 내 부처님 보기 부끄럽구만….."

이두황의 한쪽 입꼬리가 올라가 비웃는 표정이 역력했지만, 무리를 훑는 눈빛은 예사롭지 않았다. 동학군들은 이두황의 거만한 거동을 애써 외면하고 있었다.

"김복용이가 누구인가?"

이두황이 물었다.

김복용이 나섰다.

"제법 들은 바가 있는 모양이구나. 무엇이 더 궁금해 나를 찾는 것인가?"

"네놈이 김복용인가? 난을 일으켰으면 응당 이유가 있었을 터이고, 죽기 전에 할 말을 묻는 게 사람의 도리라 그런 것이니, 다른 생각은 말거라."

이두황이 대수롭지 않다는 듯 김복용을 내려다보며 대꾸했다.

"지금 사람의 도리라 했느냐! 사람을 이리 살육하고도 도리를 논하다니…. 너의 죄가 가히 하늘의 분노를 살 것이다. 응당 사람은 사람을 귀히 여기고, 나라는 백성을 귀히 여기는 것이 당연한 도리인데, 너는 어찌하여 이리 무자비한 살육을 하느냐! 풍전등화와 같은 이 나라를 걱정하는 백성의 충정이 하늘에 이르러, 천명을 알고 천명을 따르는 마음으로 부득이 죽창을 들었으나, 오늘 네놈을 보니 이 조선의 운명이 다한 것 같구나. 제 나라 백성을 죽이고, 왜놈들에게 빌붙어 입신을 도모하는 네놈의 작태를 내 오늘 벌하지 못하는 게 천추의 한이다. 지금 당장 우리를 죽인다 하나, 하늘의 마음을 이길 수는 없다. 이 나라가 다시 반석 위에 설 때, 네놈은 죽어서라도 저잣거리에 육시가 될 것임을 잊지 말라!"

김복용의 결기 어린 말에 동학군들은 모두 눈을 감았다. 몇몇은 눈물을 흘렸다. 각오는 했으나, 이리도 허망하게 패배할 줄은 몰랐던 그들이다. 이번 싸움에 모든 걸 내걸었다. 자식도, 아내도, 아비도, 어미도, 그동안 살아온 모든 걸 내걸었던 이들이다. 바른 세상에서, 사람 대접 한 번 제대로 받으며, 자식들만이라도 웃으며 살기를 바라는 마음으로 나섰던 길이다.

노비에게 맞절하는 양반을 보았고, 아이를 하늘처럼 귀히 여겨야 한다는 해월 선생의 가르침에도 감격했다. 매질만 당해 온 노비로, 당장 먹을 쌀까지 듣도 보도 못한 온갖 명목의 세금으로 빼앗기고 산으로 들로 주린 배를 채울 거리를 찾아 헤매던 이들에게, 사람을 사람으로 온전히 대접하고 유무상자 정신으로 서로 돕는 동학 도인으로 살아온 지난 몇 년간이 꿈결처럼 아득했다.

이두황이 동학군들 앞으로 바짝 다가섰다.

"네놈들이 목숨보다 더 귀하게 여기던 것이 이것이냐?"

이두황이 『동경대전』을 들고 몇 장을 훑어보다가 찢기 시작했다.

"이놈! 네놈이 대체 무슨 영화를 보겠다고 의로운 백성들을 살육하는 것도 모자라 감히 동경대전을 훼손하느냐! 네 이놈! 천벌을 받을 것이다!"

동학군 중 한 명이 벌떡 일어나 발악을 하였다. 경군이 득달같이 달려들어 옆구리를 사정없이 내질렀다. 결국 비명도 제대로 지르지 못하고 허리를 꺾으며 쓰러졌다.

"괜한 결기를 품어 봤자 헛수고다. 사람에게는 타고난 명이 있는 것을 너희들이 어찌 알까마는, 『동경대전』이라는 이 따위 서책이 너희들의 운명을 바꿀 수 없다는 것쯤은 알 수도 있었을 텐데…. 하기야 이제 와서 그것을 안다고 한들 무슨 소용이 있겠느냐…."

이두황이 한 손에 『동경대전』을 들고 흔들며 일장 연설을 하다가, 다시 김복용에게 화살을 돌렸다.

"김복용, 네 이놈! 네깐 놈이 요설로 세상을 어지럽히고 백성들을 현혹하여 오늘의 이 참극이 빚어진 것이다. 죽어서도 나를 원망 말거라. 여봐라, 한 놈씩 베어라!"

김복용을 향해 소리치던 이두황이 갑작스럽다 싶게 명을 내렸다. 그의 목소리엔 감정이라곤 없는 것처럼 느껴졌다.

이두황의 명이 떨어지자마자 두 사람이 나섰다. 두 사람의 손에는 칼날이 유난히 큰 장도가 들려 있었다.

두 사람은 동학군들의 뒤쪽으로 가서 자리를 잡았다. 이두황이 고개를 까딱이자, 검이 허공을 갈랐다. 비명을 지를 겨를도 없이 목이 떨어져 나가며 피가 솟구쳤다. 나머지 동학군들의 입에서 비명과 주문 소리가 동시에 터져 나왔다.

처형을 맡은 두 사람은 익숙한 솜씨로 동학군을 차례로 베어 나갔다. 주문과 울음소리는 점점 높아지고 뒤섞여, 종내는 무엇이 주문이고 무엇이 울음인지조차 분간이 되지 않았다.

마지막으로, 김복용의 등 뒤에 칼이 이르자, 이두황이 손을 들어 올렸다.

"김복용, 보았느냐! 이것이 현실이다! 동학이 제아무리 사람을 귀히 여긴다 한들, 힘이 없으면 이리 죽는 것이다. 아무것도 할 수 없는 것이다. 알겠느냐? 역사, 후세라고 했는가? 내 또 하나 알려 주지. 역사의 기록에 네놈들 이야기는 단 한 줄로만 기록될 것이다. 무도한 비적들이 난을 일으켰으나, 의로운 군대에 의하여 곧 진압되었다. 후세 사람 중에 혹 너희를 기억할 사람이 혹시라도 있다면 아마 동학은 헛된 말로 세상을 현혹하려 들다가 제 명을 재촉하고, 산과 들판을 피로 물들인 어리석은 자들이라고 기억할 것이다."

이두황이 비웃으며 말했다.

"네 이놈, 이두황! 내가 죽어서도 네 이름을 기억할 것이다. 내, 귀신이 되어서라도 네 만행을 후세에 똑똑히 전할 것이다."

이두황이 천천히 김복용의 뒤로 돌아가, 관군이 들고 있던 장도를 뺏어 들었다. 칼을 높이 들어 허공을 한 번 휘저은 이두황은 두 번째 합에 김복용의 목을 내리쳤다. 목이 떨어지고, 김복용의 목에서 솟구친 피가 이두황의 옷자락에 튀었다. 이두황은 칼을 내던지고, 피 묻은 군복까지 벗어 좌우에 둘러선 관군에게 전하고, 천천히 걸음을 옮겼다.

갑오년 10월 21일(음력)이다. 청명한 가을 햇살이 목천의 산과 너른 들판에 내리쬐고 있었다.

"기운을 내십시오."

칠성이와 수련이 이희인의 어깨를 부축하여 힘겹게 걸음을 옮기고 있었다.

"하필 이럴 때, 가래톳이 서다니…."

이희인의 허벅지 깊숙한 곳이 가래톳으로 심하게 부풀어 올라 있었다. 움직일 때마다 경기를 할 만큼 통증이 심했고, 온몸이 펄펄 끓어올랐다. 세성산을 빠져나온 동학군들이 공주와 해미 등지로 흩어질 때, 이희인 일행은 그들의 뒤를 놓치고 말았다. 칠성이와 수련의 도움이 없었다면 꼼짝없이 경군에게 붙잡히거나 총알 밥이 되었을 것이다. 흑성산 자락으로 접어들어 어둠 속에서 산길을 헤치며 헤매다가 새벽녘에 잠시 눈을 붙였다. 동이 터 오르자 다시 하루 종일 산길을 걸어 경군과 민보군을 따돌리는 사이 이희인의 허벅지는 더 부어올랐다.

"마을마다 연기가 피어나는 게 심상치 않습니다. 개목마을 쪽에도 연기가 피어나는 걸 보면, 접주님 집도 무사하지 못한 듯합니다."

산 정상에 올라 주변을 살피고 온 칠성이가 가쁜 숨을 몰아쉬며 말했다.

"그랬겠지…. 지금 와서 그게 무슨 대수겠나. 무고한 사람들이 더이상 다치지 않았으면 좋으련만…."

이희인이 고통스러워하며 말을 이었다.

"세성산의 전설이…, 만인을 잡아먹는다더니…. 그것이 우리 이야기일 줄이야…."

이희인이 신음을 하면서 안타까워했다.

"놈들의 화력을 너무 얕잡아 본 게지요. 아닙니다. 숫자는 많았으나 우리들 동학군이, 어디 사람을 죽여 본 적이 있었나요? 사람을 살리자는 것이 동학인데, 사람을 어찌 죽인답니까! 저들은 처음부터 우리를 죽이려 작정을 하고 신식 무기를 들고 덤벼들었고 우리는 개벽세상을 간절히 바랐지만 그것을 누리기 위해선 힘이 있어야 하고, 피를 흘려야 한다는 사실을 간과한 게지요. 애초부터 개벽 세상의 꿈은, 꿈이었을지 모릅니다. 무엇보다 이 조선을 집어삼키려고 청과 왜가 호시탐탐 노리고 있었다는 사실을, 그들의 힘을 너무 얕잡아 보았다는 것이 문제였습니다. 이제 이 나라 백성들에게 조선은 없는 나라입니다."

남장을 한 수련이 주저앉아 혼잣말인지 넋두리인지 힘없이 쏟아냈다.

항상 꼿꼿한 자세로 냉정하게 상황을 지켜보던 그녀였다. 낙담한 그녀를 위로할 말이 없었다. 한참 만에 이희인이 입을 열었다.

"어쩌면, 이것이 개벽일 것이요. 우리의 스승님들이 미처, 아니 차마 말하지 못한 개벽의 문이 이렇게 열리는 것인지도 모르겠소. 나는 그렇게 믿으리다. 세성산을 온통 뒤덮은 그 피의 강물과 그 처절한 비명, 그리고 허옇게 눈을 뒤집고 죽어 넘어진 그들의 죽음은 결코 헛되지 않을 거라고….”

“…….”

수련은 말이 없었다. 칠성은 두 사람의 얘기를 듣기만 했다. 한동안 세 사람 사이에 침묵이 흘렀다. 어느덧 날이 저물고 있었다.

갑자기 원칠성이 자리를 박차고 일어섰다.

“잠시만 여기 계십시오. 어제 전투 이후에 동학군들의 상황을 알아보아야겠습니다. 혹시 어디선가 다시 결집하고 있는지도 모르고요….”

수련이 따라 일어서며 걱정하는 말을 꺼냈다.

“원 접장, 괜찮겠습니까?”

“걱정 마십시오. 조심하겠습니다.”

“혹시, 길이 어긋나면 우리는 태조산에 있는 원 접장님의 스승님 산소로 향할 것입니다다. 그곳에서도 여의치 않으면, 다음 행선지에 대한 표식을 그곳에 남겨 두겠습니다. 지금 상황이 어찌 될지 모르니 그리합시다.”

수련의 말에 칠성은 고개를 끄덕이고 나서 산 아래쪽으로 향했다. 무엇이 먼저인지 확신이 없었지만 가만있을 수는 없었다. 동학군들을 수습하여 후일을 도모하든지, 최소한 관군의 움직임을 알고서 후

퇴로를 잡아도 잡아야 할 판이었다. 이번 일에서 한 걸음 물러나 있던 동몽 접장이나 부인 접장들과 연통이 된다면, 그곳에서부터 어느 방향으로든 길을 잡아 나갈 수 있을 터였다.

칠성이는 서둘러 천안 방향으로 길을 잡았다. 이리 허망하게 전투가 끝나버릴 줄은 미처 생각하지 못했다. 흩어진 동학군들을 다시 규합할 수 있을지도 따져 봐야 했다. 식솔들도 걱정이 되었다.

우선 천안으로 가야 했다. 천안 삼거리 쪽으로 방향을 잡은 칠성이는 취암산 쪽으로 움직였다. 도중에 경군을 만나지만 않는다면 흑성산에서 취암산으로 가기는 어렵지 않을 듯싶었다. 취암산은 어려서부터 뛰놀던 곳이다. 어느 골짜기가 어디로 이어지고, 어느 자락에 어떤 길이 나 있는지 훤히 꿰고 있다.

한시도 쉬지 않고 걸음을 재촉하여 취암산 기슭에서 겨우 숨을 돌리고 다시 천안 삼거리가 내려다보이는 산자락을 타고 주막거리로 향했다.

칠성이는 한밤중이 되어서야 천안현 삼거리에 당도했다. 칠흑 같은 어둠 속에서 띄엄띄엄 몇몇 주막에 등이 밝혀져 있었지만, 사람 그림자는 얼씬도 하지 않았다. 칠성이는 불 켜진 주막을 멀리 돌아 발소리조차 죽여 가며 집으로 향했다. 다행히 칠성의 집은 무사했으나, 깜깜한 중에 멀찍이서 바라보는 것만으로는 집 안의 사정을 알 길이 없었다.

'무사히 도망간 것일까? 아니면 일찍 잠든 것일까? 혹 무슨 일이 생긴 것일까?' 한길에서 논둑으로 내려서서 어둠 속에 바짝 몸을 숨기고 한참을 동정을 살피는 칠성이에겐 그야말로 일각이 여삼추였다. 칠성이는 결국 어둡게 그림자가 진 곳을 골라 기다시피하여 집 가까이 다가갔다. 멀리서 보던 것과는 달리 싸리 울타리는 무너지고, 마당에는 세간이 나뒹굴고 있었다. 집이 불타지 않았다는 것뿐, 동학군을 잡으려는 자들이 한바탕 훑고 지난 후였다.

칠성이는 손에 잡히는 잔 돌멩이를 주워 집 안으로 던져 넣어 보았다. 한참을 기다려도 인기척은 없었다.

동학군은 세성산에서 경군의 예봉을 꺾어 쫓아 보내고, 유구로 이동해 공주로 향한다는 계획을 갖고 있었다. 그러나 오히려 이렇게 처절하게 패배하고 보니, 당초의 계획은 돌아볼 겨를이 없었다. 이 지역 경군과 민보군의 움직임이나 동학군의 상황을 알 수 있을 만한 정보를 구하여 이희인 접주와 합류하여 다음 행선지를 정할 수밖에 없었다. 칠성이 미어지는 마음을 다독이며 다시 삼거리 쪽으로 숨죽여 기어 나오는데, 멀리서 말발굽 소리와 두런거리는 소리가 났다. 칠성은 화들짝 놀라 바로 옆에 보이는 집 싸리문 안으로 몸을 숨겼다.

이내 횃불을 든 사내들 한 무리가 나타났다. 말을 탄 자가 맨 앞에 서고 뒤따르는 무리는 1백 명쯤 되어 보였다. 차림으로 보아 민보군이었다.

말을 탄 자가 주막거리 한가운데 서더니 사내들을 모이게 하고 지시를 내렸다.

"자, 밤이 늦었으니 여기서 잠시 쉬었다 간다. 이제 천안과 목천 일대의 동비들은 가을비 맞은 낙엽이나 진배없이 흩어지고 말았다. 우리 주된 임무는 한두 놈씩 여기저기 숨은 놈들을 물색해 잡아들이는 일이니 그다지 위험할 것도 없다. 그러나 목천 지역 동비의 수괴인 이희인을 아직 잡지 못했다고 하니, 그놈을 잡게 되면 우리가 큰 공을 세울 수도 있다. 탁주 한 사발씩만 들이켜고 바로 관아로 가서 유숙할 것이다. 내일 아침에는 서원말 일대를 뒤질 것이다."

말을 탄 채 지시를 내리는 사내는 소모관에 임명된 민보군 대장 정기봉이었다. 무장 출신은 아니었지만 정기봉은 동학군을 잘 잡아들이기로 이름이 드높았다. 안성 출신인 그는 안성과 죽산에서 동학군을 토벌한 공로로 이미 조정에까지 이름을 알린 자였다.

칠성은 이희인 접주의 이름을 듣고 불안했다. 이희인 접주의 사돈댁이 서원말이었다. '아니다. 수련과 이희인 접주는 태조산으로 간다고 말했어.' 칠성은 애써 마음을 가라앉히며 어둠 속을 기어 자리를 피하였다.

달이 중천에 떠올라, 자시가 가까워 오도록 칠성이가 돌아오지 않자, 이희인은 수련에게 근처 서원말로 가자고 했다. 이희인의 사돈댁이 있는 마을이다. 가래톳이 더 심해져 이희인의 허벅지 안쪽이 산처럼 부풀어 올라 잠시라도 쉬면서 치료를 해야 했다. 무엇보다 온몸이 불덩이가 되어 정신을 차릴 수 없는 지경이 되었다.

경군이 동학군들을 색출하기 위해 세성산 인근의 마을을 쑥대밭으로 만들며 분탕질을 하자, 마을 사람들은 문을 걸어 잠갔다. 깜깜한 밤중에 문을 두드리는 건 도주 중인 동학군이거나 그들을 뒤쫓는 경군들뿐이었다. 집을 지키고 있던 사람들로서는 어느 쪽도 반갑지 않은 손님이었다. 그러나 이희인의 사돈댁이라면 우선은 안심할 수 있었다.

이희인과 수련은 새벽녘이 되어서 겨우 서원말 이희인의 사돈댁에 당도하였다. 수련이 조심조심 대문을 두드렸다. 아무런 기척이 없었다. 그렇게 대문을 두드리기를 여러 차례, 역시 기척이 없었다. 싸늘한 새벽 공기는 땀으로 흥건해진 수련의 등허리를 차갑게 스쳐 지나갔다.

담을 넘어야 하나 고심하던 차에 문 안에서 조심스런 인기척이 있더니 "뉘시오?" 하고 묻는 소리가 났다. 수련은 "네, 이희인 어른을 모시고 온 사람입니다." 하고 기별을 넣었다. 문을 열어 준 사람은 나이든 아낙이었다. 두 사람은 아낙을 따라 안채로 들어갔다.

원래 안사돈들의 거처였을 법한 내당으로 이희인과 수련이 안내되었다. 아낙은 이 집의 유모였다. 집주인들은 난리를 피하여 안사돈의 친정 동네인 경기도 용인으로 가고 없었다. 그나마 혹시라도 이희인과 가족들이 찾아올지도 모른다며 남은 이가 유모였다. 이희인의 며느리를 끔찍이도 아끼던 유모였다. 유모가 차려 주는 밥상을 물리자, 유모는 이희인의 집이 있는 개목이마을이 쑥대밭이 되었다는 소식을 전했다. 이희인의 집도 모두 불타 재가 되었다고 했다.

"이제 돌아갈 집도 없네그려…."

베개와 이불에 기대앉은 이희인이 허탈해했다.

"그래도 서리마을 집은 괜찮다니 다행입니다. 접주님이 그 집을 지을 때 이야기를 들었습니다."

수련의 말에 잠시 뜸을 들이던 이희인이 서리마을 집 이야기를 꺼냈다.

"수련 접장도 무자년(1888) 대기근이 얼마나 힘들었는지 잘 아시지요? 허나 여기 목천은, 아니 우리 동학 도인들은 굶어 죽는 이가 한 명도 없었소. 참으로 사람을 살리고 세상을 살리는 동학의 유무상자 전통이 얼마나 훌륭한 것인지 진실로 감화를 받았던 때였지요. 가진 자와 없는 자가 서로 도우니 자연스레 해결된 것이지요. 동경대전이 우리 목천에서 간행될 때, 도인들 중에는 버선 한 켤레를 만들고 환원한 도인이 있었다오. 그걸 팔아 동경대전 간행에 보태라고 내놓고는…."

이희인이 잠시 말을 멈췄다.

"그 이야기, 유선이의 생모라고 들었습니다. 그리고 얼마후 세상을 뜨셨다고…."

수련이 짧은 한숨을 내쉬었다.

"그 일을 보면서 재물을 모아 도인들에게 잘 써야 한다는 생각이 퍼뜩 생겼답니다. 그래서 서리마을에 집 한 채를 크게 지었지요. 그러곤 꾀를 부렸다오. 이 집이 터가 좋아서 훗날 나라를 살릴 큰 인물이 태어날 것이라고 도인들에게 소문을 퍼뜨려 달라고 했더니, 집을 사겠다는 사람들이 줄을 이었지요. 한 일 년 정도 기거하다 보니 집 값이 더 올라갔고, 그 집을 팔았더니 정말 큰 이문이 남았다오. 그 돈 절반은 무자년 대기근 때 우리 목천 도인들을 위해 쓰고, 절반은 해월 선생께 전했지요. 무자년에 도인들이 그 집 앞을 지날 때마다 '지기금지 원위대강 시천주 조화정' 하며 모두 주문을 한 번씩 외웠다고 하니 그 은공으로 무사한 것이겠지요!"

이희인은 흐뭇하게 그때 일을 회상했다.

"그런 사연이 있었군요. 그 집 후손은 훗날 사람을 살리는 일을 할 것입니다."

수련도 맞장구를 쳤다.

두 사람의 대화는 이내 끊겼다. 캄캄한 방 안은 돌아오지 않은 칠 성이 걱정에 무겁기만 했다.

"접주님…."

한참 만에 수련이 말을 하려다 말고 뒷말을 베어 물었다.

"할 말이 무엇이오?"

이희인의 대답에 아픔이 느껴졌다.

"어찌하여 동학에 입도하고, 또 접주가 되셨습니까? 접주님은 훌륭 한 양반 가문에, 학식도 뛰어나고, 재물도 많으시고…. 헌데 어찌하 여 동학을 하게 되시었습니까?"

능히 짐작되는 바가 있었지만, 수련이 물었다. 대원군의 사위 조

대감 집에서 있었던 일도 칠성에게 들어 알고 있었다.

"글쎄요…. 도인들마다 사연이 있겠지요. 수련 접장은 어찌하여 동학을 하게 되었소? 으음…."

이희인이 가래톳 통증에 짧게 신음했다.

"전… 원칠성 도인을 따라서… 입도하게 되었습니다."

수련이 짧게 대답했다.

"사람마다 인연이 있는 게지요. 나에겐 좋은 스승이 한 분 계시었소. 그분을 처음 뵐 때 즈음해서 난 서책도 놓아 버렸고 그저 말을 타고 유랑이나 다녔소. 지금도 그렇지만 허울뿐인 양반 세상에 정이 떨어질 대로 떨어졌던 게요. 그러다 그분을 만났소. 나의 부친과 동무라 하였소. 강진에서 민란을 일으켰다가 겨우 목숨을 건졌고, 나의 부친이 목천으로 모셨다 했소. 목천이 그런 곳이잖소. 이런저런 이유로 숨어 들기 좋은 곳. 헌데, 그분은 많이 다르셨소. 나의 부친과 동문이라 하나, 세상 보는 눈이 다르셨지요. 하기야, 그러니 민란에 앞장서신 거겠지만…. 사서삼경을 보아도 찾지 못했던 사람의 도리를 스승님은 그저 말이 아닌 행으로 보여주셨지요. 손수 농사를 지으시고, 양반이든 아니든 어려운 이를 도왔지요. 그때 부친이 스승님 거처를 천안으로 다시 마련해 드렸습니다. 작은 서당이나 하라는 것이었는데, 양반이 농사짓는 게 마땅찮았고 무엇보다 이 몸이 문턱이 닳도록 왕래하는 게 못마땅하셨던 게지요. 곽 효자 철 자, 그분이 나의 첫 스승이오."

이희인이 스승의 이름을 또박또박 말하였다.

'아, 강진민란! 곽효철!' 수련은 짧은 탄성이 터져 나오려는 걸 겨우 참아냈다. '아, 할아버지! 이희인 접주를 남기신 거군요!' 수련은 어둠에서 소리 없이 눈물을 훔쳤다. 수련은 그 눈물이 무엇 때문인지 알 수 없었다. 민란 주동자의 자손이란 이유로 도망다니며 보내야 했던 그 긴 시간이 서러워 우는 것인지, 사람을 키워 싸워야 한다는 지금 자신의 생각과 할아버지의 생각이 너무나 똑같아 그러는지 알 수가 없었다.

수련이 입술을 꽉 다물었다. 그녀의 눈물이 입술을 타고 흘러내리는 것을 이희인은 알지 못했다.

"으음…. 그러다 동학 삼로 어른들과 해월 선생을 뵈면서 '아 이것이구나. 성현의 삶은 서책에 있는 게 아니었구나'를 자연스레 깨닫게 된 것이지요. 이 나이 즈음 되니, 그래도 사람과 세상의 흐름을 짐작할 정도 소견은 갖게 되었소. 지금의 권력은 왜와 서양의 힘까지 동원해 백성을 억누르려 하나, 5백 년 동안 겪어 보지 못한 큰 흐름, 어쩌면 이 땅에 나라가 생긴 이래 처음 겪는 큰 변화의 흐름이 있고 그 기점에 서 있다는 걸 말이오. 이번 기포를 통해 비로소 수운 대선생과 해월 선생이 말씀하신 다시 개벽의 크기를 조금이나마 짐작할 수 있게 되었소. 그러니…."

이희인 접주가 잠시 뜸을 들였다.

"오늘 우리의 기포가 잠시 실패하더라도…. 우리는 끝내 성공할 것이오. 백성들도 이 난리를 겪으면서 더 이상 예전의 백성이 아니게 되었소. 스스로 존귀하다는 걸 알게 된 이상, 결코 이전의 천덕꾸러기 생활로 돌아가지는 않을 것이오. 그것이 앞으로 이 세상의 방향을 결정할 것이고…. 그러나 권력의 속성이란 것이 깨우친 백성들을 억눌러야 오래 지배하고 유지되는 것이기에, 앞으로도 얼마간 싸움은 계속될 것이오. 난 그저 사람들과 더불어 새로운 세상에서 살고 싶었을 뿐이오. 스승님과 해월 선생, 수운대선생 모두 같은 꿈을 꾸는 것이겠지요."

수련은 어둠속에서도 이희인이 환하게 웃고 있는 모습이 눈앞에 보이는 것만 같았다.'싸움이 계속된다. 거대한 두 개의 흐름, 권력은 옳지 않고 백성이 옳다?' 수련은 이희인의 말에 생각이 깊어졌다.

방 안은 다시 고요해졌다.

"원 접장은 어찌 되었을까요?"

수련이 침묵을 깨고 물었다. 경군에게 붙잡힌 것인지, 어찌된 것인지 도통 알 수가 없었다. 이희인도 할 말이 없어 한숨만 내쉬었다.

'이제 어찌해야 하는가? 이희인 접주는 더 이상 움직일 수 없는 상황이고, 이곳으로도 경군들이 언제 들이닥칠지 모르는 일이다.'

어느덧 어둠이 걷히고 있었다. 수련은 가래톳에 시달려 온 이희인 접주를 자리에 눕게 하고, 밤새 치료에 도움이 된다는 호박꽃을 찾아나섰다. 호박꽃과 소금을 절구에 찧어 환부에 바르면 가래톳의 증상이 금방 잦아든다는 이야기를 들었던 게 생각이 났다. 수련은 유모에게 부탁하여 여인네의 옷으로 갈아입은 후 호박꽃을 찾으러 밖으로 나섰다. 유모에게 호박꽃이 있을 만한 곳을 물어 찾아 나선 길이었지만 한여름이 지난 늦가을에 호박꽃을 찾는 건 쉬운 일이 아니었다.

그런데, 수련이 사돈댁을 나와 텃밭과 뒷동산 사이를 누비던 그때, 마을 입구 쪽으로 한 무리의 민보군이 들어오고 있었다. 그들은 순식간에 마을 곳곳으로 퍼져 집집마다 헤집기 시작했다. 이희인 접주가 머무는 집에도 순식간에 십여 명의 민보군이 들이닥쳤다. 수련이 다가가기에는 이미 늦은 터였다. 수련은 겁에 질린 아낙의 몸짓으로 밭 가장자리에 웅크리고 앉아 버렸다.

얼마 지나지 않아 포승줄에 묶인 이희인이 끌려 나왔다. 제대로 걸을 수 없는 이희인은 그들에게 질질 끌리다시피 붙잡혀 가고 말았다. 수련은 그 모습을 바라보고 있을 수밖에 없었다.

"민보군들이 그동안 붙잡은 동비들을 끌고 이리로 오고 있다 하옵니다."

느직한 아침밥을 먹고 비스듬히 자리에 기대어 있던 이두황에게 별군관 최문환이 보고했다.

"오, 그래! 얼마나 된다고 하더냐?"

이두황의 눈이 반짝거렸다.

"정확한 수는 모르겠으나, 뜻밖에도 수괴 이희인과 한철영이라는 자도 붙잡았다고 합니다."

이희인이라는 이름에 이두황의 툭 튀어나온 눈이 커졌다.

"이희인, 이희인이라 했느냐? 그래 알았다."

이두황이 동헌으로 나가자 민보군들이 열을 지어 들어서고 있었다. 대열의 중간쯤에 손이 묶인 동비들이 줄줄이 끌려오고 있었다.

'그래, 목천 동비의 수괴 이희인까지 붙잡았으니 이제 상황이 달라지겠구만.' 이두황이 흐뭇한 미소를 지었다. 동비의 무리 속에 유독 두 사내의 얼굴이 선명하였다. 양반인 듯 도포를 입었으나 머리는 산발이 되어 헝클어져 있고 옷은 흙먼지로 뒤덮여 있었다.

민보군 소모관 정기봉은 이미 안면이 있었고, 그가 동학 도당을 때려잡는데 일가견이 있는 것은 사실이지만, 정식 무관도 아니면서 나서는 꼴이 영 맘에 들지 않았다.

"장군님을 뵙습니다."

정기봉이 말에서 내려 먼저 이두황에게 깍듯이 인사하였다.

이두황이 거드름을 피우며 정기봉을 내려다보았다. 정기봉은 이두황이 자신을 달가워하지 않는 걸 알고 있었다. 그러나 이번에 세운 공이 공인 만큼, 이두황이 괄세하지 못할 거란 기대도 있었다.

"지난 사흘 동안 추포한 동비들입니다. 이자는 동비의 수괴 이희인 그리고 한철영입니다."

정기봉이 이희인과 한철영의 장딴지께를 후려치자 두 사람이 신음을 뱉어 내며 무릎을 꿇었다. 이두황이 대청마루에서 마당으로 천천히 걸어 내려갔다.

"자네의 공로는 내 조정에 잘 보고할 것이네."

말은 그리하면서도 이두황은 지휘봉으로 정기봉의 몸을 제끼고 이희인 앞으로 다가갔다. 정기봉으로서는 무참한 상황이었다.

"그대가 이희인인가?"

이두황이 무릎을 꿇은 이희인을 내려다보며 물었다. 이희인은 대답하지 않고 고개를 들어 이두황을 쳐다보았다. 이희인과 한철영이 자신의 발아래 무릎을 꿇고 있다는 사실이 믿기지 않을 만큼 만족스러웠다. 이두황은 피어오르는 미소를 감추며 짐짓 근엄한 표정을 지었다.

지난해 보은에서 동학도들이 동학 선생 최제우의 억울한 죄를 풀어 주고 동학에 대한 금단을 해제해 줄 것을 요구하는 소요가 크게 일어났을 때 조정의 대표로 나선 어윤중과의 담판에 동학 교단을 대표해서 나선 장본인이 이희인이었다. 그보다 앞선 2월에 서병학 등과 함께 별도로 조정에 상소를 올린 사실도 이두황은 알고 있었다.

이두황은 이희인을 붙잡으면 묻고 싶은 게 있었다. 세종대왕의 후손으로 풍족한 재산과 명성이 자자한 집안의 자손이 어찌 천한 것들과 어울려 다니게 되었는지 여간 궁금하지 않았다.

"이희인, 이희인이 맞는가?"

이두황이 허리를 굽혀 이희인의 얼굴 가까이에서 재차 물었다. 이희인은 답하지 않고 얼굴에 미소를 지어보였다.

"웃는다? 내가 하찮게 보이는가?"

이두황도 미소를 띠고 물었다.

"스스로 하찮은 존재라고 생각하면 한없이 하찮은 것이 사람이오. 또한 귀한 존재로 생각하고 올바른 길을 걷는다면 하늘과 더불어 명을 같이하는 귀한 존재가 되는 것이 또한 사람이오."

이희인의 답에 이두황의 미소가 가셨다.

"왕족의 후손으로 혹세무민하고 동학의 세를 이용해 권력을 쥐어 보려 한 주제에, 여전히 그 요망한 입을 함부로 놀리는구나."

"가볍구나. 스스로도 믿지 않을 그러한 거짓으로 동학 의병들의 대의를 가릴 수 있다고 생각하는가?"

이희인의 지적에 이두황이 움찔했다.

"권력에 아첨하는 자들은 한 치 앞도 내다보지 못한다. 그러니 종국엔 권력에 이용당하고 배반당하며 피를 토하고 죽는 것이지. 당장은 왜양이 강해 보이지만, 머지않아 백성들의 함성이 온 나라를 뒤덮을 것이다. 그것이 순리이다. 스스로를 속이지만 않는다면, 그 이치를 너 또한 알 것이니, 긴 말이 필요치 않다."

이희인의 말이 길어지자 이두황은 이희인 곁으로 바짝 다가가 말했다.

"네놈이 지금 세상이 어찌 돌아가는 줄 알고 그리 지껄이는 것이냐? 그 조선이 지금 왜놈들의 수중에 있단 말이다. 조선의 주인이 곧 왜놈이 될 것이란 것을 모르고 있구나. 주인은 절대 가진 것을 놓지 않는다. 지금껏 단 한 번이라도 놓아 본 적이 있더냐? 그러니 네놈이 틀린 것이다!"

그러나 이희인의 표정은 변하지 않았다.

"너는 눈앞에 보이는 것만 볼 줄 알지 보이지 않는 것은 보지 못하는 어리석은 자이다. 보이지 않되 옳은 것을 가르쳐 주어도 알아듣지 못하는 것은 네 마음에 욕심이 가득 차 있기 때문이다. 그리고 알아들어도 그것을 실천하지 못하는 것은 소인배이기 때문이다. 너는 네가 어떻게 이 세상에 태어났는지를 모른다. 그러니 어떻게 살아야 하는지도 모르는 것은 당연한 일. 부디 네 안에서 들려오는 목소리에 귀를 기울이며 살아라. 죽기 전에 내 말을 깨닫는다면, 네게도 희망이 있을 것이니…."

이두황의 표정이 일그러지는 것을 보고 옆에 서 있던 별군관 최문환이 발을 들어 등짝을 내질렀다. 이희인은 억 소리를 내며 앞으로 고꾸라졌다.

어느새 몰려들어 있던 사람들 사이에서 탄식이 터져 나왔다. 어쩌면 이희인의 그 말은 이두황이 아니라, 고을 백성들을 위한 말이었다. 동학을 멀리하던 백성들이라고 하나, 이희인이나 동학도들의 도움을 받지 않은 자가 거의 없었다. 관군들의 기세에 눌려 앞으로 나서는 자는 없었지만, 붙잡힌 동학군들의 모습을 안타까워하는 표정이 역력했다. 그들 중엔 수련도 있었다.

이두황이 손을 들어 최문환을 제지하였다. 최문환이 한 걸음 물러서자 이두황이 말했다.

"처형은 내일 할 것이다."

이두황은 관아의 내실로 향했다. '사람들이 저리 많이 몰려드는구나. 그래 더 많이 모여라. 너희들이 어찌 살아야 하는지를 뼈저리게 느끼도록 해 주마.'

그런데 그날 오후 이희인의 형 이희민이 이두황을 찾아왔다. 이두황이 예의를 갖춰 맞았다. 왕족의 후손에 대지주, 참봉 벼슬을 얻은 자였다. 인근에서 행세깨나 하는 것을 이두황은 알고 있었다. 그런 자가 자신을 찾아와 공손히 부탁을 하고 있었다. 이두황은 이희민이 무슨 말을 하는지 귀에 들어오지 않았다. 그저 간곡하게 자신을 바라보는 모습이 애처롭게 느껴질 뿐이었다. 아우 이희인을 살려 달라 애원하는 것이다. '양반이든 상놈이든 그렇지. 그 무슨 대단한 대의 운운하며, 결국은 목숨을 구걸하는 게 이치이지.' 이두황은 속으로 그들을 맘껏 비웃으면서 득의만만하였다. 한참을 듣고 있던 이두황이 입을 열었다.

"듣고 보니 안타깝기 그지없습니다. 허나 이 일은 저 혼자 번복할 수 있는 일이 아닙니다. 동비를 소탕하라는 어명을 받고 온 몸으로 소임을 수행하고 있어 난에 참여한 정도와 죄의 경중에 따라 처결할 뿐입니다. 허나⋯."

"⋯⋯."

이두황이 뜸을 들였다. 그로서는 급할 것이 없었다.

"영감⋯."

이희민이 다 죽어 가는 소리를 했다.

"허나, 방법이 아예 없는 것은 아니지요."

"그게 무엇이오?"

"평소 아우분이 목천에서 선행을 많이 베푸셨다고 들었습니다. 죄는 무거우나, 백성을 위한 마음이 지나쳐 동학에 현혹되어 나라를 어지럽혔으니 선처하여 주실 것을 탄원하는 목천 현감의 탄원문 한 장을 받아오신다면, 제가 대감의 아우님을 방면한 일로 차후에 조정에서 연유를 묻는다 해도 아귀가 맞지 않겠습니까?"

이두황이 짐짓 진심 어린 표정으로 말했다.

이희민이 그러겠노라 다짐하고 나가자, 이두황은 흐뭇한 미소를 지었다. "어리석은 놈들!" 이두황이 중얼거렸다.

잠시 후 이두황은 최문환을 불러들였다.

"알아보았느냐?"

"이 지역에서도 동학 세력이 왕성했던 곳은 김복용이 살던 면실마을, 이희인 사돈의 집이 있는 서원말, 그리고 도령굴마을이라고 하는 곳입니다. 도령굴마을에서는 동학삼로라는 자들이 자주 모여 이번 난을 모의하였고, 그 근처에 김용희의 집이 있다고 합니다. 광덕 댓거리마을도 동비들과 깊이 관련이 있다 합니다."

최문환이 이 지역의 상황을 소상히 보고했다.

"알았다. 그리고 본대가 이곳을 출발하면, 후발대는 연춘역원을 모두 태워 버려라. 내일 동비의 처형장에 잔당들이 습격할 수도 있으니 방비를 단단히 해야 할 것이다. 참 정기봉 그자에게도 일을 맡겨라. 공을 세우려고 혈안이 되어 있으니 말이다."

"예, 명 받들겠습니다."

"그리고, 붙잡은 놈들의 이름을 정확히 확인하여라. 이름을 바꿔 행세하는 자들이 많다. 세성산에서 놈들이 쌓아 놓은 쌀이 700석이 넘는 걸 보면, 이 목천에 반골 양반놈들이 득실대는 것 같구나. 그놈들의 싹을 자르려면 어느 집 자손인지부터 잘 파악해야 할 게다."

이두황의 지시는 세세했다.

다음 날, 이두황은 붙잡은 동학군들을 관아 인근의 야산으로 끌고 갔다. 커다란 느티나무 한 그루가 덩그러니 서 있었다.

관군들은 이희인을 가장 앞줄에 세우고 나머지 동학군들을 열을 지어 서게 했다.

그때 이두황의 명을 받고 나갔던 관군 몇몇이 인근에서 담배를 팔고 있던 봇짐장수 대여섯 명을 끌고 왔다.

"너희들은 똑똑히 보고 전해야 할 것이다! 반역 도당들의 최후가 어떠한지를 말이다. 만약 이 사실을 제대로 퍼뜨리지 않는다면 너희 목숨 또한 부지하기 힘들 것이다."

이두황은 봇짐장수뿐 아니라 처형장을 찾은 마을 사람들까지 들리도록 쩌렁쩌렁 큰 소리로 명을 내렸다. 이두황의 말에 사람들은 꼼짝도 하지 못하고 지켜볼 뿐이었다.

"시작하라!"

관군들은 동학군들을 여섯 명씩 세워 놓았다. 그리고 정확히 20보 떨어진 곳에 대열을 갖추어 섰다. 모든 절차가 일본군에게서 배운 그대로였다.

이희인은 맨 앞줄에 서 있었다. 하늘을 올려다보는 그의 눈에서 소리 없이 눈물이 흘렀다.

거총을 하고 명령을 기다리던 관군들의 총구는 이두황의 '발사!' 명령과 더불어 일제히 불을 뿜었다. 동학군들은 고통스런 비명을 지르며 쓰러졌다. 피가 튀고 설맞은 동학군들의 비명이 낭자하였다. 차마 눈뜨고 볼 수 없는 참혹한 광경에, 구경꾼으로 동원된 마을 사람들 속에서도 비명과 울음소리가 터져 나왔다.

"누가 우는 게냐! 나라를 도탄에 빠뜨려 나라를 어지럽게 한 자들이다!"

이두황이 소리치자, 사람들은 겁에 질려 입을 다물었다.

'아! 접주님! 아! 할아버지, 이렇게 또 사람을 보냅니다'

수련은 눈을 감았다. 이희인이 널부러진 모습을 차마 볼 수 없었다.

몇 차례 '정렬', '조준'의 명령이 거듭되는 동안 60여 명의 동학군들은 모두 쓰러지고, 비명 소리는 잦아들었다.

"이 자들은 반역 도당들이다. 시신을 옮겨 장사를 지내는 것 또한 반역으로 간주할 것이다. 여기서 단 한 구라도 사라지는 날엔 마을 사람 모두 몰살시킬 것이니 명심하라!"

경군의 서슬 퍼런 명령에 겁에 질린 이들은 아무 소리도 못하고 비칠거리며 집으로 돌아갔다. 수련은 이희인이 총에 맞아 죽어 가는데도 아무것도 하지 못한 무력감에 가슴이 저려 왔다. 다리가 후들거리고 차마 발이 떨어지지 않았다.

그때 한 무리의 경군들이 처형장으로 급히 들어왔다. 별군관 최문환이 이끄는 부대였다.

"명령하신 대로 직산의 수괴 이천여 잔당들을 모두 처형하였습니다. 수원으로 압송된 황성도의 집을 수색한 결과 포탄 1상자와 총 5정을 압수했고, 이천여의 집에선 총 17정, 창 89정, 철환 500여 점과 함께 동경대전 판각을 압수했습니다. 압수품은 유진소로 모두 후송했습니다."

"수고했다. 처형장에 사람들을 동원시켰는가?"

"예, 명하신 대로 마을 사람들을 동원시켜 처형 장면을 목격하도록 했습니다. 또 아직 붙잡지 못한 최창규와 김병헌 일당을 뒤쫓고 있습니다."

이두황은 이희민에게 목천 현감의 상소문 한 장을 받아오라 일렀으나, 애초부터 이희인을 방면할 생각은 없었다. 이희민은 그날 목천 현감에게 달려가 이희인의 사면을 청하는 탄원문을 받아서 달려왔지만, 이미 처형이 끝난 후였다.

이두황 부대가 목천을 떠나 공주로 출정한다는 소문이 파다하게 퍼졌다. 마을 사람들은 경군이 떠나면 죽은 시신을 장사라도 지낼 수 있다며 그들이 빨리 떠나길 간절히 바라고 있었다.

그러나 이두황 부대는 떠나는 날까지 학살을 멈추지 않았다. 경군은 1차 처형이 끝난 이후에 속속 잡혀 온 동학군들을 병천의 광터골로 모두 압송했다. 포승줄에 줄줄이 엮인 동학군들이 1백 명은 족히 넘었다.

화포대장 원전옥과 중군 김영우, 이복길, 송치성, 박홍길, 김홍목, 김영손, 설정업, 이영구, 김병구, 고순용, 고성환이 묶인 채 앞서 갔다. 천안에서 인계받은 자들이 뒤를 따랐고, 정기봉이 인계한 자들이 또 그 뒤를 이었다.

그 모습에 사람들은 또 떼죽음이 이어질 것을 직감했다. 그러나 누구 하나 저항할 수는 없었다. 광터골에서도 또다시 집단 처형이 자행되었다.

세성산 전투가 벌어질 즈음 천안 목천 지역에서는 정기봉 말고도 패주하는 동학군 체포와 처단에 나선 자가 있었다. 아산의 윤영렬이었다. 아들 윤치소와 조중석과 함께 동비들을 토벌해야 한다는 격문을 곳곳에 붙여 300명의 장정을 모아들였다. 윤영렬은 세성산 전투 이후 패주하던 동학군들을 빠르게 잡아들였다. 김화성, 나채익, 홍치엽, 이선일 접주가 그의 손에 붙잡혔다.

"이만하면 전공이 작지 않구나. 김화성을 데리고 오너라."

윤영렬이 천안 관아의 동헌에서 뒷짐을 지고 서서 아들 치소에게 명했다. 의병을 일으켜 동학도를 붙잡은 전공이 커 천안 현감이 특별히 관아를 사용케 했다. 이미 윤영렬의 형 윤웅렬은 경무사를 거쳐 군부대신 반열에 오르는 등 김홍집과 함께 금상의 총애를 업고 있으니, 천안 현감이 각별히 신경을 쓰는 것은 당연했다.[*]

얼마 후 김화성이 포승줄에 묶인 채 동헌으로 들어왔다.

"따르라."

윤영렬이 흡사 현감이라도 되는 듯 동헌 내실로 성큼성큼 들어갔다. 방 안에 향이 좋은 차가 준비되어 있었다.

"몰골이 참 아니되었소."

윤영렬이 짐짓 안쓰럽다는 표정을 짓고 부하에게 포승줄을 풀어주고 밖으로 나가라 명했다. 방 안에는 둘뿐이었다.

"시류란 것이 참 험난하오. 내로라하는 양반 어른의 처지가 어찌 이리 비루하오. 듣자 하니, 동비들 사이에서 큰일을 하셨다지요."

윤영렬이 여유 있는 표정을 지으며 찻잔을 채웠다.

동학삼로로 가산을 털어 동경대전 발행에 힘을 쏟고 아들 삼형제와 사위, 사돈까지 동학군 일선에 나서게 한 김화성이다. 동포와 서포로 나눠 동학의 뜻을 널리 알리기 위해 전심전력해 온 그가 윤영렬의 비웃음을 받고 있었다. 순간 김화성의 표정이 일그러졌으나 곧 평

* 윤영렬이 천안관아를 썼다는 기록은 없다.

정심을 잡기 위해 눈을 감았다.

"어찌하여 그 천한 것들과 함께 반역을 도모하셨습니까?"

윤영렬의 조롱이 이어졌다.

"자네는 평생을 서얼 출신이란 설움을 받으며 살아왔다고 들었네. 헌데 어찌하여 잘못된 신분제를 타파하려는 동학도를 탄압하는가? 이 나라 조선은 백성의 것이지, 왜놈들이나 서양놈들의 것이 아닐세. 왜놈들의 개가 되어 나라를 팔아먹으려는 놈들과 한패가 되어선 아니되지."

김화성이 엄하게 윤영렬을 노려보며 말했다.

"왜놈들의 개라 하셨습니까? 나라를 팔아먹다니요? 나라가 힘이 없으니, 개가 되는 무리가 있는 것입지요. 서얼이라 개가 되기가 쉽더이다."

윤영렬이 분심을 누르며, 짐짓 의연한 척 다시 김화성을 지긋이 바라보았다.

"이희인 접주를 아시오?"

윤영렬이 다른 뜻이 있어서 김화성에게 물었다.

"난 자네처럼 비루하게 살아갈 생각은 없네. 제 한 몸, 제 가문의 영달을 위해 나라까지 왜놈들에게 갖다 바치는 자들과는 한시도 마주할 수 없어. 이희인 접주를 붙잡아 공을 세우려는 자네의 욕심을 도와줄 수는 없네! 의병이란 허울 좋은 이름으로 죄 없는 백성들을 도륙하는 자네 같은 천박한 사람과는 다르지. 외세가 이 나라를 삼키려 들 때 의롭게 일어났던 의병이란 이름을 더럽히지 말게!"

이희인 접주의 소식을 모르는 김화성은 윤영렬을 향해 거침이 없었다.

"서얼 출신이 힘을 좀 가지면 아니 되겠소? 그리 죽는 게 소원이라면 들어 드리지요. 이것이 제가 베풀어 드리는 마지막 호의입니다."

윤영렬은 붙잡은 동학군들을 삼거리 인근 야산으로 끌고 갔다. 부하들이 동학도들을 일렬로 세웠다.

"김화성 저자는 내가 직접 처단할 것이다!"

윤영렬이 먼저 김화성을 향해 총을 겨눴다. 불꽃이 일더니 김화성은 허망하게 쓰러졌다. 이어 윤영렬의 수하들이 일제히 총을 쏘아 댔다. 총성이 천안 삼거리에 오래도록 울려 퍼졌다.

"아버님, 관군에게 넘겨 처형하는 것이 좋지 않았을까요?"

관아로 돌아오는 길에 아들 윤치소가 윤영렬에게 물었지만, 답을 들을 수가 없었다.

그날 밤 윤영렬은 잠을 이루지 못했다. 이희인이 자꾸만 걸렸다. '이름난 북접의 수괴라는 것을 조금만 일찍 알았더라면….' 윤영렬은 이희인을 살릴 수는 없었는지 자꾸만 자책했다. 그의 의기만은 살리고 싶었다. 그러나 이미 길은 없었다. '내가 살리려 한들 살 수 있었을까….' 윤영렬은 이희인을 생각하며 밤새 뒤척였다.

다음 날 윤영렬은 서둘러 조정에 전과를 보고하는 상소를 올렸다. 조정의 명을 직접 받은 몸이 아니니, 서둘러 동학도들을 처형한 이유를 밝혀야 했다. '이들 모두가 차력을 하여 기개와 용기가 남보다 뛰어나므로 언제 도주할지 모르는 위험한 자들이어서 부득이 즉시 처결하였다.'고 적어 내려갔다. 세성산 전투 사흘 뒤인 10월 24일이었다.

"김화성이가 죽었다고 했지. 그래 죽었다고 했어. 분명 죽었어!"

오가는 김화성의 시신을 확인하고 싶었다. 그토록 죽기를 바랐던 김화성이었다. 하지만 쉽게 문밖 출입을 할 수 없었다. 천안 관아의 관군들도 관군이지만, 동학군을 때려잡겠다고 더 설쳐 대는 윤영렬의 수하들과 마주치기라도 하면 혹시 봉변을 당할지도 모른다. 하지만 오가는 궁금했다.

"잠잠해질 때까지 기다려야 하는 것인가? 아니지, 내가 동학군이 아닌데 무슨 일이 생길까?"

오가는 두루마기를 걸쳐 입었다. 세성산 전투 후 마을은 죽은 듯 조용했다. '어디를 먼저 가야 하나?' 망설이던 오가는 먼저 관아 주변을 돌아보고 삼거리 주막으로 가 봐야겠다고 생각했다. 뜨신 국밥이나 먹으며 돌아가는 상황을 알아볼 요량이었다.

오가는 장죽을 집어 들고 천안 관아 쪽으로 향했다. 관아 근처는 한산했다. 물건을 팔던 행상도 보이지 않았다. 오가는 사람들도 눈에 띄게 줄었다.

"세성산 싸움이 무섭긴 혔구만. 동학당 놈들이 사라지니 이리 조용하네. 탁주나 한 사발 해야겠구나….”

오가가 혼잣말을 하며 삼거리 주막거리로 발걸음을 옮겼다. 주막거리도 한산하긴 마찬가지였다. 문을 연 주막집 툇마루에 앉아 탁배기 한 사발을 시켰다.

주모는 이 난리통에 술이 넘어가냐고 타박하면서도 전과 나물로 안주를 준비해 술상을 차려 주었다. 오가는 혼자 술을 들이키면서도 주막에 앉아 있는 사람들의 얘기를 유심히 들었다.

“김화성 어른이 죽은 게 누군가 발고해서 그리 되었다는구만….”

“아이고 저런…. 쳐 죽일 놈이 있나. 무슨 원한을 품었길래 그리했는고….”

두 사내가 누가 들을까 나지막이 이야기를 나누고 있었다.

“그러게 말일세. 동학허는 사람들이든 아니든 인심이 좋았는디….”

“그야 그랬지. 인품도 훌륭허시고. 관청에 가서 우리네 억울한 얘기도 해 주시고. 고마운 양반이었지….”

오가는 사내들의 이야기를 들으며 탁배기를 쭉 들이켰다. 왠지 맛이 떱떠름했다. ‘쳇, 인품은 무슨….’ 오가는 혼자 중얼거리며 소매로 입을 쓱 닦아 냈다. ‘헌데 만득이, 만득이가 보이질 않네….’ 오가는 그제서야 만득이가 떠올랐다. ‘발고를 했다면, 만득이가 했을 텐데. 이놈이 어찌 나를 찾아오지 않는 게지? 이 난리통에 어찌 된 게 아닌가?’

"그런데 그 얘기 들었는가? 김화성 어른을 죽인 놈이 윤영렬이라는 자인데, 아산 만석꾼 윤취동의 아들이라는구만. 그자가 김화성 어른을 붙잡자마자 죽인 이유가 서자여서 그랬다는군. 서자여서 승차하는 데 어려움이 따르니, 이번 기회에 큰 공을 세우려 했다는 얘기지. 소문이 사실인지 아닌지 모르겠으나, 같은 백성을 어찌 그리 죽인단 말인가?"

"제 뱃 속을 채우려고 그 훌륭한 어른을 그리 죽인단 말인가! 몹쓸 사람들. 분명 김화성 어른을 발고한 놈도 재물을 보고 그랬을 것이네. 얼마나 영화를 보며 살겠다고, 하이고…."

오가는 사내들의 얘기에 귀를 쫑긋 세웠다. 그러면서 어떻게든 윤영렬과 줄을 대야겠다는 생각을 했다.

'그래, 나도 이젠 행세깨나 하는 양반들과 줄을 대야 할 때가 온 게야. 그래야 마음 놓고 광산에서 재물을 더 모으지. 언제까지 잿밥만 얻어먹을 수도 없고. 향리 놈들한테 갖다 바쳐 봐야 돌아오는 것도 없고, 군수나 현감은 언제 또 바뀔지 모르니. 이번 참에 그자와 꼭 연을 맺어야겠군….' 오가는 윤영렬과 어찌 연을 맺으면 좋을지 궁리하며 탁배기를 또 들이켰다. 연거푸 탁배기를 마신 오가의 얼굴은 벌겋게 달아올랐다. 뱃심도 생겼다. '그래, 내 눈으로 확인해야지.' 오가는 김화성이 처형된 곳으로 천천히 걸음을 옮겼다.

거나하게 취한 오가는 비칠거리며 걸음을 옮기고 있었다. 기분이 좋을 만큼 마셨지만, 웬일인지 기분이 나아지지 않았다.

처형장에는 개미 새끼 한 마리 보이지 않았다. 오가는 오만상을 찌푸리며 시신들 곁으로 다가갔다. 그때였다.

"웬 놈이냐!"

복장을 보아 하니 관군은 아니었고, 윤영렬의 휘하인 듯했다. 오가는 술에 취했지만 '윤영렬과 만날 수 있겠다.'는 기대에 부풀어 붙잡힌 처지가 외려 다행이라 생각했다.

"무슨 일이냐?"

윤영렬이 오가를 붙잡아 온 부하에게 물었다.

"처형장에서 시신을 수습하려는 것을 붙잡아 왔습니다."

윤영렬이 오가를 매섭게 쳐다보았다.

"동학 놈들을 알고 있습니다. 김화성이를, 만득이가 붙잡아, 목천의 김복용 이희인 모두 알고 있습니다."

오가는 생각과 달리 말이 제대로 나오지 않고 횡설수설했다.

"뭐라? 동학 비도들을 알고 있다고?"

윤영렬이 재차 물었을 때 오가의 입에선 엉뚱한 소리가 연이어 터져 나왔다.

"술에 취한 것 같습니다. 어떻게 할지…."

오가를 붙잡아 온 부하가 윤영렬의 눈치를 살폈다.

"붙잡아 둬라. 동학비도들을 알고 있다고 하니 써먹을 데가 있을 것이다."

윤영렬의 지시에 오가는 어디론가 끌려갔다.

"출정 준비를 모두 마쳤느냐?"

이두황이 별군관 최문환을 불러 물었다.

"네, 선발대가 방금 연기군으로 출발했고, 명령하신 대로 발이 빠른 병사들을 따로 배치해 놓았습니다."

"그럼 본대가 출발하는 즉시 시행토록 하라."

이두황이 고개를 끄덕였다. 이두황은 연기를 거쳐 공주로 갈 작정이었다. 공주에는 이미 이규태가 이끄는 관군과 일본군 후비보병 19대대가 도착해 포진해 있었다. 공주 감영에서 속히 오라는 전갈도 있었지만, 그보다는 일본군과 하루속히 결합하기 위해 이두황은 서둘렀다.

그때였다.

"이제 공주로 출발하시려는 겁니까?"

윤영렬이 휘하들을 이끌고 연춘역원에 모습을 드러냈다. 이두황이 미간을 찌푸리다 재빨리 표정을 바꾸었다. 윤영렬 뒤엔 붙잡힌 동학군들이 줄줄이 묶여 있었다. 거기엔 오가도 함께 있었다.

"여기 동학 비도들을 붙잡아 왔습니다."

윤영렬이 자랑스럽게 말했다.

"헌데, 김화성은 없고 졸개들만 보이는구만."

이두황은 전날 윤영렬이 서둘러 김화성과 함께 다른 접주들을 처형한 것을 알고 있었다. '전공을 뺏기지 않겠다는 게로군.' 이두황이 윤영렬이 달갑지 않은 이유였다.

윤영렬은 선뜻 답을 하지 못했다. 이를 지켜보던 오가가 재빨리 두어 걸음 앞에 나섰다.

"김화성 그 자를 잡은 것은 제 공입니다. 소인이 만득이를 시켜 김화성을 추포할 수 있었던 것입니다요. 헤헤."

오가가 허리를 굽신대며 이두황과 윤영렬을 번갈아 살폈다. 윤영렬보다 이두황이 더 높은 지위에 있어 자신의 공을 확실히 알려야 한다 생각했다.

"만득이? 아, 만득이!"

이두황의 입가에 미소가 번졌다. 이두황은 오가와 윤영렬을 바라보다 손짓을 하였다. 이어 이두황의 부하가 긴 칼을 휘둘렀고 순간 오가의 목이 땅에 떨어졌다. 급작스레 벌어진 일이라 윤영렬이 놀라 눈이 휘둥그레졌다.

"저놈은 동학 잔당이다. 만득이란 자와 함께 김화성 휘하에 있던 놈들이고. 설마 그걸 모르고 여기까지 온 것은 아닐 터. 허나 내 눈감아 주겠소. 이 난리통에 그만한 실수는 있는 법. 김화성을 서둘러 처형시킨 것 또한 문제삼지 않을 터이니, 남은 잔당을 서둘러 붙잡아 소임을 다한다면 조정에서도 상을 내리지 않겠소?"

이두황의 말에 윤영렬은 대꾸하지 못했다.

이두황 부대가 출발하자, 연춘역원에는 10여 명의 경군이 남았다. 그중 다섯 명은 횃불을 들고 있었다.

"아니 횃불은 어디에 쓰려고 하는 것이오?"

연춘역원에서 일하던 승려들이 이상히 여겨 물었다. 경군들은 대꾸도 없이 불을 놓기 시작했다.

　　"아니 왜들 이러시오! 여기는 한양과 지방을 오가는 관리들이 이용하는 숙소요! 어찌 이런 짓을 한단 말이오?"

　　승려들이 막아 나섰지만, 경군들은 막무가내였다.

　　"네놈들이 동비들과 내통하는 것을 모두 알고 있느니라! 승려들이라 목숨을 살려 두는 것을 고맙게 여겨라. 모두 태워라!"

　　승려들이 한사코 동학도와 무관하다고 항변했지만, 이미 불길은 걷잡을 수가 없는 상황이었다.

　　연춘역원에 불이 활활 타오르자 관군들은 인근의 도령골로 이동했다. 동학삼로인 김용희가 살고 있던 마을이다. 관군들은 집집마다 불을 놓았다.

　　"김용희가 살던 마을이다! 한 집도 남김없이 태워라!"

　　남아 있던 마을 사람들은 허망하게 불타오르는 집을 바라보기만 했다. 총을 든 경군들에 대항했다간 동학군들처럼 언제 피를 토하며 죽을지 모른다.

　　도령굴마을이 모두 불타자 관군들은 병천 면실마을로 향했다. 김복용과 접주 7명이 살던 마을이다. 면실마을도 곧 잿더미가 되었다. 이두황 부대가 휩쓸고 간 목천은 말 그대로 초토화되었다. 대접주와 접주들이 살던 곳은 모두 불에 탄 것은 물론이고 마을이 통째로 사라져 버린 곳도 여럿이었다. 목천에선 집을 잃은 사람들이 화전민으로 살겠다며 산으로 향하는 행렬이 이어졌다.

세성산 전투가 벌어진 엿새 후 윤영렬은 공로를 인정받아 선봉진의 별군관으로 임명되었고, 얼마 후 민보군 정기봉도 특별히 목천 현감에 임명되는 한편 호서소모관직을 겸임하게 되었다.

칠성이는 이틀째 가족들의 행적을 좇았지만, 끝내 찾을 수가 없었다. 세성산 전투가 틀어지면 유구를 거쳐 공주로 옮겨 간다는 계획이었지만, 어쩐 일인지 칠성의 가족을 본 사람이 없었다. 들은 얘기라고는 윤영렬 수하들이 집을 포위했을 때, 칠성이의 안사람을 보았다는 얘기와 이미 떠나 집에는 아무도 없었다는 얘기 두 가지였다. 서로 정면으로 상반되는 얘기인지라, 어느 쪽이 맞는지 종잡을 수가 없었다.

칠성이는 고개를 숙인 채 취암산 입구까지 내처 걸었다. 인적이 드문 산길로 접어들어서야 자리를 잡고 앉은 칠성은 다시 고민에 빠졌다. 이제 더 이상 지체할 수가 없었다. 칠성이는 별 탈 없는 상현이네 서당을 보며 위안을 삼기로 했다. 가족들은 당초 계획대로 유구로 떠났을 거라고 생각하며, 몸을 일으켰다. 더 이상 지체할 수도 없었다. 이희인 접주가 끝내 죽음을 맞았다는 이야기를 들었고, 김화성이 윤영렬에게 처형당하는 것을 먼발치에서 지켜 보았다. '태조산으로 가자.' 칠성은 날이 어둑어둑해지자 걸음을 재촉했다.

수련은 수풀 더미에 납작 엎드린 채 몸을 낮추어 웅크리고 있었다.

'오늘은 만날 수 있을까?' 칠성이와 헤어진 지 사흘째다. 칠성이와 헤어질 때 다시 만나자던 곳이 스승님의 산소가 있는 태조산이다. '정말 무슨 일이라도 생긴 건 아닐까?' '경군이나 민보군에 붙잡힌 것일까?' '언제까지 여기 있어야 하나?' '유구로 가야 하는 것일까?' 수련은 어제 했던 생각을 또 반복했다. 하지만 사흘째 똑같은 질문을 던졌고 답은 없었다.

세성산 전투 후 목천과 천안, 직산은 경군과 민보군들의 판이 되었다. 동학 접주의 가족에겐 가차 없이 보복이 뒤따랐다. 여인들에겐 몹쓸 짓을 한다는 흉흉한 소문이 퍼져 나갔다. 수련도 더 이상 마을 사람들 속에 섞여 있지 못하고, 산으로 숨어들었다. '이곳에서 만나기로 약조한 것을 기억하고 있겠지?' 수련은 그 실낱같은 믿음 하나로 칠성이를 기다렸다.

이희인 접주와 동학군들이 총에 맞아 쓰러지는 모습이 환영처럼 나타났다 사라지기를 반복했다. 효시된 동학군들의 두상과 그들의 부릅뜬 눈도 눈앞에 어른거렸다. '칠성아! 제발 살아 다오! 너마저 가버리면 난 누구를 의지해야 하느냐!' 수련의 부르튼 입술로 아린 눈물이 흘렀다. 세성산 아래 도인들과 함께 떠났다는 딸아이도 걱정이 되었다. 동학군과 떨어져 혼자 산에서 떨고 있는 자신이 너무나 서글펐다.

밤이 되었다. 수련은 이제 결단을 내려야 한다고 생각하고 있었다. '왜놈들이 공주로 가고 있겠지. 세성산 전투에서 승리하면 진지를 방비하는 인원을 제외하곤 유구를 거쳐 공주로 결합하는 것이 애초 계획이었다. 지금이라도 그들과 결합하는 것이 맞을 것이다.'

수련이 생각에 깊이 빠져 있을 때, 바스락거리는 소리가 들렸다. 온몸에 소름이 돋았다. 들짐승이 무서운 것이 아니라 사람이 무서웠다.

침을 꼴깍 삼키고 가시덤불 사이로 소리가 나는 쪽을 향해 쳐다보았다. 분명 사람 같았다. 허나 누구인지는 알 길이 없었다. 수련은 오른쪽 허벅지에 고정시켜 둔 짧은 환도를 꺼내 단단히 쥐어 들었다.

어둠 속 사람은 천천히 봉분 앞으로 다가오더니 큰절을 했다. 원칠성이었다. 수련은 봉분 뒤에서 일어서며 원칠성을 불렀다.

"원 접장!"

어둠에서 나타난 수련을 보자 칠성이도 소스라치게 놀랐다. 둘은 봉분에서 떨어진 수풀 속, 바람막이에 맞춤인 바위틈에 깃들여 앉아 그동안 벌어진 일들을 이야기했다. 이희인의 죽음과 많은 동학군들이 붙잡혀 총살을 당하고 효수되었다는 이야기를 하였다.

칠성이와 수련은 새벽녘이 다 되어 광덕산 자락 금곡마을에 도착했다. 이희인 접주의 오랜 친구가 살고 있었다.

칠성이와 수련이 그 집을 찾아가자 나이든 아낙이 맞아 주었다. 이희인의 친구인 집주인도 공주로 떠났다고 했다. 칠성이와 수련은 오랜만에 편안한 밤을 보냈다. 단잠을 자고 난 수련과 칠성이는 조반을 물린 뒤 이야기를 시작했다.

"공주로 가야 하지 않겠소? 거기에 우리 도인들이 도착해 있을 거요. 계획대로 어서 결합하는 것이 좋을 것 같소."

칠성이가 당연하다는 듯 말했다.

"글쎄요. 원 접장, 우리가 이두황 부대에 패한 가장 큰 이유가 무엇이라고 생각하오? 난 신식 무기 때문이라 생각하오. 이미 보았지 않소, 관군들의 화력을. 그건 일본군이 가진 총에 비하면 위력이 떨어진다고 하는데도 그 정도요. 지난 봄까지만 해도 오합지졸에 불과하던 관군들이 아니오. 2백 보 거리의 사람을 쓰러뜨리는 스나이더 소총과 불과 2십 보에 불과한 화승총, 거기에 저들은 무시무시한 회선포까지 있소. 신식 무기에 신식 전술을 익힌 왜놈들과 관군들이 연합한다면 이제 동학군은 연전연패를 면치 못할 것이오."

수련의 목소리가 무거웠다.

"허면, 어찌하면 좋겠소?"

칠성이의 목소리도 무겁긴 마찬가지였다.

"물론 공주로 가서 함께 싸울 것이오. 하지만 우린 그다음도 생각해야 하오"

수련의 목소리에 힘이 들어가 있었다.

"그다음? 그것이 무엇이오?"

칠성의 물음에 수련은 잠시 뜸을 들였다.

"세성산에서 그리 허무하게 당한 후 가장 안타까웠던 것이 우린 전투 다음을 제대로 방비하지 않았단 것이오. 곳곳에서 민보군이 저리

날뛸 줄 알았소? 동학군 여인들이 겪는 수모를 들었소? 사람을 살리려, 조선을 살리려 일어났지만, 정작 우린…. 같은 백성들끼리 이리 할 줄은…."

수련이 힘없이 말끝을 흐렸다. 수련이 더 말하지 않아도 칠성이는 그녀의 마음을 충분히 알고 있었다.

"두렵소. 또 얼마나 많은 이들이 죽어 나갈지 말이오. 허나 우리에겐 선택의 여지가 없다는 걸 당신도 알고 있지 않소. 조선도 우리를 버렸고, 더욱이 저 왜놈들은 조선이 버린 우리의 피를 빨아먹으려 할 것이오. 지금 죽으나, 피를 빨리다 죽거나 죽기는 매한가지오. 왜놈들이 아니더라도 저기 있는 자들은 더 이상 빼앗길 게 없는 이들이오. 동학이 기포한다고 하는 소문을 듣고 농민군 대열에 합류한 자가 절반이 넘을 것이오. 그들에게 죽음은 의미가 없는 것이오. 이미 전쟁은 시작됐고, 농민군은 전쟁을 멈출 수 없을 것이오."

수련은 칠성이의 말을 가만히 들었다.

둘의 대화가 잠시 멈췄다.

"원 접장, 흑성산에서 이희인 접주가 했던 말을 기억하시오? 이 싸움이 개벽이라고 했던 말. 이렇게 개벽의 문이 열리는 것이라고. 사람이 살고 죽는 것만이 아니라, 어떻게 살아야 하고 어떻게 죽어야 하는지를 우리 동학 도인들이 깨달은 것이오. 갑오년 오늘 우리의 싸움으로."

수련의 눈빛이 빛나기 시작했다.

"이제 몇 해 전부터 생각하던 걸 할 참이오. 세성산에서 공주로 간 우리 아이들과 함께 말이오. 그 아이들을 하나하나 찾아서 다시 만들 것이오. 그 아이들이 모두 죽어 없다면 다시 처음부터 시작하고, 단 한 사람이라도 살아남았다면 그로부터 일을 할 것이오. 허나 방법이 달라졌소. 무기를 들고 싸우는 것이 아니라, 사람이 사람답게 사는 법을 깨닫고, 어찌 살아야 참된 삶인지를 함께 깨닫기 위해 살아갈 것이오. 동학 도인이 화포와 스나이더 소총을 가진다 한들 개벽을 일궈 내지는 못할 것이요. 그건 개벽이 아닌 게지요."

"아, 개벽!"

칠성의 탄성이 이어졌다.

"그래서 꼭 살아남으려 하오. 죽지 않고 싸우기 위해 살아야겠소. 내가 우금티로 가는 건 아이들을 찾아 그 길을 함께 가기 위해서요."

수련의 눈빛이 환해졌다. 칠성이가 고개를 끄덕였다.

"꼭 살아남길 바라오. 살아서 개벽 세상을 이루는 꿈을 위해 함께 싸우다 만날 수 있기를 바라오. 꼭 살아남아 뜻을 이루길 빌겠소."

칠성이의 눈빛도 환하게 빛났다.

곧 떠날 이들이다. 공주 전투에서 살아남을 수 있을지, 살아남는다 해도 다시 만날 수 있을지 기약이 없다. 그날 밤 그들은 광덕산을 떠나 공주로 향했다.

● 참고문헌 및 자료

강창일, 『근대일본의 조선침략과 대아시아주의』, 2011.

국사편찬위원회 『충남역사문화의 자료와 현장』, 2012.

김양식, 「목천지역 동학농민군 활동과 세성산 전투」, 2009.

김용휘, 『최제우의 철학』, 2012.

_____, 『우리 학문으로서의 동학』, 2007.

나카츠카 아키라 · 이노우에 가쓰오 · 박맹수, 『동학농민전쟁과 일본』, 2014.

동학농민혁명참여자명예회복심의위원회, 『동학농민혁명사 일지』, 2006.

박맹수, 『개벽의 꿈』, 2012.

_____, 『생명의 눈으로 보는 동학』, 2015.

박맹수 · 정선원, 『공주와 동학농민혁명』, 2015.

아우내문화원, 『갑오동학농민혁명과 천안』, 2007.

우금티기념사업회, 『공주와 동학농민혁명』, 2005.

이상하, 『퇴계생각』, 2013.

이원표 · 장성균, 『동학혁명의 발자취-세성산에서 우금치까지』, 1997.

이이화, 『파랑새는 산을 넘고』, 2008.

조동일, 『동학성립과 이야기』, 2011.

천도교, 『천도교경전』.

표영삼, 『동학 1 · 2』, 2004 · 2005.

　● 천안(성환, 직산, 목천은 현재 천안시로 통합되어 있음)

연도(간지)	날짜 · 내용
1860 경신	4월 5일 수운, 동학 창도하다
1861 신유	6월 해월, 용담으로 수운을 찾아가 입도하다
	12월 수운, 남원 은적암에서 지내며 전라도 일대 포덕하다
1862 임술	7월 해월, 경주 귀환하다
	12월 30일 경상도를 중심으로 15개 군현에 동학 접 조직하다
1863 계해	8월 14일 수운, 해월에게 도통 전수하다
1864 갑자	3월 10일 수운, 대구 장대에서 순도(41세), 해월 高飛遠走하다
1871 신미	3월 10일 이필제, 영해 교조신원운동 일으키다
	10월 해월, 강원도와 충청도 내륙 오가며 은거와 포덕을 병행하다
1872 임신	1월 해월, 박용걸 집에서 천제, 이필제난 참회하다
1875 을해	해월, 제사권 행사로 단일지도체제 형성하다
1880 년대	초반 충청도 평야지대에 포교, 전라도 지역으로 확장하다
1881 신사	●8월 목천 김은경, 최시형 배알하다
1883 계미	●2월(음력) 목천 김은경의 집에서 『동경대전』 1천 부 간행하다
	●3월 김은경, 최시형 배알하다
1884 갑신	10월 해월, 강서로 육임제(동학 조직) 설치, 교단 조직 강화하다
1885 을유	●동학3로(김화성, 김용희, 김성지), 『동경대전』 1백 부 간행하다
1892 임진	10월 20일 공주 집회 개최. 삼례 집회 개최하다
1893 계사	2월 11일 광화문 복합상소, 소두 박광호, 의암 손병희 등 참여하다
1894 갑오	1월 10일 전봉준 등 고부 농민, 만석보 격파, 군수 조병갑 축출하다
	3월 20일 전봉준, 손화중, 김개남 등 무장 기포, 포고문 반포하다
	3월 25일 호남창의대장소(백산), 4대강령, 12개조 군율 선포하다
	4월 7일 동학군이 정읍 황토현에서 전라감영군을 격파하고 승리하다
	●4월 13일 '회덕 진잠 청산 보은 목천에 동학군 3천여 명 모여 있다' 기록하다
	4월 23일 동학군 장성 황룡천에서 중앙군(경군)을 격파하고 승리하다
	4월 27일 동학군 전주 함락, 조선 조정 동학군 진압 위해 청군 요청하다
	5월 7일 동학군과 관군, 전주화약 체결, 동학군 집강소 활동 시작하다

5월 8일 동학농민군 전주성에서 자진 철수하다

6월 21일 일본군 경복궁 무력으로 기습 점령, 청일전쟁 도발하다

6월 23일 청일전쟁 개전. 일본 군함, 풍도 앞바다에서 淸군함 격침하다

7월 15일 김개남 전봉준 등 남원대회 개최하다

●7월 29일(양력) 성환에서 청일전쟁, 일본 승리하다

7월 충청도, 경상도, 강원도, 황해도 동학군 본격 기포하다

●8월 12일 천안에서 동학농민군이 일본인 6명 살해하다

●8월 23일 일본공사 오오토리, 일본인 살해 사건으로 순사3명 천안 파견, 조사하다

8월 24일 대원군은 각지에 밀사 파견, 동학군의 서울 입성 당부하다

●8월 27일 천안 일대 동학군 동향 보고. 군민 10명 중 8, 9명이 동학군에 가담하다

9월 10일경 전봉준, 재봉기를 위해 전라도 삼례에 대도소 설치하다

9월 18일 해월, 충북 청산에서 전국 동학도 총기포령 선포하다

9월 18일 의암, 34세. 해월로부터 북접통령으로 임명 – 전봉준과 합류하다

●9월 30일 김복용, 이희인 등 무장봉기, 천안 목천 전의 관아 무기 탈취하다

10월 12일 전봉준 전라도 삼례에 대도소 설치하고 2차 기포하다

●10월 14일 일본공사관, 밀정 최윤희 천안으로 파견하다

●10월 16일 직산, 평택, 성환, 천안 등지 일본군+관군 동학군 동향 추격하다

●10월 17일 일본군 19대대 본대가 진위에서 천안·공주로 진군하다

●10월 18일 직산 동학군 체포 포살, 일부 이송하다

●10월 19일 이두황 부대, 천안에 도착하여, 안성을 출발한 일본군을 기다리다

●10월 20일 충청병사 이장회, 이두황에게 세성산 동학군 초멸에 함께할 것 요청하다

●10월 21일 이두황부대, 세성산 동학군 공격하여 점령, 김복용 등 생포하다

●10월 22일 세성산 일대에서 체포된 이희인 외 두목들 처형되다

●10월 23일 관군의 선봉진이 일본 군대와 천안 공주로 출발하다

●10월 24일 정기봉, 윤영렬 등이 패퇴한 동학군들을 추격하여 체포, 총살하다

●10월 26일 동학군, 공주 유구를 중심으로 세력 규합. 이두황 부대 공주 도착하다

●10월 27일 선봉진 별군관 윤영렬이 천안읍 일대 동학군 동향 파악하다

●10월 28일 천안군수, 동학군 4명을 붙잡아 일본군에게 인계하다

●10월 29일 천안 관아, 동학군 4명을 효수하고 일부는 압송하다

●11월 1일 천안 관군, 아산의 동학군 토벌 위해 출동하다

연도(간지)	날짜 · 내용
	●11월 6일 소모관 정기봉, 목천 동학군 토벌 공로로 호서소모관 겸임하다
	●11월 8일 목천과 천안 등지의 동학군들 우금티 전투 참전하다
	11월 8일 동학군 우금티 전투 시작, 4~50차례 공방 끝에 패퇴하다
	11월 19일 해월, 임실 갈담에서 의암 북접군 만나 북상 시작하다
	11월 24일 나주성 전투, 동학군 패퇴하다
	11월 27일 김구 등 황해도 동학군 해주성 공략, 동학군 패배하다
	12월 1일 김개남, 태인 산내면 너디마을에서 체포되다
	12월 2일 전봉준, 순창 피노리에서 체포되다
	12월 3일 김개남 처형되다
	12월 28일 해월, 의암 휘하 동학군 보은 북실 종곡에서 크게 패하다
	12월 박중진, 옥중에서 죽어 효수됨
1895 을미	3월 29일 전봉준, 최경선, 손화중, 김덕명, 성두환 등 처형되다
1897 정유	10월 12일 대한제국 선포하다
	12월 24일 해월이 의암에게 도통 전수하다
1898 무술	6월 2일 해월, 한양 육군형장에서 교수형으로 순도하다
1905 을사	12월 1일 의암, 동학을 '천도교'라는 근대종교로 개신하다
1907 정미	수운과 해월, 정부로부터 신원되다
1922 임술	5월 19일 새벽 의암 손병희 환원, 우이동 봉황각 앞에 안장(6.5)하다
1940 경진	4월 30일 천도교 4세 대도주 춘암 박인호 환원하다
1962 임인	10월 3일 정읍 황토현에 갑오동학혁명기념탑 건립하다
1964 갑진	수운, 순도 100주년 맞아 대구 달성공원에 동상 건립하다
1994 갑술	동학농민혁명 100주년 기념, 동학에 대한 관심 고조되다
1995 을해	8월 일본 홋카이도대학에서 동학군 유골 발견. 국내 송환되다
2004 갑신	3월 5일 동학농민혁명 참여자 등의 명예회복에 관한 특별법 의결되다
2014 갑오	10월 11일 천도교 등 동학농민혁명120주년 기념대회 개최되다

여성동학다큐소설 천안편

세성산 달빛

등 록 1994.7.1 제1-1071
1쇄 발행 2015년 11월 15일
2쇄 발행 2015년 12월 31일

지은이 변김경혜
펴낸이 박길수
편집인 소경희
편 집 조영준
디자인 이주향
관 리 위현정

펴낸곳 도서출판 모시는사람들 03147
        서울시 종로구 삼일대로 457(경운동 수운회관) 1207호
전 화 02-735-7173, 02-737-7173
팩 스 02-730-7173
인 쇄 (주)상지사P&B(031-955-3636)
배 본 문화유통북스(031-937-6100)
홈페이지 http://www.mosinsaram.com

여성동학다큐소설을 후원해 주신 분들

Arthur Ko	김미영	김재숙	명춘심	박홍선
Gunihl Ju	김미옥	김정인	명혜정	방종배
Hyun Sook Eo	김미희	김정재	문정순	배선미
Minjung Claire	김민성	김정현	민경	배은주
Kang	김병순	김종식	박경수	배정란
강대열	김봉현	김주영	박경숙	백서연
강민정	김부용	김지현	박남식	백승준
고려승	김산희	김진아	박덕희	백야진
고영순	김상기	김진호	박막내	변경혜
고윤지	김상엽	김춘식	박미정	(사)모시는사
고은광순	김선	김태이	박민경	들
고인숙	김선미	김태인	박민서	서관순
고정은	김성남	김행진	박민수	서동석
고현아	김성순	김현숙	박보아	서동숙
고희탁	김성훈	김현옥	박선희	서정아
공태석	김소라	김현정	박숙자	선휘성
곽학래	김숙이	김현주	박애신	송명숙
광양참학	김순정	김홍정	박안수	송영길
구경자	김승민	김환	박양숙	송영옥
권덕희	김연수	김희양	박영진	송의숙
권은숙	김연자	나두열	박영하	송태회
권정혜	김영란	나용기	박용운	송현순
극단 꼭두광대	김영숙	네오애드앤씨	박웅	신수자
길두만	김영효	노소희	박원출	신연경미
김경옥	김옥단	노영실	박은정	신영희
김공록	김용실	노은경	박은혜	신유옥
김광수	김용휘	노평회	박인화	심경자
김근숙	김윤희	도상록	박정자	심은호
김길수	김은숙	라기숙	박종삼	심은희
김동우	김은아	류나영	박종우	심재용
김동채	김은정	류미현	박종찬	심재일
김동환	김은진	명연호	박찬수	안교식
김두수	김은희	명종필	박창수	안보람
김미서	김인혜	명천식	박향미	안인순

양규나	이미경	이혜숙	정영자	주경희
양승관	이미숙	이혜정	정용균	주영채
양원영	이미자	이희란	정은솔	주진농씨
연정삼	이민정	임동묵	정은주	진현정
오동택	이민주	임명희	정의선	차복순
오세범	이병채	임선옥	정인자	차은량
오인경	이상미	임소현	정준	천은주
오일화	이상우	임정묵	정지완	최경희
왕태황	이상원	임종완	정지창	최귀자
원남연	이서연	임창섭	정철	최균식
위란회	이선엽	장경자	정춘자	최성래
위미정	이수진	장밝은	정한제	최순애
위서현	이수현	장순민	정해주	최영수
유동운	이숙희	장영숙	정현아	최은숙
유수미	이영경	장영옥	정효순	최재권
유형천	이영신	장은석	정희영	최재희
유혜경	이예진	장인수	조경선	최종숙
유혜련	이용규	장정갑	조남미	최철용
유혜정	이우준	장혜주	조미숙	하선미
유혜진	이원하	전근숙	조선미	한태섭
윤명희	이유림	전근순	조영애	한환수
윤문회	이윤승	정경철	조인선	허철호
윤연숙	이재호	정경호	조자영	홍영기
이강숙	이정확	정금채	조정미	황규태
이강신	이정희	정문호	조주현	황문정하
이경숙	이종영	정선원	조창익	황상호
이경희	이종진	정성현	조청미	황영숙
이광종	이종현	정수영	조현자	황정란
이금미	이주섭			
이루리	이지민			
이명선	이창섭			
이명숙	이향금			
이명호	이현회			
이문행	이혜란			

여러분의 후원에 감사드립니다.

이름이 누락된 분들은 연락주시면 이후 출간되는 여성동
학다큐소설에 반영하겠습니다. / 전화 02-735-7173